真夜中のパン屋さん

午前2時の転校生

大沼紀子

ポプラ文庫

真夜中のパン屋さん

午前2時の転校生

contents

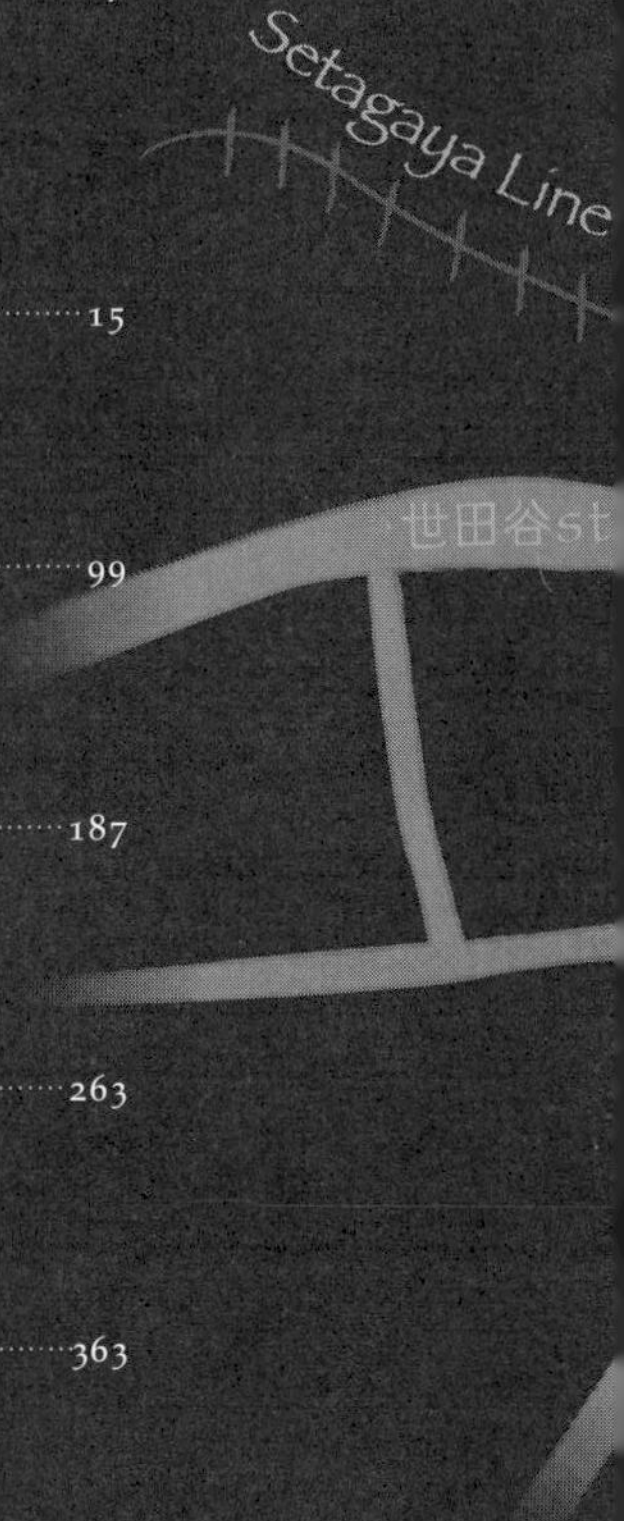

Setagaya Line
世田谷st

〈本書は書き下ろしです〉
Special Thanks : Boulangerie Shima

真夜中のパン屋さん

午前2時の転校生

BOULANGERIE KUREBAYASHI

〈ブランジェリークレバヤシ〉

営業時間は、午後23時～午前5時。
真夜中の間だけ開く、不思議なパン屋さん。

登　場　人　物　紹　介

篠《しの》崎《ざき》希《のぞ》実《み》

とある事情により家を追い出され、「ブランジェリークレバヤシ」の２階に
居候することになった女子高生。半ば強制的にパン屋で働かされながら、
次々と真夜中の大騒動に巻き込まれていく。

暮《くれ》林《ばやし》陽《よう》介《すけ》

「ブランジェリークレバヤシ」のオーナー。謎多き、笑顔の30代。
パン作りは、まだまだ見習い中……。
希実との関係は「義兄妹」ということになっている。

柳《やなぎ》弘《ひろ》基《き》

暮林の妻、美和子が繋いだ縁で「ブランジェリークレバヤシ」で働いている
イケメンブランジェ。口は悪いが、根は優しく一途な青年。

斑《まだら》目《め》裕《ゆう》也《や》

探偵能力が抜群な、ひきこもり脚本家。
「ブランジェリークレバヤシ」のお客様。のぞき趣味を持つ。

ソフィア

「ブランジェリークレバヤシ」の常連客。暮林とは同年代で、
15年のキャリアを持つ、麗しいニューハーフ。

水《みず》野《の》こだま

「ブランジェリークレバヤシ」に通う、小学生男子のお客様。
母と2人で暮らす、素直な少年。

Open

桜の開花宣言がなされた翌々日、ブランジェリークレバヤシの面々は、温めてきた計画を実行に移した。

集合時間は、店が閉店したのちの午前五時。しかし計画に乗った常連たちは、営業時間中に次々店へとやってきて、イートイン席をすっかり占領してしまっていた。

レジ脇にあるコーヒーマシンを勝手に使って、みなに温かい飲み物を振る舞っているのはソフィアだ。

「織絵《おりえ》はカフェオレ、こだまはホットミルク、斑目《まだらめ》さんはブレンド、それとそこの女、アンタはほら、カプチーノ。あーんど、こちらの殿方はエスプレッソで、よろしかったですわよねん?」

かいがいしく動くソフィアに、織絵とこだまは、ありがとーございまーす、と親子らしく声を揃え、差し出されたカップを受け取る。アチチ、アチチ。

いっぽうそこの女と呼ばれた綾乃《あやの》は、いや~ん、お姉さまこわ~い、と斑目にしなだれかかる。どうしよう~、斑目さ~ん、あたしお姉さまに、嫌われてるかも~。うるんだ瞳で迫られた斑目は、もちろん相好《そうごう》を崩《くず》し鼻の穴をふくらませる。も～、ソフィアさんたら～、うちの綾乃ちゃんを、いじめないでやってくださいよ～。まるで綾乃の口調が乗り移ったかのごとくでれでれと語る。そんな斑目を前に、当然ソフィアはチッと鋭く舌打ちするが、殿方、もとい多賀田《たがた》から、エスプレッソ、うまいです。淹《い》れるのお上手なんですね、と誉《ほ》められるなり、パッと花が咲いたような笑みをこぼす。いやですわ～、このくらい、女のたしなみですわ～ん。

いっぽう厨房では、弘基《ひろき》が猛然と作業を進めていた。

「アイツら、来るの早過ぎだっつーの。まあ、他に客いねーからいいけどよ……」

そんなことをブツブツ言いつつ、作業台の上に並べられたサンドウィッチを次々手に取ってタッパーへと詰めているのである。並べられたサンドウィッチは、オーソドックスなものではBLTにタマゴサンド、カツサンド、それ以外には、アボカドとエビのバジルソースサンドや、ひじきとヒヨコマメのヘルシーサンド、ニンジンサラダとカッテージチーズのサンドや黒オリーブと生ハムのサンドウィッチ等々、が並んでいる。

弘基の傍《かたわ》らでは暮林《くればやし》が、紅茶のティーバッグを入れた魔法瓶に、やかんの湯を注いでいる。ジョロロロ。そんな音に耳を澄ませながら、暮林はお湯がこぼれてしまわないよう、慎重にやかんを傾ける。ジョロロロ。何しろ先ほど入れた二本の魔法瓶では、どちらもお湯を溢《あふ》れさせてしまったのだ。ジョロロロ。眼鏡《めがね》が湯気《ゆげ》で曇る。ジョロロロ。

いっぽうふたりの背後では、希実《のぞみ》が調理台に向かっていた。弘基が作ったサンドウィッチを希実も希実で、猛然と切っていた。とはいえ長方形のパンを、三等分間隔でざくざく切っているだけだが。あとはハムキュウリサンドと、オリーブとチーズとハムのサンド、そしてフルーツサンドを切れば終わりだ。ざくざくざく。

三人が行《おこな》っているのは、お弁当作りだ。これからみんなで、お花見に出発する予定なのだ。店が閉店したのちなら、おそらく余裕で場所を確保できるだろうというのが、暮林と弘基の見解だった。そんなふたりの提案を受け、花見未経験の希実もなるほどと膝《ひざ》を打った。そっか、早朝花見だ。いいじゃん！　いいじゃん、それ！

そしてうかうか、花見をするのだとソフィアにメールし、斑目に自慢し、多賀田に電話し、こだまに話していった結果、かのように花見の参加者が増えてしまった次第なのである。そしてその結果、このように用意するお弁当の量も増えたというわけだ。

「よし、これでラスト……」

言いながら希実は、最後のフルーツサンドに取り掛かる。まずは耳を切る作業に入る。他のサンドウィッチは耳を残したままだが、フルーツサンドだけは切り取るよう弘基に命じられているからだ。耳のぎりぎりに包丁を置きスッと引いていく。耳はぽろぽろとカッティングボードの上に落ちる。

そうしてすべての耳を切り取ったフルーツサンドを、やはり希実は三等分間隔に切りはじめる。中身が柔らかいフルーツサンドは、ざくざく切るというわけにはいかない。希実はそれまでより一層慎重に包丁をサンドウィッチにあてがって、静かに腕を引いていく。すると包丁は、パンの白いクラム部分にすうっと沈み込んでいく。切ったフルーツサンドはバットの上に並べる。するとその断面から、白い生クリームとイチゴ、キウイ、ミカンがのぞく。なんともきらびやかな彩《いろど》りだ。その段で希実ののどが鳴る。ヤバイ、これ、どうしよう。おいしそう。

そうして希実はちらりと後ろを振り返る。そこでは弘基が、やはり猛スピードでサンドウィッチをタッパーに詰めており、傍らの暮林も相変わらずゆっくりジョロロロとやっている。それで希実はふたりの目を盗み、ひと切れのフルーツサンドをぱくっと口の中に収める。そして思わず、笑みをこぼしてしまう。溶《と》けそうなほど柔らかいクラムは、嚙むほどにしかしもっちりとした食感が味わえる。小麦の香りも濃い。しかもそこにこっくりした生クリームと、甘酸っぱいフルーツの味わいが混ざり、たまらないほど美味になる。つまり希実が笑うのも、無理はない味なのだ。

それでうっかりにやにやと咀嚼《そしやく》をしていたら、その姿を暮林と弘基に注視されていた。

つまみ食いがバレていたということだ。もちろん希実は口の中のパンを飲み込む。そしてすぐに、あわあわと謝ってみせる。ご、ごめん、あまりにおいしそうで、つい……。

怒られるかなと思っていたが、しかし暮林と弘基は、じっと希実を見詰めたままだった。見詰めて、どうやった？　食べてみて、だの、食ってみて、どんな感じだった？　だのと、やけに神妙な面持《おもも》ちで訊《き》いてくる。それで希実は、普通においしいけど、と返す。それが、何か……？

聞けば弘基は現在、フルーツサンドの試作をいくつも作っているそうだ。なんでも今から、夏場の売り上げに貢献《こうけん》しそうな、爽《さわ》やかパンの創作をはじめているらしい。ちなみに今日のフルーツサンドは、生クリームにレモンを加えた爽やか風味だったんだとか。

「……そっか、普通にうまかった、か」

どこか釈然としない様子で、弘基はそんなふうにこぼす。暮林もめずらしく、少し落胆したような表情を浮かべている。普通、なぁ……。

こだまが厨房に入ってきたのは、そんなタイミングだった。

「──ねえ、パンまだ!?　まだ、お花見、行けない!?」

それで希実たちは、またすぐ作業を再開させた。ごめん、こだま、もうすぐだから！　そや、ちょっと待っとってくれ。つーか、こだまもタッパーに詰めるの手伝えって！

のぞかせる。

おお！　俺、手伝う！　そんなこだまが誘い水となって、店内にいた面々も厨房に顔をのぞかせる。

よければアタシたちも手伝うわよ～？　はいー、あたしもー。俺も何かあれば！　俺も……。おかげで厨房内は、一気に騒々しさを増す。やだ、クレさん！　お湯こぼれてるぅ！　ああ！　このサンドはこのタッパーでいい？　花見の荷物、ワゴンに運んどくぞ。タッパーに詰めたパンも、車に運びますねー。

そんな光景を前に、希実はぼんやりと思う。なんか、夢みたいだな。こんな賑《にぎ》やかな場所に、自分がいられることがとても不思議だ。

けっきょく花見に出発できたのは、六時近くなってからだった。一同は店のワゴンにギュウギュウ詰めにされ、近所の公園へと向かいはじめた。

朝のまだどこか頼りない陽差しの中を、ワゴンは進んでいく。車の中では、やはりみながあれこれ喋《しゃべ》って騒々しい。

そんな中、希実の隣に座っていた斑目が、周りに気付かれないようこっそり耳打ちしてくる。なんか、こだまくんのお母さん、変わったね。そんな斑目の言葉に、希実は、そう？　などと返しつつ、前の席に座るこだまと織絵親子の姿を見やる。こだまは一生懸命何やら話していて、織絵はそれを優しい笑顔で聞いてやっている。確かに変わったかも知れないと希実は思う。織絵さんて、前はもっと怯《おび》えた感じの人だったもんな。

するとまだ斑目が、ふいにしみじみと語り出した。

「まあ、俺も変わったけどねぇ」

先のバレンタインで綾乃という恋人を得た斑目は、現在幸せの絶頂にある。しかもそれ以来、大きな仕事を依頼されることが増えてきたのだという。

「ああ、幸せだなぁ。幸せ過ぎて、怖いくらいだ」

言いながら斑目は、もともと細い目をさらにきゅっと細くする。そして彼は、ここだけの話ね、と囁《ささや》くように希実に言ったのだった。

「俺、本当は怖いんだ。なんだか幸せの魔法をかけられてるみたいで――」

その言葉を聞きながら、希実もひそかに思っていた。私もだよ、斑目氏。

「誰かがパチンて指を鳴らしたら、またぜんぶもとに戻っちゃうんじゃないかって、なんだかちょっと怖いんだ」

私もまるで、同じ気分だよ。

Fraisage & Pétrissage

——材料を混ぜ合わせる&
生地を捏ねる——

欧米かぶれな彼の祖父は、彼のことをボーイと呼んだ。ある時祖父は、彼に訊《たず》ねた。なあボーイ、お前はどんな大人になりたい？　だから彼は膝の上で、祖父の白ヒゲを見上げて叫んだ。

「魔法使い！　僕、魔法使いになる！」

すると祖父は一瞬だけ、落ち窪《くぼ》んだ目を丸くした。魔法使い、とな？　けれどすぐに、しわだらけの顔をもっとしわくちゃにして笑い出したのだった。そうか、そうか。そりゃあでっかい夢だ。さすが私の血を引くボーイだけある。そう笑いながら、骨ばった大きな手で、彼の頭をわしゃわしゃ撫で回した。ボーイ、お前は私の誇りだ。だから心の望んだ道を、信じて進んでいきなさい。ただし、ボーイ。このことだけは、心に留《と》めておいて欲しい。魔法というのは諸刃《もろは》の剣《つるぎ》だ。だから魔法を望むなら、心を強く清く正しく保たねばならん。いいな、ボーイ。魔法使いになるというなら、まずは強く清く正しく、優しい人になりなさい。

お祖父《じい》ちゃんという人は、実に話のわかる男だった、というのが彼の心証だ。多少浮世離れしている向きもあったが、子供の夢を無下《むげ》に否定するのは野暮《やぼ》が過ぎる。

　その点、学校というのは野暮の極《きわ》みだった。高校一年の頃のことだ。進路希望用紙の第一志望欄に、「魔法使い」と書いた彼は、担任教師に呼び出された。彼は進路希望用紙を机の上に置き、これはどういう意味なのかな？　と笑顔で訊いた。だから彼も笑顔で答えた。

「文字通りです。僕は、魔法使いになりたいんです」

　周りの席の教師たちが、ぎょっと顔を上げたことを、彼はよく覚えている。おそらく聞き耳を立てていたのだろう。目の前の担任教師も、目をぱちくりとさせたのち、それとわかるほどの作り笑いをしてみせた。そ、そうか、魔法使いか。そうか、そうか、魔法使い、なぁ。そしてしばらく遠くを見詰めていたかと思うと、意を決した様子で問うてきた。お前、何か、辛《つら》いことでも、あるのか？　何かあるなら、先生に相談してくれて、構わないんだぞ？　そんな教師の反応に、彼は呆《あき》れ果てた。なんて無粋《ぶすい》な反応なんだろう。こういう輩《やから》は、お祖父ちゃんの白ヒゲでも、煎《せん》じて飲んだほうがいい。その頃、祖父はすでに他界しており、つまり白ヒゲも空に還されていたため、煎じるのは土台無理な話ではあったのだが、そんなふうに思わずにはいられなかった。人の夢を笑う奴は、馬に蹴《け》られてしまえばいい。そんなこともあったせいか、彼の足は自然と学校から遠のいた。

　どうして学校に行かないのか、親に訊かれた彼は同じく答えた。

「魔法使いになりたいからだよ。学校の勉強じゃ、ちょっとねぇ」

　その答えに、父はそうかと納得した。そして、ならばなれるように努めなさい、と簡潔な助言をくれた。単に息子の動向について、興味がなかっただけかも知れない。母親などはそうボヤいていたが、彼自身は父の言葉を素直に受け止めていた。何しろ父は、彼が魔法使いを志した理由を知っていたのだ。

　彼がまだ九歳の時のことだ。ボーイ、手すりによじ登っちゃいけないよ、そんな祖父の言いつけを破り、彼はベランダの手すりに足をかけた。頭上の雲を摑もうとしたのだ。比喩《ひゆ》ではなく、真実、空の雲に手を伸ばした彼は、そのままバランスを崩し、地面へと落下した。

　当時彼が住んでいたのはマンションの五階で、普通に考えれば九歳の少年がそのベランダから落ちれば、十中八九死ぬであろうという事故だった。しかし彼は無事だった。マンション脇に植えられていた木々が、クッション代わりになってくれたらしい。右肩と右上腕《じょうわん》を複雑骨折しただけで、命まではとられなかった。

　彼はその事故について、至極肯定的に捉《とら》えている。多大な痛手は負ったものの、それにまさるほどの収穫もあったからだ。事故に遭《あ》ってよかった。何しろそのおかげで、彼は世界というものを理解できたのである。

ベランダの手すりから足が外れた瞬間、彼は何かに飲み込まれていくような感覚に襲われた。そうして見たのだ。青い空と、白い雲を。そこから溢れる、目を射《い》るような光の渦《うず》を。光は白い龍になって、彼のもとへと飛んできた。気付くと彼は、柔らかな風に包まれていた。温かく、心地のいい風だった。白い龍が、彼の体を支えていたのだ。おかげで少し眩《まぶ》しくて、彼はそっと目を閉じた。その瞬間、彼は気付いた。なるほど、そうか。僕は飲み込まれたんじゃない。ただ世界に、溶け込んだだけなんだ。

そうして目を閉じたまま、しかし彼は空を旋回《せんかい》する鳥の影や、風にはためく洗濯物を見た。ご飯が炊《た》ける匂いを感じ、遠くから届いてくる親子の笑い声も聞いた。そのすべてが心地よく、そのすべてが美しく、そのすべてがいとおしかった。それで彼は思ったのだ。ああ、これが、世界というものなのか。こんな素晴らしい世界に、僕は、生きていたのか。

次に目を開けた時、彼は木々の下で横たわっていた。そのままの姿勢で、虫食いの葉っぱから、こぼれる眩しい光を見た。星空のような、小さな葉っぱ。それはまるで宇宙のようで、世界には無数の世界が用意されているのだ、と彼は確信した。といっても当時まだ九歳児だったので、あくまで観念的にではあるが。つまり彼は、すごい、と感じ入ったのだ。世界はなんかもう、すごくすごくてすごいんだな。

入院した病院で、彼は父親にそのことを語った。すると父は、端的に感想を口にした。

「ドーパミンが出たんだろう。死の恐怖を和《やわ》らげるための、脳内物質だ」

彼の父親は、幼い息子相手でも、言葉を易《やさ》しくするということがなかった。相手が誰であろうと、あくまで自分の言葉でもって、会話を進めるタイプなのである。

「お前が見たのは幻覚だ。世界が美しいというのも、その高揚感からきたものでしかない」

だから父の言葉の意味を理解するのに、彼はそこそこの時間を要した。祖父から意見を求め、退院後は家で本を読み漁《あさ》り、そしてついにぼんやりと理解した。つまりあの時の僕の頭には、何かの魔法がかかったんだな、と。

そう考えると、色々なことのつじつまが合った。例えば、風邪で苦しんでいる時、母に背中を撫でてもらうと、それだけで少し楽になったり。喫茶店の美人のお姉さんに微笑《ほほえ》みかけられると、なぜか顔がにやけてしまったり。父に睨《にら》まれると、体が動かなくなったり。軒下《のきした》の野良猫を見かけると、ついつい立ち止まって手を伸ばしてしまったり。朝焼けを見ると、走り出したくなったり。そういうのもきっと、ぜんぶ魔法なんだろう。

目に見えない力、つまり魔法がかかったから、自分の意思とは無関係に、体が勝手に反応してしまうんだ。

お祖父ちゃんにも、魔法がかかっていたのかも知れない、と彼は考えている。何しろ祖父は今《いま》わの際《きわ》で、彼の手を握り言ったのだ。ボーイがいたおかげで、思わぬ長生きができたよ。お前のおかげで、だいぶ幸せな最期だった。その言葉に、彼は震えた。

誰かがいたから、長生きした。誰かがいたから、幸せだった。それはやっぱり、魔法というやつの仕業《しわざ》なんじゃないのか？　そして改めて心に決めたのだ。

僕は、魔法使いになろう。

魔法がかかれば、きっとみんな幸せになれるはずなんだ。


そして迎えた高校三年生の春。彼は再び学校へと戻った。

とはいえ、高校一年時と同じ学校ではない。今度のは前より、少しだけ程度のいい学校だ。魔法使いになりたい、と彼が希望を口にしても、なるほどわかった、ではこのあたりの大学に進学してはどうか、と偏差値に見合った大学を薦めてきそうな、ものわかりのいい進学校ともいえる。つまり彼は、転校したのだ。

案内されたクラスの面々も、実に感じがよかった。転校生である彼が教室に足を踏み入れても、まったく関心を示す様子がなかった。それぞれが机に向かったまま、参考書を読んだり、何かの問題を解いたりし続けていた。

彼は思った。無関心、おおいに結構。これでこそ、魔法のかけがいがあるってもんだ。

自己紹介を済ませた彼は、担任に言われるまま空《あ》いている席に着く。隣の席の生徒は、彼に気を留めることなく、じっと何かの本を読んでいた。

よろしく、と彼が挨拶《あいさつ》すると、向こうはやっと顔を上げ、怪訝《けげん》そうに見詰め返してきた。それはもう、胸がすくような仏頂面《ぶっちょうづら》で、彼はにわかに楽しくなる。

「ヨロシクネ」

声色を変えてもう一度言うと、隣人は眉間《みけん》のしわを深くして返した。

「……ああ。よろしく」

そしてまたすぐに、本へと目を戻してしまった。

いいじゃん、と彼は思う。こういうヤツって、嫌いじゃない。魔法使いとしての彼の心に、ふっと小さな火が灯《とも》る。何しろ学校にも行かないで、ひとり魔法の勉強をしていた彼なのである。

まずはこの仏頂面に、とっておきの魔法をかけてみることにしよう。

＊　＊　＊

くすんでいたグレーの校舎が、つるんと薄皮を剝《む》かれたように鮮《あざ》やかに映《うつ》る。フェンス沿いに植えられた緑の木々も、風に揺れるたびその葉に太陽の陽射しを含ませきらきらと光る。チャイムの音など、どこかはしゃいでいるかのように響く。無論どれも気のせいだろうが、そう感じさせる力が、春にはあると希実は思う。まさに爛漫《らんまん》。箸《はし》が転んだだけで笑う少女たちのように、無闇やたらと晴れやかだ。

あるいは新入生たちの初々《ういうい》しい様子が、学校の景色に光彩を添えるのかも知れない。新入生というのはたいてい、表情に期待を含ませているからだ。もちろんその濃淡はあるが、集まれば自然と輝きが増す。一目で真新しいとわかる制服で、ぎくしゃくと緊張気味に歩く女生徒ですら眩しい。春だ、新学期だ、新生活だ、と追い立てるような気配すらある。

しかし三年生に進級した希実は、そんな一年生たちの空気に染まることなく、淡々と校門をくぐり三年の下駄箱のある玄関へと向かった。希実の通う高校では、二年から三年に進級する際クラス替えがない。クラス名簿は一応玄関に貼り出されているのだが、希実はそれに目を通すことなく、さっさと靴を履《は》き替え廊下を進んだ。

教室に着いた希実は、空いていた席に着き鞄《かばん》から参考書を取り出す。誰かと言葉を交《か》わすこともなく、ひとり静かに机の上の本に向かう。同じようにしている生徒もちらほらいて、その姿は教室の光景にすんなりと馴染《なじ》む。

持ち上がりのクラスだけあって、教室内の雰囲気は二年生の頃とほぼ変わっていない。ある者はひとりで席に着き、ある者はいつも通りの面子《メンツ》で群れを成し、和気あいあいとやっている。グループ構成にも変化はない。ヒエラルキーも崩れていない。目立つ者は相変わらず目立っていたし、地味な者はやはり地味なままだ。そんなものだろうな、と希実は思う。二年生の頃には多少の下克上《げこくじょう》もあったが、高校生活も残すところあと一年。今さら何を変えようという気も起こらないのが、最上級生の心情というものだろう。仮に現状に不満があったとしても、卒業後に期待を寄せるほうが建設的だし現実的だ。

しかしそんな中、希実はあるひとつの変化に気付いた。——あれ？　何も変わっていないような教室内の景色。でもその中に、あの子の姿がない。

チャイムが鳴る。担任がやってくるまで、あと十秒ほどだろうか。生徒たちはそれぞれの席へと動き出す。それも以前と変わらない光景だった。しかし希実は、また別の違和感を覚える。席が二つ空いていたからだ。希実の右隣と、廊下側の一番後ろの端の席が、無人のままになっている。

一席は、わかる。何しろあの子が来ていないのだから。でも、残りの一席は？　しかしそんな希実の疑問は、すぐに解消された。担任が見知らぬ男子生徒を連れ、教室へと入ってきたからだ。

「えー、転校生を紹介する」

転校生なるその男子生徒の登場に、クラスメイトたちはだいぶ戸惑《とまど》っていた。無理もない、と希実は思った。希実だって困惑していたのだ。あれは、いったいなんなんだ？

「はじめまして、美作孝太郎《みまさかこうたろう》です。今日からこの学校に、通うことになりました」

黒板に名前を書き記した男は、爽やかな笑顔でそう挨拶をはじめた。色素が抜けたような茶色味がかった長めのクセ毛は、柔和《にゅうわ》なその顔によく似合っていた。口調も至極《しごく》穏やかで、ごくまともな青年のように感じられた。しかし彼にはただ一点、どうにも目につく特徴があった。

「趣味特技は腹話術です。よろしくお願いします」

その左手に、一体の人形が携《たずさ》えられていたのである。人形は、長い金髪の少女を模したものだった。大きな目は青色で、右の上方を見詰めている。広く丸い額とは対照的に、尖《とんが》った鼻はちょこんと小さい。桃色のおちょぼ口からは、二本の線が顎《あご》に向かい伸びて

いる。どうやら口が動くようだ。彼の自己紹介から鑑《かんが》みるに、腹話術人形であるという
ことか。クラス一同に衝撃が走る中、グリーンのドレスに身を包んだその人形は、カク
カクと口を動かしはじめる。

「コンニチハ。私、アンジェリカ。特技ハ霊視占イデス。ヨロシクネ」

彼女の挨拶が終わると、教室内は水を打ったように静まり返った。当然だな、と希実は冷ややかに教壇を見詰めた。転校生として、インパクトのある自己紹介をと気負《きお》ったのか、あるいは本当にとんちんかんな人物であるのか、そのあたりは判然としないが、いかんせんトリッキー過ぎる。

希実は転校生から目をそらし、机の上の参考書に再び目を落とした。ああいうタイプは、無視するに限る。ヘタに注目してやると、調子づくだけなのだ。あるいはもしかしたら注目など求めてはおらず、ただナチュラルに振る舞っているだけなのかも知れないが、だとしたら余計、係《かか》わり合いにはなりたくない。何しろ希実の周りにはもう、十分過ぎるほどの変人知人たちがいる。これ以上その頭数を、増やすつもりは毛頭ない。

しかし担任は、教室内を見渡しあっさり言い渡したのだった。

「えーっと。じゃあ美作、あの席へ」

そう言って指差したのは希実の隣の空席だった。そんな流れに、希実は内心うろたえ

る。え？　なんであんな人が、私の隣に？　しかしすぐに冷静さを取り戻し、そっと自分に言い聞かせる。いやいやいや、落ち着け、私。確かにあの転校生は妙だけど、あの子が隣になるよりは――。たぶんマシだ。いや、きっと絶対マシだ。

それでも希実は、近づいてくる転校生を無視するため本を睨みつけていた。そうしていれば、声をかけられずに済むだろうと踏んだのだ。けれどその望みは、あっさりと挫《くじ》かれた。

「よろしく」

やってきた転校生は、希実の顔をのぞき込み声をかけてきたのである。この変人にどう対応すべきか考えあぐねる。やはり一応、返事はすべきか。けれど下手に係わりたくないのも正直なところだ。

しかし当の美作孝太郎は、希実をのぞき込んだ姿勢のまま微動だにしなかった。その手に携えられたアンジェリカが、希実を見詰めつつこれみよがしに目を瞬《また》かせるばかり。

「ヨロシクネ」

今度はアンジェリカが言ってくる。もとい、本当は孝太郎が発声しているはずだが、間近で見ても彼の口は動いておらず、その技術の高さは本物なのだろうということがうかがい知れる。ますます怪しい。しかしこれ以上無言でいるのもどうかと思い、とりあえず返事はしておくことにする。

「……ああ、うん。よろしく」

　すると孝太郎は満足そうに頷《うなず》いて、悠然と席に着いた。

　ホームルーム中は人形を片付けるように。そう担任が声をかけると、孝太郎は、わかりました、と折り目正しい返事をして、アンジェリカを仕舞うつもりなのか、ショルダーバッグをトンと机の上に置いた。そしてあろうことか、人形への説得をはじめたのだ。

悪いね、アンジェリカ。ちょっと鞄の中で、休んでいてくれないか。何、そう長い時間じゃないよ。

　大きなひとりごとである。希実は静かに息をのむ。いよいよ、大丈夫か、この転校生。しかし孝太郎は、マイペースを貫き続ける。怖くないって、アンジェリカ。鞄の中は安全だから。心配はない、大丈夫だよ。希実の体に戦慄《せんりつ》が走る。いやいやいやいや、アンジェリカじゃなくて、君こそ大丈夫なのか、転校生。

　そんな疑念を抱きつつ、恐る恐る孝太郎を見詰めていると、彼はおもむろにアンジェリカの口元に耳を近づけはじめた。そして何やらふんふん頷いたかと思うと、ふっと希実のほうに視線を向けた。

　その顔からは笑顔が消えていて、希実はたじろぐ。彼の目にひどく不穏なものを感じたのだ。この転校生、なんかおかしい。いや、おかしいのは見ればわかるけど、それだけじゃなくて、なんか悪い予感が、するんだけど——。

身構える希実に、孝太郎は囁くように告げる。

「大変だ、篠崎《しのざき》さん」

「……何？」

希実が訊くと、彼は人形を顎で指し続けた。

「君に危機が迫ってるって、アンジェリカが言ってる」

もちろん希実は、言葉の意味をすぐには飲み込めず、言ってしまう。は？　危機？　いっぽうの美作孝太郎は、希実の動揺など気にも留めていない様子で泰然と頷いた。

「アンジェリカは霊感が強いから、予言の的中率が高いんだ。近いうちに、きっと何かが起こる。篠崎さん、気を付けたほうがいいよ」

神妙な面持ちで語る孝太郎を前に、希実は言葉を失《な》くす。霊感？　予言？　きっと何かが起こる？　何を言っているんだ、この転校生は——。てゆうかなんでこの人、私の名前知ってんの？　自己紹介、したっけか？

「災《わざわ》いは、もうそこまで来てる」

ホームルームが終わるまで、あと五分足らず。クラスメイトたちはつまらなそうに、担任の話を聞いている。孝太郎の傍らのアンジェリカは、駄目押しのように口をカクカクさせたままだ。気ヲツケテネ、篠崎サン！　絶対、絶対、絶対ダヨー！

そんなアンジェリカ、もとい孝太郎を前に、希実は考えを改める。

前言撤回。

ぜんぜんマシじゃないわ、この転校生。

面妖《めんよう》な新学期のはじまりではあったが、気にしないよう希実は努めた。何せ季節は春なのだ。奇人変人が増えるのも、時候的に仕方がない。

それに家に帰ってしまえば、いつも通りの日常がある。暮林か弘基、あるいはその両方がすでに店へとやってきていて、開店準備をはじめているはずだ。変わらない日々や場所が用意されていることは、心の安定に繋《つな》がるものだ。最近の希実は、そんなことを思うようになった。ブランジェリークレバヤシに居候《いそうろう》するようになって早や一年。希実にもそれなりの変化があったということだ。

「おかえり、希実ちゃん」

今日店にいたのは、暮林だけだった。店のドアを開けるなり、そんなふうに声をかけられた希実は、ごく自然にただいまと返す。そのことが以前はくすぐったかったが、今ではすっかり慣れてしまった。

「今日はおやつに、弘基の作った焼きドーナツがあるでな。部屋に荷物置いたら、食べにおいで。手もちゃんと洗ってくるんやで」

暮林にそう言われ、希実は、はーい、と返事をする。焼きドーナツか。揚げたのと何が違うんだろ。そんなことを考えながら、足取り軽く階段を上っていく。トントントン。平和だな。希実は小さく笑ってしまう。学校から帰ってきて、おやつがあって、手を洗えと言われて——。まるでテレビドラマみたいだ。

二階に着くと部屋のふすまを開け、鞄だけをポンと投げ置く。そしてそのまま、廊下の向こうの洗面所に向かう。暮林に言われた通り、ちゃんと手を洗いに向かったのだ。ドーナツドーナツと小さく口ずさみながら、軽快に洗面所のドアを開ける。

しかしその瞬間、希実は大きな叫び声をあげてしまった。

「ぎゃーーーーーーっっ!!」

洗面所に男がいたのだ。しかも裸で。春の変態風《かぜ》はこんなところにまで吹いているのか。ぎゃあーーー！　変態！　変態！　希実は叫びながら洗面所のドアを思い切り閉める。すると中にいた男が、ドアを開けようとガチャガチャはじめる。おい！　開けろ！くぐもった声が、ドアの向こうから聞こえてくる。希実！　開けろ！　テメェ！

よくよく聞けばそれは弘基の声で、要は弘基が洗面所で裸になっていただけの話だった。どうやらシャワーを浴びた直後だったらしい。クレさんに言っといたじゃん！　と着替えた弘基は声を荒らげたが、暮林はにこにこ笑いながら、そうやったっけ？　すっかり忘れとったわ、すまんすまん、とまったく悪いとは思っていない様子で詫《わ》びてみせた。

　一同が厨房でドーナツを囲んだのは、その騒ぎののちのことだ。コックスーツに着替えた弘基は、まだブツブツ言いながらドーナツを頬張《ほおば》っていた。

「何がぎゃーだよ。叫びてーのはこっちだっつーの。タダで裸見られてよ」

　そんな弘基の発言を、希実は慌てて訂正する。

「裸っていっても上半身だけじゃん！　しかも後ろ姿だったから背中だけだよ！」

　なぜかはわからないが、暮林に妙な誤解を与えてはいけないと思ったのだ。

「だいたい、なんで店でシャワーなんて浴びてたのよ？　お風呂なら自分ちにもあるでしょ？」

　希実が言うと、弘基はふんぞり返って言い出した。そりゃお前、ぐーたんとシバタさんがうちに来たからだよ！　ぐーたん並びにシバタさんとは、斑目の愛猫《あいびょう》である。なぜその二名が弘基のマンションにご在宅かといえば、斑目が取材旅行のため、三週間ばかり家を空けることになったからであるらしい。この子たちを大切にしてやってくれ、と斑目は涙目で弘基に愛猫たちを託したそうだ。

弘基のマンションて、ペット禁止じゃなかった？　と希実が訊くと、暮林が遠い目で寂《さび》しげにもらす。なんで斑目さん、俺やなくて弘基に頼んだんかなぁ。シバタさんを拾ってきたのは、俺やったのになぁ。すると弘基は、慌ててフォローをはじめる。いや、斑目も、クレさんに預けること考えたらしいぜ？　けどクレさん、ちょっと抜けてるとこあるじゃん？　それで、シバタさんの上に鍋落としたり、うっかり踏んづけたりするかもって、斑目が……。けれど暮林もやはり寂しげに返す。うちに鍋はないんやけどなぁ。いや、そういう問題じゃなくてよ。どうやらふたりとも、そうとう猫を預かりたかったようだ。

そんなにいいもんかね、猫なんて。怪訝に思いつつ希実は、暮林が淹れたコーヒーを口に含みそもそもの疑問を呈する。

「猫が家にいるのはわかったけど。それでなんで、ここでシャワー浴びてたのよ？」

すると弘基は、なぜわからないのだ？　という憮然とした表情を浮かべ答えた。

「出掛けに、めちゃくちゃ撫で倒してきたからだよ」

店に出勤するからには、猫の毛はマズイ。そう思うのに、玄関先でニャーとじゃれ付かれると、触らないわけにはいかない。それで触って洗面所に戻り手を洗い、また出かけようとするとニャーとやられる。その繰り返しの結果、弘基は妙案をひねり出したのだという。そうだ！　うちじゃなくて、店で手を洗えばいいんだ！　さらにシャワーを浴びてしまえば、衛生的な問題は完全にクリアされる！

「どうだ？　名案だろ？」

鬼の首をとったかのように言う弘基の腕に、無数の引っかき傷があることに希実は気付く。何それ？　と希実が眉をひそめると、弘基は相好を崩し言い出す。ぐーたんにやられたんだよ。ぐーたんは、じゃれついてくるクセに、抱っこしようとすると引っかくんだよなぁ。嬉しそうに弘基は語るが、希実の心は冷ややかだ。傷の数から察するに、抱っこを試みたのは一度や二度ではないはずだ。どんだけ学ばない男なんだ、弘基。

いっぽうそんな弘基の腕をじっと見詰めていた暮林は、何か思いついた様子でポンと手を叩き言い出した。

「わかった、それが女難の相や」

じょなん？　希実が首を傾《かし》げると、暮林は笑顔で答える。

「ああ。夕べ、占いの先生に言われたんや。弘基には女難の相が出とるって」

どうやら希実が眠っていた間に、そんなことがあったらしい。ソフィアが連れてきたというその占い師は、弘基の手相をみてそう断言したのだという。あなた、近く女の人で痛い目をみますよ。

「ぐーたんはメスやし。このことやったんやないか？　女難の相」

そんな暮林の言葉を、弘基は鼻で笑う。占いなんて信じねーよ。だいたい俺、占い師だっていう連中には、女で苦労するって昔から言われてきてるしよ。アイツら、絶対人の顔見て決め付けてんだよ。頬をさすりながら不愉快そうに語る弘基を横目に、希実も確かにと納得する。この顔だったら、多少は女で苦労してもらわないと、なんか不公平だもんな。弘基というのはひどく口の悪い男ではあるが、パン作りの腕と見てくれだけはすこぶるいいのだ。

ちなみに暮林のほうも、女難の相アリと断言されたそうだ。この店はとにかく、女に災いをもたらされる！　占い師はそんなふうに宣言し、お祓《はら》いを一万円でやってやるがどうかと迫ってきたらしい。弘基が言下《げんか》に断ると、三千円まで値を下げたそうだ。

そんな話を聞きながら、希実はつくづく思ってしまう。相変わらずこの店には、変わったお客さんが多いんだなぁ。けっきょくお祓いしてもらったの？　希実が訊くと、弘基はフンと鼻を鳴らした。んなもん、やるわけねーだろ。そして忌々《いまいま》しそうに、ピシャリと断言してみせた。

「だいたい占いなんてのは、脅《おど》しとおだての話芸なんだからよ。そんなもん信じるなんて、愚の骨頂だぜ」

それは言えてる。めずらしく希実は弘基の意見に頷いた。そもそも未来なんて、自分の努力で切り拓くもんなんだろうし。信じるべきは占い師の言葉ではなく、自分の意志と覚悟のはずだろう。

だから希実は、そんな思いに相応《ふさわ》しい態度でもって、くだんの転校生に接するよう心がけた。彼が授業中にこっそり、危機回避の方法があるんだけど知りたくない？　などと書き記したメモ紙を渡してきても黙って握りつぶしたし、あるいは小テストが返された直後に、受験必勝おまじないがあるんだけど興味ない？　と囁いてきても、ちゃんと聞こえないふりをした。

つれない希実の態度に、隣の席の転校生はややしょんぼりしていたが、しかし希実は気にしていなかった。何しろ彼の周りには、いつも人だかりができて賑やかだったからだ。腹話術が見たい、だの、アンジェリカ占いやってよ、だのと、クラスメイトたちは孝太郎を囲んで口々に言っていた。トリッキーな彼のセルフプロデュースはあんがい功を奏したようだ。

そんな孝太郎を見るにつけ、希実は確信を深めていた。やっぱりあれは、彼のはったりだったんだろう。この人はただのちょっとしたかまってちゃんで、予言なんてのは人の気を引くための単なる妄言だったに違いない。何より孝太郎が転校してきて十日余り、希実には危機など訪れなかったのだ。むしろ、三年生に進級してすぐ行われた実力テストでは、希実史上最高の得点を叩き出し、だいぶ気をよくしていたほどだ。

しかしそれは残念ながら、嵐の前の静けさに過ぎなかったのである。

その日の朝、希実はいつも通りの時間に起き、学校に行く仕度《したく》をしてブランジェリークレバヤシを出た。いつもと同じ時間の電車に乗り、定刻通り学校のある駅に到着した。駅から学校へ向かう道順も、普段と変わらないものを選んで歩いた。それなのにその道すがら、孝太郎と出くわしてしまったのである。

「わあ、篠崎さんだ！　おはよう！」

笑顔で希実のもとへと駆けつけた孝太郎は、偶然だね、などと言いながら、ラッシュに巻き込まれるのが嫌で、いつもより三十分早く家を出ることにしてみたんだ、と訊いてもいないのに説明しはじめた。

「でも、早起きは三文の徳って本当だね。こんなふうに、篠崎さんと会えるなんて」

語る孝太郎は、本当に嬉しそうに見えた。しかし希実は冷ややかに返した。へーえ、そう。何しろ美作孝太郎の手には、いつも通りアンジェリカが携えられていたのである。

その姿に、薄く引いてしまっていたのだ。とはいえ引いていたのは希実だけではない。すれ違ったＯＬ風の女性だって、アンジェリカを二度見していたし、サラリーマン風の男性だって、ぎょっと体をのけぞらせていた。係わりたくない。希実は改めて思う。こういう人はもう、私、お腹いっぱいだ。

　しかし孝太郎は、そんな希実の気持ちを察することなく、嬉々としてアンジェリカでもって語りかけてきた。

「ホント、素敵ナ偶然！　セッカクダカラ、一緒ニ学校、行ッチャオウ！」

　その誘いに、しかし希実は丁重に断りを入れる。いやいや、せっかくだから、ここはむしろ別々に……。苦笑いを浮かべつつ、そのまま孝太郎の前を通り過ぎようとしたのだ。

　その時だった。何を思ったか孝太郎が突然、希実の腕をグイと強く摑んだ。そして勢いよく、希実を民家の生《い》け垣《がき》へと突き飛ばしたのである。

「な……!?」

　思わぬ孝太郎の暴挙に、希実は生け垣に体を打ちつけ、顔と両手を緑の茂みに埋《う》める。細かな枝が、小さな針のように手や体に刺さる。痛い上に青臭い。いったいこれはどういう仕打ちなのか。理解できないまま希実は、怒りに震え振り返る。

何すんのよ⁉　振り返ってそう叫ぼうとする。けれどその瞬間、視界に突進してくる黒い自動車の姿が映り、声はそのまま悲鳴へと変わってしまう。

「な――――っ‼」

その車は、猛スピードで希実たちのほうへと走ってきていた。普通車がギリギリですれ違えるほどのこの路地で、あのスピードはちょっとあり得ない。車はうなるようなエンジン音をあげながら、希実たちの手前で急ブレーキをかける。キキーーーーッ‼　耳をつんざくような音がしたかと思うと、すぐにアクセルを深く踏み込んだようなエンジン音がまた響き出す。ブォン！　ブォン！　ブォーーーン！

酔っ払いが運転してるのか？　自動車を見詰めながら希実は思う。何しろまともな運転とは程遠い。フロントガラス越しに見える運転席の男は、無表情なまま前を見据えている。切れ長の目はどこか冷ややかで、がっちりとした顎からは、堅く歯を食いしばった様子が伝わってくる。運転ミスをした人間の態度とは、ちょっと思えない。

これはアレか？　と希実は訝《いぶか》る。どっちかっていうとお酒じゃなくて、いけないハーブでトリップ的な、そういう危ないパターンのヤツか？　ちょっとした命の危機を感じつつ、希実はさらに体を生け垣の中へと押し込める。自分なりに、緊急避難に相応しいと思われる体勢をとったのだ。

いっぽうの孝太郎は、一応希実を守るようにして車の前に立ちはだかっていた。かばい方はだいぶ乱暴だったが、助けようとしての暴挙ではあったようだ。すると車は一際《ひときわ》大きく、ブォーーン！　とうなった。そしてわずかにバックをし、そのまま急発進するかのようなエンジン音を再びあげた。ブォーーーン!!　それと同時にタイヤから煙が上がったのを、希実は見逃さなかった。

まさか、突っ込む気!?　そんなふうに判断するいっぽうで、しかし体はまるで動かない。どうやら恐怖ですくみあがっているようだ。

ふあぁ――！　間の抜けた叫び声を希実はあげた。車は希実たちを轢《ひ》こうとするかのように、急発進した。時間にしたらホンの一瞬のことではあったが、しかし確かに、こちらに向かい突っ込んできたのだ。

だが車は、孝太郎の手前で急カーブし、そのまま激しいエンジン音を轟《とどろ》かせ、大通りのほうへと走り出した。ブォン、ブォン、ブォーーーン！　そしてやかましくうなったまま、希実たちを嘲《あざけ》るように先の交差点を左折しあっさり姿を消してしまったのだ。

車が見えなくなってすぐ、希実は腰を抜かしたように、へなへなとその場に座り込んだ。な、なんだったの？　今のあれは――？　呆然とする希実の傍らで、孝太郎は涼しい表情を浮かべたままだった。よほど肝が据わっているのか。しかも取り乱した様子もなく、希実を振り返り声をかけてくる。

「大丈夫？　篠崎さん」

雑ではあったが助けられた手前、あ、ぅん、と希実も頷きつつ返す。まだ内心混乱しながらも、礼はちゃんと付け足しておく。あの、なんか、ありがとうございました。すると孝太郎は、ううん、と軽く首を振り、希実に右手を差し出した。大丈夫？　立てそう？　ごく紳士的に言われ、希実はぎこちなく頷く。う、うん。まあ、大丈夫。すると孝太郎は小さく微笑み、右手をさらに突き出してきた。その無言の圧力に負け、希実は孝太郎の手を借りて立ち上がる。孝太郎の手はあんがいたくましく、誠実そうですらある。立ち上がった希実に対しても、孝太郎は、痛いところはない？　ちゃんと歩ける？　など模範的な言葉をかけてくる。それで希実は、うっかり思ってしまう。もしかしたらこの人――。この人、見かけほど、おかしなヤツではないのかも？

そんなふうに、希実が少しばかり考えを改めたことに気付いたのか、あるいは単なる偶然か、孝太郎は言いづらそうに切り出したのだった。

「あのさ、篠崎さん」

「え？　何？」

「僕のこと、怪しいと思ってるでしょ？」

それはまったくの図星で、希実は答えに窮《きゅう》してしまう。そんな希実の様子に気付いたのか、孝太郎は左手のアンジェリカに目を落とし、しょげたような声で続けた。

「僕が言ったこと、信じられないって気持ちは、正直よくわかるよ。確かに僕には、胡《う》散《さん》臭いところがあるからね。これでも多少の自覚はあるんだ」

あったのか、自覚。その意外性に、希実は密かに驚く。あるのに態度を改めないのか。いっぽうの孝太郎も、気落ちした様子で言葉を続ける。

「ただ、根がシャイボーイだからさ。こんなふうに人形を介してじゃないと、うまく人と話せないんだ。予言に関しては、尚のこと。だから時々、誤解されてしまうこともあるんだけど」

時々というよりは、常時と意識を改めるべきだとは思うが。心の中でそう呟きつつ、希実は、ああ、と同情的な相槌《あいづち》を打つ。そりゃあ、誤解されないほうがおかしいよ。正直、ちょっと怖かったもん。この前の大きなひとりごと。

すると孝太郎は、真っ直ぐ希実を見詰めて言い出した。

「でも、本当なんだ。僕が篠崎さんに言ったことは――」

助けられた直後にそんなふうに言い募《つの》られたら、無下に信じないよとは言い出しづらい。何より事実、危険な目に遭った直後でもあるのだ。希実は困惑の表情を浮かべつつ、はあ、ととりあえず頷いてみせる。そんな希実に対し、孝太郎はさらに畳み掛けてくる。

「僕のことを、信じて欲しい。間違いなく、篠崎さんには危機がやってくる」

「へ、へぇ……」

何を根拠に、そんなこと——？　再び希実が首を傾げると、孝太郎は覚悟を決めた様子で言い切った。

「僕には曖昧《あいまい》ながら、未来がぼんやり見えてしまうんだ」


孝太郎は希実に、自《みず》らの能力について説明した。

「子供の頃、死にそうな目に遭ってね。それ以来、特殊能力が身についたんだ」

特殊能力とはつまり、未来に起こる何かしらを、インスピレーションとして察知できる力を指すようだ。自分についての未来はわからないし、世界情勢や天変地異の予言も不可能だが、しかし人に降りかかろうとしている個人的な何か——孝太郎が言うことには、基本的に災厄であるとのこと——はわかるのだという。

「そしてプラス、僕にはその人を、災厄から救うこともできるんだ」

少し得意げに孝太郎は言って、ねっ？　とアンジェリカに微笑みかけた。するとアンジェリカも、ソーナノー、と口をカクカクさせ応えてみせた。孝太郎クンノ、指示ニ従ッテクレレバ、ソレダケデ危険ハ、遠ノイテイクノ〜。

その説明を前に、もちろん希実は黙り込んだ。嘘くさい、というのが率直な感想だったのだ。自分の指示に従いさえすれば、降りかかる災厄から身を守ることができるなどという文言《もんごん》は、胡散臭い宗教家が使う常套句《じょうとうく》のようにも感じられる。

だから希実は、勢い警戒してしまったのである。指示に従えって……。お祓いしてやるから一万円払えとか、壺を買えとか水を買えとかお札《ふだ》を買えとか、まさかそういう類《たぐ》いのこと？　だったら絶対無理なんですけど。私、お金なんてぜんぜんないし——。

しかし孝太郎が希実に指示してきたのは、希実が想像していたこととはまるで違う事柄だった。

「篠崎さんが危機を回避する方法は、ズバリ、人助けをすることなんだ」

思わぬ孝太郎の発言に、希実は思わず、へ？　と声をあげてしまったほどだ。人助け？　壺とかお札とかお金じゃなくて？　すると孝太郎は、肩をすくめて笑ってみせた。やだなーもう、僕のこと、怪しい宗教家か何かと一緒にしないでよー。そして孝太郎は、笑顔で続けたのだった。

「僕のイメージによると、篠崎さんの周りには困っている人がいて——。その人を助ければ、篠崎さんの危機も自然と遠のいていくはずなんだ。だから篠崎さんは、人助けに励めばいいんだよ」

そんなことでいいの？　訝《いぶか》しみながら希実が訊くと、孝太郎は力強く頷いた。

「うん、それだけでいいの。簡単でしょ？」

確かにお金よりは、簡単な気がしてしまった。ない袖は振れないが、その袖だったらどうにか振れそうだ。それで希実は訊いてしまった。人助けって、誰を助ければいいの？　私の周りに、そんな人いたっけ？　問われた孝太郎は肩をすくめ、それは、残念ながらわかんないんだけど、とペロリと舌を出した。なんでも孝太郎の言う人助けというのは、具体的にはさっぱりわからないらしいのだ。

「でも、間違いなく篠崎さんの周りにいるはずだから――。たぶんその人を前にすれば、篠崎さんもピンとくると思うよ。どう？　そんなに難しいことでもないでしょ？」

そして希実は、そんな孝太郎の言葉に、なるほどねぇ、と頷いてしまったのだった。よくよく考えれば、それもずいぶん面倒くさそうな話ではある。普段の希実だったら、そう感じたはずだ。しかしその時の希実は、いつもと心の持ちようが違ってしまっていた。何しろ車に轢かれそうになった直後だったのだ。おかげで希実は、そんなことでいいんだったら、などと思ってしまったのである。それで命の危機が回避できるんなら、別にまあ、いいのではないか――。

それに希実にはもうひとつ、絶対に避けたい危機というものがあった。受験の失敗だ。希実にとって大学受験は、自立した人生を歩むための第一歩なのである。それを失敗することだけは、どうしても避けたかった。孝太郎の言う危機が、いったいなんであるかはわからなかったが、仮にそれが受験失敗なのであれば、絶対に避けなくてはならない。避けるためなら、人助けくらい厭《いと》わずいくらでもやってみせる。そんなふうに希実は思ってしまったのである。

「……よし、わかった。やるよ、人助け」

希実がそう口にすると、孝太郎も笑顔で頷いた。うん、賢明な選択だと思うよ。

ただし問題もあった。何しろ希実には生まれてこのかた、誰かを助けようなどという思いが湧《わ》き上がったことがない。自分のことで手一杯で、人のことなど構う気もしなかったし、それが普通だと思ってきたのだ。そんな自分に、果たしてピンなどというものが来たりするのだろうか？

その旨《むね》孝太郎に訴えると、彼は少し考えて、じゃあ、とさらに言ってきた。

「とりあえず目についた困ってる人を、手当たり次第助けておけばいいんじゃない？　できる範囲で構わないから」

そうして、まずはお昼ご飯について困ってる僕を助けてよ、と持ちかけてきたのである。どういう意味？　と希実が怪訝な顔をすると、孝太郎は肩をすくめて言った。

「僕、篠崎さんちのパン、前から食べてみたかったんだ」

もちろん希実は、ぜんぜんピンとこないんだけど、と返した。しかし孝太郎は、まあ練習だと思って、と笑って返してきた。それで希実は、放課後、孝太郎を連れて家へ帰ったのである。習うより慣れろ、という言葉もある。とりあえず希実は、人助けに慣れることからはじめてみたのだった。


「ただいまー」

希実が店のドアを開けると、厨房ですでに仕事をはじめていた暮林と弘基が、おかえりーと返してきた。しかしその次の瞬間、孝太郎が、おじゃましまーす、と顔をのぞかせると、暮林と弘基はピタリと動きを止めてしまった。その様子に、希実はきょとんとして声をかける。何？　どうしたの？　暮林さん？　弘基？

すると弘基のほうが、はじかれたように体を起こし、すぐに声を荒らげてきた。お、お前こそ！　なんだよ!?　その男！　どこのどいつだ？　どういう関係だ？　弘基のそんな反応に、希実は首を傾げつつ、ただのクラスメイトだけど？　と返す。うちのお店に、頼みがあるっていうから、連れてきたんだけど。しかし弘基は希実たちを睨みつけたままだ。はあ？　頼みだとぉ？　などと言いつつ、孝太郎を頭から足の先まで値踏みするように見詰める。

本当に、ただのクラスメイトなんだろうな？　険を含んだ声で弘基が訊いてくる。いっぽう希実は、ただのじゃないクラスメイトって、逆に何よ？　と内心で思いつつ、しかしここで言い合いをしている場合ではないと、その言葉をぐっとのみ込む。そうだよ、ただのクラスメイトだよ。

すると弘基は、やや態度を軟化させた。あ、そう。なら別にいいけどよ。暮林のほうも、なぜかホッとしたような表情で、そっか、ただのクラスメイトか……などと頷いてみせた。そして笑顔で、孝太郎に声をかけたのだった。ようこそ、ただのクラスメイトくん。

そうして迎えられた孝太郎は、しかし笑顔を崩すことなく、どうも、ただのクラスメイト、美作孝太郎です、などと挨拶をしてみせた。続くアンジェリカも、口をカクカクさせながら自己紹介をした。私アンジェリカ。好キナパンハ、チョココルネデース。

暮林と弘基は一瞬ポカンとした表情を浮かべたが、そこはさすがに大人である。すぐに笑顔に戻り、ご用はなんですか？　と切り出した。そして孝太郎も、すぐに来訪の理由を述べはじめたのである。

「明日から、僕のぶんのランチも用意していただきたいんです」

言いながら孝太郎は、懇願《こんがん》するように暮林と弘基に手を合わせていた。

「以前通っていた高校には、学食が併設されてたんですけど、今の学校には購買しかなくて。しかもそこの購買では、毎日が目ぼしいおにぎりとパンの奪い合いなんです。でも僕、奪い合いって苦手で……。でもだからって、うちの親はお弁当を用意してくれるタイプじゃないし、お昼のたびほとほと困ってたんです」

つまり孝太郎は、ランチにブランジェリークレバヤシのパンを、と所望《しょもう》しているのである。なんでも毎日希実が食べているパンを見て、羨《うらや》ましく思っていたらしい。

「親からは、毎日千円昼食代を貰《もら》ってるので、それをそのまま篠崎さんに渡します。だから篠崎さんに、僕のぶんのパンも預けていただけないかなと」

そして孝太郎は、財布から千円札を取り出し弘基へと差し出した。

「あの、とりあえずこれ……」

しかし弘基は、憮然とした表情で野口英世《のぐちひでよ》を睨みつけた。はあ？　お前、何言ってんだよ？　そんなふうに凄《すご》みながら、パンツのポケットに手を突っ込む。

「昼飯代に千円？　お前もお前の親も、何考えてんだ？　千円も毎日握らせるなんて、生意気にもほどがあるぜ」

そうして弘基はポケットに突っ込んでいた手を取り出し、孝太郎の前へとグーで突き出したのだった。

「千円は貰い過ぎだ。ガキなんだから、五百円でいいよ」

弘基の手には、五百円玉が握られていた。孝太郎がそれを受け取ると、弘基は、学割だよ、コノヤローと付け足した。

話がついたところで、孝太郎はブランジェリークレバヤシをあとにした。孝太郎もだいぶ嬉しかったようで、帰り際には暮林と弘基に、明日から楽しみにしてます！　と声をかけていった。本当に食べてみたかったんです！　このお店のパン！　そんな孝太郎を前に、希実も笑みを浮かべてしまった。何しろ実際、満足だったのだ。

「よーし。任務完了」

そうして孝太郎の帰りを見届けた希実は、厨房のシンクへと向かいさらに申し出た。

「店の準備、手伝うよ」

どこか吹っ切れたような希実の言葉に、暮林と弘基は驚きの表情を浮かべる。え？　何？　お前今、なんつった？　なんや？　希実ちゃん、具合でも悪いんか？　目をぱちくりさせるふたりを前に、希実はフンと鼻を鳴らす。別に、私が手伝ったっていいでしょ？　そりゃ、いいけどよ。けど希実ちゃん、三年生になったら、死んでも店は手伝わんて……。ああ、息巻いてたじゃねーか。そんなふたりの疑問に対し、希実は肩をすくめて返す。

「……まあ、そうなんだけど。これも、人助けの一環なんだよ」

そうして希実の、人助け道がはじまったのである。


希実のポリシーは、身の丈にあった人助けを、だった。何しろ孝太郎だって言っていた。できる範囲で構わないから、と。

そんなふうに思いながら世の中を見てみると、しかし助けるべき人はたくさんいた。駅の階段で重そうなスーツケースを運んでいる女の人や、自転車ですっころんで泣き喚《わめ》いている小学生、コンビニのレジで小銭をばら撒《ま》いてしまったオバサンや、駅のホームで乗り換えがわからず、右往左往している修学旅行生の一団、などなど。そんな場面に出くわすたび、もしや、これか？　と希実はいちいち手を差し出した。

もちろん学校でも気を抜かなかった。前の席の生徒が消しゴムを落とせば拾ってやり、具合が悪そうな女子生徒には声をかけた。店の手伝いも継続した。店に来るなりシャワーを浴びて、ほぼ裸でうろうろする弘基にも、ちゃんとタオルを投げつけてやった。酔っ払ったソフィアが、深夜部屋に乱入してきても、我慢強く話を聞いてやった。どうやら最近、困った客に振り回されているのだそうだ。出張中の斑目には、元気？　とメールを送ってみたりもした。その後長文で、恋人に逢えなくて死にそうだ、という旨のノロケメールが返ってきたが、無視はせず、それはお大事にネ、と笑顔の絵文字つきで返しておいた。暗くなるまでこだまが店にいた時は、ちゃんと家まで送ってやった。希実ちゃんの友だちに、腹話術する人いるんでしょ？　俺、俺、腹話術見たい！　見たいし、俺もやってみたい！　と言い募ってきた際には、はいはいそのうちね、と約束してもやった。

つまりやっていたこと自体は、どれも難しいことではなかったのだ。孝太郎の言う通り、できる範囲のことでしかなかった。ただ、自分の時間は目減りした。それはつまり学習時間の減少ということで、受験生になったばかりの希実としては、徐々に危機感が募っていった。これで受験に失敗したら、本末転倒な気がするんだけど——。

「そろそろ、危機は去ったんじゃない？」

しびれを切らした希実がそんなことを口にしたのは、人助けをはじめて一週間ほどした頃だった。昼休みの屋上で、昼食パンを渡しがてら孝太郎に問うたのである。

「私、もうだいぶ人助けしたんだけど。これ以上続けると、違う意味で危機がやってきそうな気がするんだけど。どうですかね？」

しかし孝太郎は、愉快そうな笑顔を浮かべて返すばかりだった。

「それはさすがに気が早いよ～、篠崎さん。人を助けるって、そんなに簡単なことじゃないんだからさ」

そうして孝太郎は、まあそうカリカリしないで、お昼にしようよ、と床に座るよう希実を促《うなが》した。早々と座り込んだ孝太郎は、ブランジェリークレバヤシの刻印がしてある紙袋を開け、今日は何パンかな～？　などと言いながら、袋の中身をのぞき込む。

それで希実も仕方なく、孝太郎の隣に腰をおろし、同じくブランジェリークレバヤシの紙袋を開けつつ返す。

「豚肉のパテとスプラウトのチーズサンドと、カレーパンとイチゴデニッシュ」

すると孝太郎は、今日はデザート付きなんだね、と笑みをこぼし、左手のアンジェリカに声をかける。よかったね、アンジェリカ。甘いもの、好きだもんね？　もちろん希実は鼻で笑う。何言ってんだか。アンジェリカには、消化器官がないでしょうに。ヒドーイ、希実チャンノ、イジワルー。意地悪じゃなくて、事実を言ったまでです。事実ッテ、イジワルダカラ嫌イ。は？　何乙女みたいなこと言ってんの？　ダッテアンジェリカ、乙女ダヨ？

孝太郎が校庭を見やり、あれ？　と首を傾げたのは、そんな言い合いの最中だった。

「……あの子、早退かな？」
アンジェリカとして希実と言い合っていたにもかかわらず、孝太郎としては別回路で周りを観察していたようだ。いったいこの人、どういう頭の構造をしてるんだろ？　怪訝に思いつつ希実は、孝太郎の視線の先を追う。どれ？　どの子？　ほら、サッカーゴールの裏のあたり、歩いてる子だよ。髪の長い、けっこうかわいい子。孝太郎に言われるまま目を凝らすと、そこには確かに、鞄を手に校門へと向かっていく女子生徒の姿があった。長い髪を風になびかせ、短いスカートからはすらりとした細い脚をのぞかせている。

確かに美人だ。女子生徒に目を留め、希実は思う。あの子は昔から、見た目と外面《そとづら》だけはよかったもんな。そうして小さくひとつ息をついて、ブランジェリークレバヤシの紙袋をごそごそとやりはじめる。

「ああ、あの子ね。あの子なら、早退っていうより、学校に呼び出し食らった帰りってとこじゃない？」

努めて冷静に言いながら、希実は紙袋の中のパテとスプラウトのチーズサンドを取り出す。そしてそのままビニールの包装をピリピリやぶりはじめる。こういう時は、まずパテにいかねばと思ったのだ。パテを食べれば、大丈夫になるから大丈夫。そんな希実に対し、孝太郎がきょとんと首を傾げる。

「え？　あの子、篠崎さんの知り合いなの？」

「うん、幼馴染《おさななじみ》」

「へえ。じゃあ、同じ学年？」

　訊かれた希実は手に取ったサンドウィッチに目を落とし、そう、と返す。豚肉のパテは二センチほどの厚切りで、その肉厚さ加減が食欲をそそる。弘基が作る豚肉のパテは、ブロック肉を包丁で荒くミンチしたものを使っているため、かじると肉の塊《かたまり》が口の中でぽろぽろと崩れていくような感じになる。だからもちろん嚙みごたえは十分。しかも嚙めば嚙むほどスパイスやハーブの味わいが口の中に広がって、肉のうまみをどんどん引き立てていく。弘基によれば、そういう仕掛けにしてあんだよ、とのことらしい。そのパテに、チーズはカマンベール。パンはバゲット三分の一。完璧だな、と希実は思う。つまらない現実は投げ置いて、まずはこのサンドウィッチを食べればいい。そうすれば、束の間の至福がやってくる。

　しかし孝太郎は、サンドウィッチにかじりつこうとしている希実を制し、で、何組の生徒なの？　あの子。とさらに訊いてくる。人が流そうとしてるのに、察しの悪いヤツだな。内心そう毒づきながら、希実は面倒に思うのを隠さずに口を開く。

「一応、うちのクラスの生徒だよ」

「え？　僕、初めて見たけど」

「そりゃ、三年に進級してから、一度も学校来てないからね。見てなくて当然」

「もしかして、不登校とか？」

「まあ、たぶん、そんな感じ」

　そんな説明に、孝太郎は不思議そうに希実の顔をのぞき込んだ。

「意外だなぁ」

「何が？」

「最近の篠崎さん、何かあれば真っ先に人助けしようとしてるのに——。彼女のことは放置なんだ？」

　孝太郎は答え待ちをするように、さらに顔の位置を低くして、希実の顔を凝視してくる。その仕草《しぐさ》がうっとうしくて、希実はガブリとサンドウィッチにかじりつく。いつも通り弘基のサンドウィッチは絶品で、口の中に肉のうまみとチーズのまろやかな味が、混ざりつつ広がっていく。うま、と希実は呟いて、もぐもぐと咀嚼をはじめる。

「……いいんだよ、あの子は」

　咀嚼しながら、希実は淡々と言う。

「私に助けられるくらいなら、死んだほうがマシだろうから」

誇張ではなかった。きっとあの子なら、そういう反応を示すだろう。例えば私が、ガンバ、とでも声をかけたら、怒って喚いて怒鳴り散らして、もしかしたら熱でも出して、そのまま寝込んでしまうかも知れない。あるいは蕁麻疹《じんましん》くらい出しちゃうかも。それで、こんなふうになったのは、アンタのせいだとまた怒るんだ。アンタごときが、私に話しかけてくるんじゃないわよ、なんて見下したように言いながら。

よくわかっている。

三木《みき》涼香《すずか》とは、そういう女だ。

あの子はいつも高いところにいる。それは希実の、涼香に対する心証だ。本人がどれほど自覚的であったのかはわからないが、とにかく涼香はいつも学級ヒエラルキーの上層部にいた。

希実が涼香と初めて出会ったのは小学校一年生の頃だったが、その時にはもう涼香は人の目を引く存在だった。整った理知的な顔立ちを、くしゃっと崩すようにして笑う仕草は、子供の目から見ても印象的で、それを愛くるしいと表現することに気付いたのはもっと成長してからだったが、なんにせよ涼香はすでに周囲から一目置かれていた。まだものの道理もわからない子供にも、この子は特別だ、ということくらいは察知できるのだろう。彼女の周囲は取り巻きのような女の子たちや、やたらとちょっかいをかけてくる男の子で賑わっていた。

そんな涼香が、ひとりでばかりいた希実に声をかけてきたのだ。私が希実ちゃんを、助けてあげる。希実にしてみれば、ひとりでいることは特に苦痛でもなかったのだが、涼香のモノサシからするとそれはおそらく寂しいことで、回避すべき不幸でもあったのだろう。そして希実は涼香の友だちという立場に落ち着き、そのおかげというべきか、他の生徒たちから、からかいや攻撃を受けることはなくなった。上層部の意思というのは、それ以外の者たちにも反映されるということだ。

ただし中学に上がり、涼香は態度を翻《ひるがえ》した。自分の父親の不倫相手が、希実の母親であるらしい、という噂を信じた彼女は、その怒りの矛先《ほこさき》を希実に向けてきたのである。他のクラスメイトたちも巻き込んで、涼香は思うがままに希実を傷つけようとした。靴や体操着を隠されたりと、そんなところからはじまって、机に悪口を書かれたり、トイレに閉じ込められたりと色々やられた。周りの生徒たちも、いっせいに手のひらを返して、涼香に加担した。

高校に入っても、似たような状況だった。中学の頃ほど、ヒエラルキーは絶対的なものではなくなっていたし、涼香の行為を冷ややかに見る生徒もいたことはいたが、それでも大っぴらに彼女を非難する者はいなかったし、どちらかといえば見て見ぬふりで、彼女の行為を許す向きのほうが強かった。けっきょく彼女は昔と変わらず、ヒエラルキーの上にい続けたということだ。

そう、涼香は希実の心証通り、本当にずっと高いところにいたのだ。それなのに突然、そこからポンと落とされた。

去年の夏休みが明けて少し経《た》ってからだったか、涼香がいたグループのメンバーたちが、申し合わせたように涼香を無視しはじめた。涼香が彼女らに近づいても、誰からというわけでもなく、それぞれがすっと席を立ってしまうのである。そんなことを数度繰り返すと、涼香もそれに気付いたらしく、彼女らと距離を置きはじめた。

いったいどうしてそんなことになったのか、詳しい理由は希実にはわからない。もしかしたら、涼香にもわかっていないかも知れない。それでもとにかく、涼香はグループからはじき出された。少しあとになって、あの子、調子に乗り過ぎてたから、などという無視の理由を聞かされたりもしたが、それが唯一の理由だとも思えなかった。希実が見る限り、涼香の態度は以前とたいして変わっていなかったからだ。自分勝手なところも多少あったのだろうが、そんなのは昔からそうなのだ。あるいは、そんな態度への反発が、積もり積もって溢れ出したということなのか。

篠崎さんに対してだって、やり過ぎだなって、私たちは思ってたんだ。涼香の取り巻きだった女子生徒が、ある時そんなことをこぼしてきたことがある。ふたりには色々あったんだろうけど、それにしてもひどいって――。そのことに関しては、私の知ったことじゃないよと思ったが、要するに涼香はグループの和を乱した、あるいは彼女たちの顰蹙《ひんしゅく》を買ったということなのだろう。そうして彼女たちは、正しさや優しさを理由に、粛々《しゅくしゅく》と涼香を排除し続けた。

しかし希実は思っている。まあ、自業自得だよな。あるいは因果応報というやつか。つまり同情する気はみじんもないのである。

そもそも群れとは変化していくものだ。過ぎても足らずとも排除、あるいは攻撃の対象になり得る。対処策としては新たな群れに加わるか、あるいは攻撃の嵐が去るのを耐えて待つか、そのくらいのものだろうというのが希実の私見だ。それは希実がクラス内の群れに加わらず、離れたところから彼女たちを客観視し続けた実感でもある。うるわしい人間関係にも、残酷なゲームと同じ要素は多分にあって、ルールやペナルティーだってきちんと用意されているのだ。

グループからはぶかれた涼香は、しかし別のグループには加わらなかった。声はかけられていたようだが、そちらに馴染むような素振りは一切見せなかった。かといって、元の仲間と和解できるよう、耐えているような雰囲気も皆無だった。むしろ自分から彼女たちを遠ざけたかのように、涼香自身も彼女らを無視するようになっていた。

群れから離れた涼香は、ひとりで毅然《きぜん》と佇《たたず》み続けた。排除された者にありがちな、卑屈な態度は一切見せず、華やかさや精彩を欠くということもなかった。もちろん不登校に陥《おちい》ることもなく、何事もなかったかのように学校にやってきていた。私は、何も間違っていない。美しい横顔には、そんな主張が含まれているようだった。それはプライドの高い、涼香らしい振る舞いだったともいえる。

それなのに三年に進級してからというもの、涼香はパッタリと学校に来なくなってしまった。始業式の日は、単なる病欠なのかも知れないと思ったが、おそらくそう単純なことではないのだろう。何しろあの子は、高いところから落とされたのだ。平然を装うにも、限界があったのかも知れない。

それでも希実は孝太郎に対し、私には関係のないことなんだよ、と説明した。

「グループからはぶかれたのも、あの子の自己責任なわけだし。はぶいたのだって、私じゃなくて他の子たちだし。それで不登校になってんだとしても、私の出る幕じゃないっていうか、そもそもあの子を助けるとか、発想にもないんだけど」

しかし孝太郎はやはり不思議そうに返してきたのだった。

「けど、篠崎さんは単なるクラスメイトっていうより、幼馴染でもあるんでしょ？」

そんな問いかけに、希実は鼻で笑って答える。

「そんなの、ただの腐れ縁だよ。あの子とは昔から馬が合わなかったし。付き合いが長くても、あの子の考えてることって、ぜんぜん理解できなかったもん。いつまでたっても、平行線ていうか。まあ向こうだって、同じ気持ちだとは思うけど——」

するとそ孝太郎は、その点は気が合ってるんだね、と笑った。そして手元のアンジェリカに目を落としつつ、しみじみと語り出した。

「まあ、人なんていうのは、自分が生きてきた世界の基準でしか、なかなか物事を測れないものだし。そういう意味では、理解し合える他人の数にも、それぞれ限りはあるんだろうけど」

そんな孝太郎の言葉に、アンジェリカも頷く。ソウネェ。ソウイウ観点デハ、少数派ッテ損ヨネ。絶対的ニ、理解者ガ少ナイカラ。アンジェリカの意見に、孝太郎も賛同する。そうだね。だからマイノリティーの叫びは、なかなか伝わらなかったりもするんだろうねぇ。とはいえ要はひとり芝居なわけだが。この人、いつまでコレ、続けるつもりなんだろ？　希実がそう訝しく思いつつ見ていると、孝太郎はアンジェリカともども希実のほうに向き直った。そして、少し意味深な笑みを浮かべて言ったのだった。

「でも、知ってる？　篠崎さん。平行線も、交わる可能性があるってこと」

唐突《とうとつ》な孝太郎の物言いに、希実は、へ？　と眉をしかめる。何それ？　どういう意味？　実際意味がわからなかったのだ。しかしいっぽうの孝太郎は、笑顔のまま言葉を継いだ。

「だから、なんていうかね。わかり合えないふたりでも、わかり合える一瞬が、あるかも知れないって話でさ」

なんだ、ただの比喩か。そんなことを思いながら、希実は冷たく笑って吐き捨てる。

「わかってないな、美作くんは」

「え？」

「わかり合うつもりがないから、私たちは平行線なんだよ」

希実がそう断言すると、アンジェリカがコトコト肩を揺らした。何？　と希実が問うと、アンジェリカは小首を傾げて、上目遣いで言ってきた。希実チャン、頭カターイ。その物言いにムッとして、どういう意味よ？　と孝太郎に問いただすと、彼も肩を揺らして返した。そんな四角四面で、ものを見るなよ、篠崎さん。はぐらかすような孝太郎の言葉に、希実はもういいよとそっぽを向く。とにかく私には、関係ないから。

教室の中には、今も空席がひとつある。廊下側の一番後ろの端の席。誰もそこにいないことで、誰かがそこにいたことを実感させる。

それでも希実は、涼香に係わるつもりはなかった。それは自分と涼香の間の、ルールでもあるのだと思っていた。

涼香を再び見かけたのは、その翌日のことだった。

電車から降りたばかりの希実は、通学や通勤の人でごった返す中、人の波にのまれつつ改札のほうへと向かっていた。その途中で、涼香の姿に気付いてしまった。

涼香はホームの端のほうで、ひとりぼんやりと電車の時刻表を眺めていた。制服は着ていたし学校指定のバッグも肩から下げてはいたが、学校へ向かおうという気配はどうも感じられなかった。案の定涼香は、腕時計で今の時刻を確認すると、そのまま反対側のホームに続く階段をさっさと降りはじめた。

どこ行くんだ？　あの子は。不審に思った希実はついつい人の波から抜け出し、柱の陰に隠れつつ反対側のホームを見張りはじめてしまう。もちろんそうしてすぐ、何やってんだろ？　私、と我に返る。なんで私、涼香のことなんか気にしてんの？　別に、あの子がどこに行こうと、そんなことどうだっていいはずなのに。

けれどそんな逡巡《しゅんじゅん》の間に、階段を登ってきたらしい涼香が、向こうのホームに姿を現す。涼香はぼんやりと前方を眺めながら、ひとりポツンとホームに立つ。希実はそんな涼香の姿を、やはりじっと見詰めてしまう。どうでもいいと思いながら、しかしなぜかその場を離れられない。するとその時、背後に人の気配を感じた。

「何してるんだろうね？　彼女」

ふいに届いたそんな声に、希実は目を見張り振り返る。そこには孝太郎が立っていて、希実の肩越しに反対側のホームを注視している。な、何してんのよ？　小さく希実が叫ぶと、孝太郎は悪びれる様子もなく返してきた。

「僕も篠崎さんと同じ電車に乗ってたんだよ。で、篠崎さんと同じく彼女に気付いた」

淡々と言いながら、孝太郎は興味深そうに涼香の様子を見詰めている。もちろん左手のアンジェリカも、その目の位置から察するに、涼香を観察しているようだ。

「ここまで来たはいいけど、やっぱり登校する気が失せちゃったのかな？」

孝太郎の意見に、アンジェリカも同調する。ソウネ、ナンダカ落チ込ンデルヨウダシ。言われてみれば確かに、涼香の表情は暗い。長い髪をかき上げる仕草も気だるげだ。

「てゆうか、篠崎さんこそ何してるの？」

背後からそう訊かれ、希実は前を向き直し返す。別に。しかし孝太郎も食い下がる。

そう？　ずいぶん情熱的に、彼女のこと見詰めてるみたいだったけど。そんなことないよ、これは単なる、流れというか勢いというか。ふ〜ん、流れで勢いねぇ。前を見たままなので孝太郎の表情はわからないが、たぶん笑っているんだろうと希実は思う。何しろ希実だって思っているのだ。涼香に係わる気はないと、明言した舌の根の乾かぬうちに、いったい私、何をやってるんだか——。

孝太郎が声をあげたのは、希実がそんな自己嫌悪に陥る手前の頃合いだった。

「あっ、マズイ」

その声に少し切迫したものを感じた希実は、何よ？　と振り返る。どうしたの？　何がマズイの？　しかし孝太郎は、いや、その……、と言い淀む。そんなふうにされてしまっては、余計気になる。希実は少しいら立って、だから何よ？　と強く訊く。すると孝太郎は、ふう、と大きく息をつき、そうだね、と呟いたのだった。そうだよね、隠したって、仕方ないよね。そして眩しそうに涼香を見詰め言い出した。

「あの子、三木さん、だっけ？　彼女に関するインスピレーションが、きちゃった」

そんな孝太郎の言葉に、希実は息をのむ。確かインスピレーションて、主に悪いことを感じ取るんじゃなかったっけ？　そう思いつつ、どんな？　ととりあえず訊いてみる。孝太郎は涼香を見詰めたまま、わずかに眉根を寄せて静かに言い継ぐ。

「彼女、これから遠い場所に行く」

遠い、場所？　その言葉に嫌なものを感じつつ、それでも希実は茶化《ちゃか》し半分で言ってみる。何それ？　電車に乗って、どこまでも的な？　しかし孝太郎は、重々しい表情を浮かべ首を振る。

「いや、もっと遠く。空にのぼっていく、イメージが見えた」

空にのぼるとは、どうも穏やかでない。それ、どういう意味よ？　少し声を荒らげて希実は言う。しかし孝太郎は暗い顔をしたまま言葉を濁す。いや、その……。何よ？　はっきり言いなさいよ。しつこく希実が詰め寄ると、孝太郎はしぶしぶといった様子で、ようやく重い口を開いた。

「だから、その……。普通空にのぼるっていったら、まあ、死がイメージされるよね。しかも彼女の場合、早まる動機はあるからさ。ちょっと、だいぶ、危ない感じはするっていうか……」

その時、駅のアナウンスが流れはじめた。間もなく二番線を特急電車が通過いたします。危ないですから白線の内側にお下がりください。

二番線は向こう側だ。希実は改めて涼香を見やる。涼香はホームに立ったまま、電車がやってくるほうをのぞき込んでいる。その足が、一歩前へと進む。アナウンスは後ろに下がれって言ったのに、なんで前に出るのよ？　長く燻《くすぶ》っていた火種《ひだね》に、ふっと火がついたように希実は憤《いきどお》る。アンタはもう、昔から周りの人の話を聞かないんだから——。

その時、孝太郎が囁くように言い出した。

「でも、まあ、悪くはないのかも、知れないな」

もちろん希実は、何が？　と訊ねる。この流れで、いったい何が悪くないんだ？　怒りの炎はどんどん大きくなっていく。そんな希実の様子に気付いているのか、あるいはまったく気付いていないのか、判然としない様子で孝太郎が言う。いや、だからさ。その口元は、少し笑ってさえいる。

「空にのぼっていく彼女のイメージは、実に穏やかなものだったから。まあ、いいのかも知れないって、ちょっと思ったっていうかね」

そんな孝太郎の物言いに、希実は猛烈ないら立ちを覚える。それでたまらず食って掛かる。はあ？　何それ？　しかし孝太郎も淡々と返す。

「いや、だからさ。空にのぼったほうが、楽になるってこともあるでしょ？」

パ——！　と向こうから電車の警笛が聞こえてくる。線路の先には、すでに特急らしき電車が見えている。涼香の前を、通る電車が——。

「今の彼女なら、なおのことさ」

孝太郎がそう言ったのと、希実が走り出したのはほぼ同時だった。先ほど涼香が降りていった階段を、飛ぶようにして駆け降りていく。冗談じゃない、冗談じゃない。心の中ではそんな言葉が、呪文のように繰り返されていた。冗談じゃない。冗談じゃない。涼香が楽になるなんて、あり得ない。

そんなの絶対、許さない。

凪《な》いだような海に、人がぽつりぽつりと浮かんでいる。ほとんど波はないかのように見えるが、それでもタイミングを見計らって、ボードに乗ろうとしているサーファーはいるのだから、きっとそれなりに波はあるんだろうと希実は思う。

薄く雲が伸びた空には、旋回するトンビの影が映る。穏やかな波の音の中に、時おりその鳴き声が混ざる。ピーヒュルルルというよく伸びるその声は、水色の空によく似合う。海岸は比較的閑散としている。海岸のずっと先で、犬と散歩をしている人の姿も見えるが、あとは海に出入りしているサーファーたちがちらほらいるだけ。春の平日の海らしいのどかさだ。

希実は海岸に打ち上げられた流木に腰をおろし、黙々とパンをかじっている。食べているのはセロリとチーズのサンドウィッチだ。ざっくりと刻まれたセロリが、癖のある味わいのブルーチーズに挟み込まれている。咀嚼するたびブルーチーズの強い香りが口の中に広がる。強い塩味が、シンプルなバゲットの甘味とよく合う。時おり鼻に抜けていくセロリの香りもクセになりそうだ。薬臭いような匂いなのに、どうしてこんなにおいしいんだろう。不思議に思いながら、希実はしゃくしゃくセロリを噛む。

そんな希実の隣に座る涼香は、サーモンのタルタルソースサンドをかじっている。セロリは臭いから嫌い、と言い捨てて、迷わずサーモンを選んだのだ。食べはじめて数分が経過しているが、おいしいともまずいとも涼香は言わない。無表情なまま海を見詰め、静かにパンを口へと運び続けている。ただし、口の端には白いタルタルソースがついたままで、それに気付かず食べているあたり、おそらくおいしいと感じてはいるのだろう。お見通しだ、バーカ。黙ったままの涼香を横目に、希実も無言のまま思う。しかもそのタルタルソースは、私が作ったんだから。ザマアミロ。

心の内で毒づきながら、しかし希実はこの奇妙な状況の下、やはりだんまりを決め込み続ける。何を話していいのやら、皆目見当がつかないのである。涼香もぼんやりとしたままだ。のどかな海の景色を前に、どこか気だるげな空気を漂わせている。

どうしてこんな状況に陥っているのかといえば、ひとえに孝太郎のせいである。少なくとも希実はそう思っている。美作くんが、あんな予言をしてこなきゃ、私だって涼香を追ったりしなかった。

彼女、これから遠い場所に行く。空にのぼっていく、イメージが見えた——。そんな孝太郎の言葉を受けて、希実は駅のホームを走った。涼香が電車に飛び込むかも知れない。そんなふうに思ったからだ。

けれどけっきょく、涼香は飛び込んだりしなかった。特急電車を涼しい顔で見送って、そのまま次の電車を待ちはじめた。そんな涼香を前に、駆けつけた希実は我に返った。そりゃそうだよ、涼香がこんなことで死ぬわけないじゃん。プライドばっかりやたら高いあの子が、自殺なんて……。そう思い至って踵《きびす》を返し、元いたホームに戻ろうとした。孝太郎がやってきたのは、そんなタイミングだった。

「追いかけたほうがいい」

希実のあとをついてきたらしい孝太郎は、戻ろうとする希実にそう声をかけた。

「さっきのイメージは、まだ消えてない。むしろ、より鮮明になってるくらいだ。彼女を追いかけろ、篠崎さん。何かあったら、篠崎さんが止めるんだ」

ホームにはまたアナウンスが流れはじめていた。今度は快速の電車がやってくるようだった。快速ならば、この駅にも停まる。

「でないと篠崎さん、一生後悔する」

そう言って孝太郎は、希実にアンジェリカを押し付けてきた。これ、お守り。アンジェリカは、死んだ母の形見なんだ。アンジェリカがいれば、たぶん大丈夫だから。そしてそのついでのように、希実が手にしていたふたつのブランジェリークレバヤシの紙袋のうち、ひとつをさっと取り上げた。じゃあ、僕のぶんのランチは、ここで頂いていくからね。そう言って、希実の体を線路のほうへと向けたのである。

しばらくすると電車が来て、涼香はそれに乗り込んだ。そして希実も、孝太郎に背中を押されるようにして、電車に足を踏み入れてしまった。

涼香は希実に気付いていないようだった。希実が見張っていた限り、特に不穏な様子を見せるわけでもなく、ごく普通に電車に揺られていた。そして数駅先で電車を降りた涼香は、神奈川方面に向かう別の電車に乗り換えた。

どこに行く気だ？　あの子。怪訝に思いながら希実は涼香を尾行し続けた。窓の外の風景は、途中で様子が変わってしまった。ビルやマンションらしい建物が見えなくなり、代わりに緑が茂る山々や、その切れ間に青い海が姿をのぞかせるようになった。心なしか空気も澄んでいるように見えた。

涼香が降りたのはホームに屋根もないごく小さな駅で、電車から降りるとわずかに海の匂いがした。ホームからは駅前のロータリーが見えたが、タクシー乗り場にタクシーはなく、行き交う人もごくまばらで、まるでスローモーションの映像を眺めているような心持ちになった。

　しかしそんなスローな時間の流れの中で、希実は駅員に捕《と》らえられたのである。まずは涼香の後を追うべくくぐった自動改札で、料金不足のため行く手を阻《はば》まれた。そうしてやってきた駅員に不足料金を請求されたのだが、希実の手持ちのお金では不足金額をまかなえず、そのまま足止めを食らってしまった。

「住所は？　は？　世田谷？　なんでここに来たの？　学校も東京でしょ？　学校はどうしたの？　休みじゃないでしょ？」

　疑り深そうな目をした初老の駅員は、眉間に深いしわを寄せ希実を問い詰めた。家出少女と疑ってでもいるのか、希実がいくら答えを返しても、また別の質問を繰り出してきた。

　そしてそんなタイミングで、涼香が改札へと戻ってきたのである。

「すみませーん。海までの道順、教えて欲しいんですけどー」

　やってきた涼香は、もちろんすぐに希実に気付き、一気にその表情を曇らせた。何やってんの？　アンタ。そしてそんな言葉を吐いて、希実を睨みつけたのだった。しかし駅員のほうは、あれ？　友だち？　などと言い出して、友だちなら、不足分の料金貸してあげなよ、と当然のように涼香へと声をかけた。

希実たちがいっせいに、いや、友だちじゃないです！　と反論しても、面倒くさそうに顔をしかめるばかりだった。友だちじゃないのは勝手だけど、君ら同じ学校なんでしょ？　制服、同じじゃない？　学校はどうしたの？　不足料金、払わない気なの？

下手をするとこのままでは、学校に連絡がいってしまうかも知れない。涼香が駅員に千円札を差し出したのは、希実がそんなことを思いはじめた矢先のことだった。わかりましたよ、私が立て替えればいいんでしょ。どうやら涼香も、希実と同じ不安を抱いていたようだ。だから、もういいでしょ？　私、行くところがあるんで、もう失礼します。そんなふうに言って、涼香はおつりを受け取るなり、さっさと歩き出してしまった。そして希実も、そのあとに続いたのである。ここまで来たら乗りかかった船だ、という心境だった。付いてこないでよ、と涼香は怒鳴ったが、私の勝手でしょ！　と怒鳴り返して付いていった。

海に辿《たど》り着いたのは、それから三十分ほどしてからだった。駅員には道を聞けなかったので、道行く人たちに声をかけながら、ふたりは海へと向かった。もちろんその道中も、ずっと言い合いは続いた。てゆうか、なんなの？　アンタ？　まさか私のこと、ずっとつけてきたの？　だったら何？　そっちこそ学校サボって何やってんのよ？　うるさいな！　思い出作りだよ！　はあ？　何それ。いいじゃん、それこそ私の勝手でしょ！　てゆうかアンタのその人形、何？　超気持ち悪いんですけど！　はあ？　アンジェリカのどこが気持ち悪いのよ!?　おかげで海に着いた頃には、のどが若干痛くなっていたほどだ。

海に着いてしばらくすると、お腹がすいたと涼香が言い出した。それで希実は、昼食用のパンを涼香に渡したのだった。これ、食べてもいいよ。さっきの電車代の代わり。すると涼香は、あっさりそれを受け取った。自分が差し出したものなど、涼香が受け取るはずがないと、心のどこかで思っていたので、その反応は意外だった。ただしその後、セロリは嫌いだの、ブルーチーズって、あの超臭いヤツでしょ？　だのと、まあカンに障《さわ》ることばかり言ってはきたのだが。

パンをかじりはじめた涼香は、すっかり大人しくなってじっと海を眺めている。時おり砂浜を歩いていく人に目を向けたりしつつ、しかしすぐにまた海へと視線を戻す。そんなふうにされると、希実も心許《こころもと》なくなって、ただ黙々とパンをかじることに専念してしまう。救いはパンがおいしいことだ。いくら居心地が悪くても、そのおいしさに変わりはない。

そうしてお互い、無言のままパンを食べ終えた頃、涼香がポツリと言い出した。

「この海、子供の頃、よく来てたんだ」

海を見詰めたままの涼香は、眩しそうに目を細めていた。

「厳密には、もう少し先のプライベートビーチだけど。祖父が持ってるリゾートマンションがあって、夏休みのたびに家族で旅行に来てた」

なんだ、自慢か？　眉をひそめる希実をよそに、涼香は淡々と続ける。

「私が中学に上がるまでは、ずっとそうしてたんだ。来なくなったのは、アレがあってからだよ。それまでも色々あることはあったんだろうけど、アレは決定的だったからね」

涼香の言う、アレ、がなんであるのか、希実にはすぐ察しがついた。おそらくは涼香の父親の、不倫騒動のことだろう。

「うちの父、あの女とは別れたよ」

その言葉に、希実は、え？　と涼香のほうを見る。しかし涼香は希実を見ないまま、表情を変えず言い継ぐ。

「だから、中学の時の、私たちの担任」

希実は、ああ、と頷き前を向き直して、そっか、と小さく返す。返しながら、なるほど、と思う。なるほどそうか、涼香、知ってたんだ。父親の不倫相手が、うちの母親じゃなかったってこと。

いつ、知ったんだろう？　そんなことを思わないでもなかったが、訊くのはやめておいた。今さらそのことを知って、過去が変わるわけでもない。

そんなふうに結論付けた希実は、しかしすぐに息をついてしまう。いや、違う。そう思い至って、目を伏せる。

過去は、変わる。

私が何も訊かないのは、聞けば過去が変わってしまうと、わかっているからだ。たぶん私は、まだ過去を、変えたくなくて——。

「だから、今は家族も元通り。だいぶ落ち着いたもんだよ」

強い風が吹いて、涼香は長い髪を押さえる。その仕草は美しく、横顔はやはり気高い。相変わらずだな、と希実は思う。少しくらい弱みを見せてもいいのに、だけどこの子は、絶対にそんなところは見せないのだ。

しばらく黙って海を見ていた涼香は、しかし突然不機嫌になり言い出した。

「あー、まだ足らない」

そしてそのまま、希実の傍らに置いてあったブランジェリークレバヤシの紙袋を取り上げてしまった。

「ちょっと？　何すんのよ？」

希実が言うと、涼香は睨みつけてくる。

「まだパンあるんでしょ？　足りないからよこしなさいよ」

もちろん希実は言い返した。何それ？　それが人にものを頼む態度？　けれど涼香も、当然というべきか一歩も引かない。頼んでないもん。命令だもん。早くよこしなさいよ。さっきのサンドウィッチだけじゃ、電車賃の代わりにならないんだから。はあ？　足らなかったのって、四百三十円でしょ？　さっきのパンでもう十分じゃん。アンタバカなんじゃないの？　帰りの電車賃もないってこと、忘れてんでしょ？　あ……。ほら、早くパンよこしなさいよ。

紙袋の中に残っていたのはフルーツサンドだった。涼香はそれを二等分して、希実へと渡してきた。

「はい」

「え？」

「食べものの恨みは怖いっていうから、ちゃんと分けてあげる」

そんな上からの物言いに、希実は半ば呆れつつ、ああ、それはどうもありがとうございます、と慇懃《いんぎん》無礼《ぶれい》に言って受け取る。

フルーツサンドの断面からは、生クリームにはさまれたイチゴとキウイ、あとはミカンがのぞいている。きれいな色だな。希実は思わず、口元を少しゆるませてしまう。しかしその段で、クリームの色が少し変わっているのに気付く。いつものクリームは白いのに、今日のそれは少し黄色がかっている。もしかしたら弘基が、何か試して作ったのかも知れない。そんなふうに思いながら、希実はそのフルーツサンドをあむっと頰張る。そしてゆっくり咀嚼をはじめる。

クリームの正体には、すぐに気が付いた。いつもよりなめらかな舌ざわり。しかもこっくりとしていてバニラの香りもきいている。おそらくカスタードを生クリームに混ぜてあるのだろう。ほのかに甘いそのクリームに、果物の甘みと酸味が混ざって溶ける。初めて食べるフルーツサンドの味だ。しかし、おいしい。希実はじっと黙ったまま、にまにまと笑みを浮かべてしまう。

その時、涼香がふいに言い出した。

「希実って、昔からフルーツサンド好きだったよね」

思いがけない涼香の言葉に、希実はハッと我に返り、そうだっけ？　と首を傾げる。確かに好きは好きだけど、昔からだったかどうかは判然としなかったのだ。けれど涼香は手にしたフルーツサンドを咀嚼しつつ、好きだったよ、と言い切る。

「小学校の頃、給食がない日とか、よく持ってきてたじゃん」

涼香の物言いが、しかし希実にはピンと来ず、眉根を寄せて返してしまう。そう、だっけ？　そんな希実の態度に、涼香は少し呆れた表情を浮かべ続ける。

「覚えてないの？　まあ確かに、低学年の頃だけだったかも知れないけど。アンタ、得意げな顔してランチボックス開けて、今日はフルーツサンドなんだって、自慢してたじゃん。それで、絶対分けてくんないの。希実ってひとりっ子だから、ものを分け合う精神に欠けてたんだよね」

そう、だったっけ？　少しバツが悪いような心持ちになりつつ、それでも強気に言って返す。けど、今は分けてやってんだから、いいじゃん。しかしもちろん涼香も引かない。はあ？　何言ってんの？　今フルーツサンドを分けてやったのは、私のほうでしょ。まあ、そうかも知れないけどさ。かもじゃないよ、事実だよ。じゃあ、そういうことでいいよ。じゃあ、感謝してよね。はいはい、しますします。

帰り際、涼香はポツリと言い出した。

「希実のとこのパン、一度食べてみたかったんだ」

太陽が傾きかけていた。凪いでいたはずの海には、小さく白波が立ちはじめている。潮騒《しおさい》の音も、先ほどよりいくぶん大きく聞こえてくる。先ほどはまばらだったサーファーたちが、気付けばだいぶ増えている。

涼香はそんな海を眩しそうに見詰めながら、砂浜を歩いていた。そのスカートが風に翻るたび、サーファーたちの視線が飛んできた。しかし涼香は、そんなことにはまるで興味がないといった様子で、サクサクと砂を踏み歩き続けた。

希実もその足跡を追うように、歩いていった。昔も、こんなふうに歩いたことがあったな、と思い出しながら——。

「……こんなにおいしいんだったら、踏んだりするんじゃなかった」

希実の顔を見ないまま、涼香はひとりごとのように呟いた。希実は聞こえなかったふりをして、黙ったまま涼香の足跡を辿り続けた。


けっきょくその日は、一日学校をサボってしまった。学校に着いた頃には、もう夕方近くなっていた。

それでも一応教室へと向かったのは、孝太郎がいるかも知れないと思ったからだ。何しろ彼は、希実にアンジェリカを託したままなのだ。彼女を見捨てて帰ってしまうはずがない。

案の定、孝太郎は教室にいた。みながもう帰ってしまった教室で、ひとり席に着いていた。思った通り、孝太郎も希実を待っていたようだった。もちろん目当てはアンジェリカだったが。

「うまくいったみたいだね」

アンジェリカを受け取りながら、孝太郎はそんなふうに言ってきた。

「ずいぶんいい笑顔をしてるじゃないか」

しかし希実は、どこが？　と言い返す。別に私、笑ってないじゃん。すると孝太郎は、篠崎さんじゃなくて、アンジェリカが笑顔だって言ってるんだよ、と注釈を入れる。それに続いてアンジェリカも息を吹き返す。ソウヨ、希実チャン！　私、海ニ行ケテ楽シカッタワ！　その言葉に、希実はやはり目をむいてしまう。な、なんで美作くん、海に行ったってわかるわけ？　おそるおそる訊いてみると、孝太郎は満面の笑みを浮かべてみせた。

「だから、言ったでしょ？　僕には曖昧ながら、未来が見えてしまうんだって」

信じがたい。希実は懊悩《おうのう》する。信じがたいが、孝太郎の言っていることは当たっている。さらに言えば、涼香の空を飛ぶイメージも、間違ってはいなかったのだ。

帰りの電車の中で、涼香は学校に来なくなった理由を説明した。

「私、九月からアメリカの学校に行くの。父の仕事の都合で」

ちなみに父親のほうは、すでに日本を発っているらしい。

「パパが向こうの生活に慣れた頃に、家族を迎えるほうが楽だって言い出したんだよ。まあ時間差があったほうが、確かに何かと便利だろうしね。少しの間離れてみて、今のギクシャクを直そうって気持ちもあるみたい。それでしばらく、私にもブランクができちゃったってわけ。まあ、親は普通に、夏休みまでは今までの学校に通えばいいって言ってるけど、一学期だけ行ったところで、けっきょくは無駄足だし、だったら英会話の学校にでも通うほうがいいと思って」

そして涼香は、実際学校を探しつつ親を説得したのだそうだ。

「だから来月には、私の席もなくなると思うよ。転校の手続きは、もう済ませたから」

昨日涼香が学校に現れたのには、そういう理由があったのだ。

「すっごい楽しみなんだ。アメリカ生活。帰ってきたら帰国子女っていう箔《はく》がつくし。向こうの大学に行くのも悪くない。それに私、国際結婚とか憧れてたんだよね。向こうに行けば、その確率もグッとあがるもんね。なんにせよ、クラスの連中を見返す、いいきっかけになるし。ホーント、超楽しみ！」

語る内容には、いかがなものかと思われる点が多々あったが、しかし孝太郎が見た涼香の未来のイメージは、限りなく現実に近かったといえる。この人は、本当に未来が見えるんだろうか？　少なからぬ畏怖《いふ》の念を抱きつつ、希実は孝太郎に問いただす。

「もしかして美作くん、涼香が海外に転校するってわかってて、わざとああいう言い方した？」

　孝太郎は笑顔を浮かべたまま、空いている右手で鼻の頭をこちょこちょとかきながら、なんということはないといった様子で軽く答えた。

「へえ、あのイメージって、そういうことだったのか。でも、わざとじゃないよ？　僕に見える未来は、ごく曖昧なものだからね」

　ホントかな？　希実は疑いの眼差《まなざ》しを孝太郎に向け続ける。とはいえ、何をどこから疑えばいいのか、ここまでくるともう判然としないのだが――。いっぽうの孝太郎は、微笑を崩さず希実の顔をのぞき込んでくる。

「でも、でも、追いかけてよかったでしょ？　篠崎さんも、ずいぶんスッキリした表情になったよ？」

　ごく断定的に言う孝太郎を前に、しかし希実は釈然としない。この人、どこまでわかってるんだ？　いやそれよりも、今の私、ぜったいスッキリした顔なんてしてないんだけど。

「ところで、美作くん」

「何？」

「ご覧の通り、今日は一日がかりで涼香を助けようって動いたんだからさ。そろそろ私の人助けも、終わっていい頃なんじゃやない？」

しかし孝太郎は首を振る。

「それはまだだよ、篠崎さん」

またまだなの？　希実は肩を落とし顔をしかめる。いつまでこんなこと、続ければいいの？　しかし孝太郎は余裕の笑みだ。言ったでしょ？　人を助けるって、そう簡単じゃないんだって。

そうして孝太郎は、希実の肩にポンと右手を置き言ったのだった。

「危機は、まだ去ってないよ。むしろ、前より近づいてきてるくらいだ」

あんまりあっさり言われたので、思わず希実は苦笑いで返してしまう。

「あ、そう」

そんな希実に、孝太郎はさらに陽気に言ってきた。

「いいね、篠崎さん。その笑顔」

いや、苦笑いだが。そう思う希実をよそに、しかし孝太郎は満足そうに微笑み頷いた。

「うん、いい笑顔だ」

希実が家に帰った頃には、暮林も弘基もすでに店へとやってきていた。

ただいま、と希実が店のドアを開けると、ふたりは慌てふためいた様子で厨房から飛び出してきた。

「お前！　学校サボって何やってたんだよ！」

その言葉に、希実は思わず、ゲッ、と声をあげる。もしかして、連絡いっちゃったの？　次に口を開いたのは暮林だ。暮林は弘基をなだめるようにしながら、困惑気味に言ってきた。

「店に電話があって、弘基が電話を取ったらしいんや」

電話を寄こしたのはもちろん担任で、篠崎さんの具合はどうですか？　と訊ねてきたらしい。

「この間の、美作って生徒が言ったみてーなんだ。登校途中、篠崎さんは具合が悪くなったので、帰ってしまいましたってさ。そんな知らせ受けたら、俺らだってビビるじゃんか！　お前は家に帰ってねーし！　しかも携帯も繋がんねーし！　どっかで倒れてんじゃねーかって、こっちは……！」

怒鳴りつけてくる弘基を前に、希実はジャケットのポケットから携帯を取り出し確認する。携帯は電源が落ちていて、ボタンを押してもウンともスンともいわない。おそらく充電が切れているのだろうと希実は思う。希実の携帯はだいぶもう古いのだ。

あ、その、ごめんなさい。バツが悪そうに言う希実に、暮林もめずらしくたしなめてくる。

「そうやで、希実ちゃん。弘基なんてさっきから、警察に連絡やなんやって、大騒ぎやったんやし。俺も寿命が縮まった思いやったわ」

そんなふたりを前に、希実はしばし言葉を失う。なんていうかこの人たち、ちょっと心配性過ぎやしないか。高校生が一日学校をサボったくらいで、今時どこの親もそうそう騒いだりしないと思うんだけど。そしてその段でハッと気付いた。

そうだ。私、一日学校サボっちゃったんだ。

長年内申点を気にしながら生きてきた希実は、学校を決して休まなかった。遅刻は一度、斑目のせいでしてしまったことがあるが、それでも無欠席の記録だけは保ってきたのだ。それなのになんてことだ。涼香なんかのために、せっかくの記録をふいにしてしまうなんて――。

そうして希実ががっくりと肩を落としていると、何かを勘違いしたらしい弘基が、まあ、いいけどよ、と言い出した。無事だったんなら、まあ、取り越し苦労ですんだってことなんだし。けど、今度からサボる時は、俺らに言ってからサボれよ？　いいな？　それで希実も、うなだれたまま頷いたのだった。うん、わかった。ごめんなさい。

「で、希実ちゃん。学校サボって、何やっとったんや？」

暮林に訊かれた希実は、かいつまんで一日の出来事を話した。涼香を追いかけて海まで行ってしまったことも、料金が足らなかったことも正直に告げた。すると弘基は、どうりで潮くせーと思った、と鼻で笑った。いっぽう暮林のほうは、そっと眼鏡のブリッジをあげて、意外なことを言い出した。

「そうか、あの子と海になぁ。それはよかったな、希実ちゃん」

別に、よくはないけど……。しっくりこない様子で言う希実をよそに、しかし弘基も暮林に続く。

「いや、普通によかったんじゃねーの？　三木涼香って、去年お前と、乱闘騒ぎ起こした子だろ？　その子と学校サボって、わざわざ海まで行ったんだろ？　そんで爽やかに仲直りもできたんだろ？」

だから、別に、仲直りなんてしてないから。そもそも仲なんて、最初から良くなかったんだから、直るようなもんじゃないの。否定する希実に、しかし弘基が薄笑いを浮かべ言ってくる。なんだよ、ムキになって。ガキくせぇな。はあ？　ムキになってないし、ガキでもないし。そういうのがムキなんだよ、ガキ！　アンタだってすぐムキになるじゃん！　大人のクセにガキなんだから！　はあ？　俺のどこがムキになってんだよ!? そんな言い合いに、暮林は飄々《ひょうひょう》と意見を挟む。まあまあ、ふたりとも若者に違いはないで。ある種大人の対応だ。オジサンには、ふたりとも眩しいくらいや。

そうして暮林は、またひとつ笑って言ったのだった。

「まあ、あの子も、だいぶしんどそうやったでな。ここで希実ちゃんと仲直りできて、よかったんやないのかな」

だから、仲直りはしてないんだって。希実は内心そう返したが、しかし暮林も弘基もすでに納得しているようなので、それ以上の反論をするのはやめた。

でもやっぱり、仲直りではないのだ、と希実は思う。私たちはたぶん一度も、わかり合ったことなどなくて、認め合うとか許し合うとか、言葉だけならできるだろうけど、心の底からはやっぱり無理なような気がする。

孝太郎だって、言っていた。人なんていうのは、自分が生きてきた世界の基準でしか、なかなか物事を測れないものだし。そういう意味では、理解し合える他人の数にも、それぞれ限りはあるんだろうけど――。希実が共感できるとするなら、むしろそちらの言葉のほうだ。

「ああ、そういや今日のフルーツサンドはどうだった？」

ポケットからメモ帳を取り出し訊いてくる弘基に、おいしかったよ、と希実は返す。カスタードが入ってたでしょ？　なんか新鮮でよかった。けっこう女の子ウケすると思うよ？　意外とさっぱりしてるし……。すると弘基は、ふうん、と息をついてメモ帳に何やら書き記した。シンセン、ね。弘基の言葉を受けて、隣の暮林も静かに頷く。そうか、新鮮かぁ……、そうしてふたりは顔を見合わせ、薄い落胆の色をにじませたのだった。どうも本日も、希実の答えがお気に召さなかったらしい。夏を前にしたふたりの探究心は果てしないようだ。じゃあ、仕事に戻るかなぁ。そやな、また別のフルーツサンド考えてみよか。

そんなことを言いながら、厨房へと向かっていくふたりの背中に、希実はちょっとした引っ掛かりを投げかける。

「あの、さ」

孝太郎に言われて以来、少し気になっていたことがあったのだ。

「平行線て、交わると思う？」

するとふたりは、きょとんと希実を振り返った。振り返って、ヘーコーセン？　とカタカナふうに発音する。しかしすぐに、平行線だと気付いたようで、ああ、平行線か。

平行な、などと言い直す。何？　それが交わるかどうかってか？　数学の問題なんか？　不思議そうに言いながら、しかし弘基のほうがあっさりと言い切った。

「交わるんじゃねぇの。線が続けばどっかでさ」

あんまり簡単に言われたので、希実は拍子抜けしつつ、なんで？　と返す。平行線て、交わらずに真っ直ぐ線が延びていくから平行線なんだよ？　しかし弘基も、希実が何を言っているのかわからない、といった様子で首を傾げる。

「まあ、紙の上ではそうかも知れねぇけど。ボールにでも線を引きゃあ、交わるんじゃね？」

何それ？　平行線は平面に書かれたものだっていう前提を、まるで無視？　納得いかない希実に、けれど暮林も、ああ、と頷く。

「非ユークリッド幾何《きか》学やな」

今度は、希実と弘基が揃って、何それ？　と眉根を寄せる。ヒ？　ユー？　すると暮林も、まあ、俺も文系やったし、詳しい理論はようわからんけど、などと言いながらも、つらつらと説明をはじめる。

「平面上のユークリッド幾何学の平行線公理は成り立たんっちゅうのが、非ユークリッド幾何学や。歪《ゆが》んだ空間の線を扱うとでもいえばわかりやすいかな。現実には、そっちのほうが実用性があったりするしでな。まあ、平行線が交わるちゅうのは、厳密には語《ご》弊《へい》があるんかも知れんけど、発想の転換としてはええフレーズやないかな。平行線は交わらんて、決め付けるのも味気ないし」

　そんな暮林の説明に、弘基はほぼ九十度に首を傾げている。まるで理解できていないようだ。もちろん希実もちんぷんかんぷんだった。何を言ってるの、暮林さん。けれど暮林も、そんな希実たちの態度に臆することなく笑って続ける。

「まあ要するに、平行線も、いつかはどこかで交わるってことや」

　そうして希実に、微笑みかけたのだった。

「なにせ、地球は丸いでな」

　暮林の言葉に、希実は、ふうん、と小さく頷く。じゃあとにかく、交わることは可能なんだね。ふうん。そのことを、孝太郎は伝えたかったのだろうかと希実は考える。平行線だという私と涼香が、それでもいつかは交わる可能性があるって、あの人は——。

　店のドアが開いたのは、希実がそんなことを思いはじめた瞬間だった。

「あ、すみません。まだ開店前なんすけど」

　弘基がそう声をかけると、ドアを開けた人物は悠然と言い放った。

「私も忙しいんでね。君らの酔狂な営業時間に、付き合っている暇はないんですよ」

そうして男は、当然のようにイートイン席に向かいソファに腰掛ける。希実たちは呆《あっ》気《け》にとられたように、男の行動を見守る。ソファに座った男は腕時計に目を落としながら、時間がない、五分で失礼するよ、などと訊かれてもいないのにスケジュール発表を行《おこな》ってくる。

なんで、この人、今さら？　希実はそんなことを思いながら、無意識のうちに体を強《こわ》張《ば》らせている。何しろ相変わらずの威圧感なのだ。口元には笑みさえ浮かべているが、まるで楽しそうには見えない。むしろ静かな怒りをたたえているようですらある。変わってないな。希実は思う。こだまを取り返しに行った時と、まるで同じ態度じゃないか。

そう、やってきたのはこだまの父親だった。彼は以前、こだまの母である織絵から、こだまを取り上げようとした。けれどそれをすったもんだの末、希実たちが阻んだのだ。

しかしあれから、かれこれ一年近くが経っている。今さらどうして？

警戒心をむき出しにしながら、希実は男を睨みつける。しかし相手は余裕しゃくしゃくで、ホットコーヒー、と希実に手をあげてみせる。そのあまりの自然さに、希実も思わず、かしこまりました、と返しそうになる。しかしそんな希実を、すんでのところで暮林が止めた。

「すみませんけど、まだコーヒーメーカーが温まっとらんのですわ。牛乳やったら、冷蔵庫にありますけど」

暮林の言葉に、こだまの父は、ならばけっこう、と返す。腹が弱いので、牛乳はダメなんです。そんなカミングアウト、いらないんだけど。そう思いつつ希実は男を注視する。いっぽうの暮林は、なら水でええですかな、と厨房に向かう。水道水でも出すつもりか。

思ったとおり、暮林は水道の蛇口をひねって水を用意した。さあどうぞ、親切そうな笑顔でもって暮林は水を出す。こだまの父もたいした疑問は抱いていない様子で、コップの水を飲み干すと、ふうと一息ついて、一同のほうへと顔を向けた。

「また息子が、お世話になっているようで」

その言葉に、希実はぎごちなく頷き返す。はあ、まあ。男は不敵な笑みを浮かべ、じっと希実を見据えている。

「篠崎希実さん、でしたっけ？　君と私は、よほど縁があるようだ」

別に、そんなことないと思いますけど。希実はブツブツ言いながら、こだまの父を見詰め返す。私と縁があるのはこだまだけで、別にあなたは関係ないかと……。

すると男は、一瞬だけ怪訝そうな表情を浮かべ、しかしすぐに笑い出した。

「ああ、なるほど。そういうことか」

ひとりで納得した様子の男に、希実は、どういう意味ですか？　と返す。男の態度は、相変わらず感じが悪い。その態度が不愉快で、希実は語気を強くして言う。

「笑ってないで答えてください。そういうことって、どういうことですか？　てゆうか、なんでここに来たの？　またこだまに、何かする気ですか？」

希実のそんな言葉に、男はようやく笑うのをやめて、悪かったね、と口にする。少々、意外だったものでね。まあ、アレの考えていることは、今も昔もこれからも、さっぱりわからないが。

アレ？　その言葉に違和感を覚えた希実は、アレって誰ですか？　と問いただす。話の流れ的に、こだまのこととは思えない。問われた男はジャケットの胸ポケットから名刺を取り出し、希実たちへと差し出してくる。

「以前、うちにいらした時は、お渡しせずに終わってしまいましたので。改めて自己紹介させて頂きます。これは、病院の名刺です」

名刺を受け取った希実は、そこに記された名前に目を剝く。

え？　この名前。え？　え——？

いっぽう、暮林と弘基は怪訝そうに名刺を見詰めたままだ。弘基に至っては、へえ、オッサン脳外科医だったのか、などと見当違いな感想をもらしている。つうか、この苗字なんて読むんだよ？　ビサク？　ミツクリ？　そんな弘基の反応に、暮林は淡々と返す。ああ、これは、ミマサカさんやで。そして男に顔を向け、そうでしたよね？　と確認する。

　すると男は悠然と頷き答えたのだった。

「そうです。美作元史《げんし》といいます。美作孝太郎の、父親の」

　男は不敵な笑みを浮かべたまま、希実を見詰めている。希実も蛇に睨まれた蛙《かえる》のように、どうにも動くことができないまま、あ然と美作を見詰める。

　ただし頭の中は、混乱していて状況がどうにも摑みきれていなかった。この人はこだまのお父さんで、美作くんのお父さんで、つまり美作くんとこだまは兄弟？　え？　あのふたり、兄弟なの——!?

＊　＊　＊

　隣人の変化について、彼はメモをとっている。学校からの帰り道、忘れないようメモ帳に書き留めているのだ。

　四月十日。無関心を装っているが、時々僕のほうを見ている。僕の芸に集まっているクラスメイトが目障りなのか。仏頂面はますます重篤《じゅうとく》に。

四月十一日。おいしそうなお弁当だね、と声をかけるが無視される。本当においしそうだったので、できれば分けて欲しかったのだが無念。

四月十二日。僕が話しかけると、この世の終わりのようなため息をつく。燃えるとまあこんな具合だ。敵はなかなか手強かった。彼が魔法をかけようと試みても、無関心というバリアであっさりはね返してしまうのだ。

けれどその日、ようやく彼はメモに記せた。

四月二十三日。ヤッタヤッタ！　ついに隣人笑いし！　得意満面の嫌味な笑顔だったが、笑顔には違いない！

メモ帳を鞄に仕舞った彼は、思わずスキップをしてしまったほどだ。何しろアイツに、笑顔の魔法をかけられたのだ。気付けば彼の顔もほころんでいた。薄曇りの空も晴れやかなもののように感じられた。すれ違う知らない誰かの幸せも願えた。

しかしそこで、はたと彼は気付いたのだった。アイツが笑っただけで、僕までこんな気持ちになれるなんて――。それは彼にとって、初めての経験だった。彼にとって魔法は、相手にかけるものでしかなかったのだ。

すごい、魔法をかけたつもりが、僕のほうがかけられてる。そんなことを思いつつ、彼は空をあおぐ。薄い雲が、龍を象《かたど》っているように見える。昔、彼を救ってくれた、あの白い龍だ。

隣人の笑顔を思い出しながら、彼は小さく笑ってしまう。なるほど、そうか、そういうことか。笑顔というものにはそれ自体に、きっと魔法が含まれているんだ。それともアイツには、魔法使いの素質があるってことかな？

すれ違う人々はどこか笑みをたたえていて、僕はやっぱり幸福な気持ちになる。世界というのは素晴らしい。改めて彼は、そう思う。

Pointage & Rompre

——第一次発酵＆ガス抜き——

翻弄されている。もう、でれんでれんだ。

自らの現状について、弘基はそう認識している。寝ても覚めてもぐーたんとシバタさんだ。厨房に入ればさすがに仕事スイッチが入るものの、自宅にいる間はもうダメだ。ニャーと鳴かれれば駆けつけるし、腹を見せられれば撫でたくる。二匹でじゃれ合っている様もいい。寄り添い合って眠る姿も格別だ。夜中眠っている間、胸が急に苦しくなって、それがぐーたんとシバタさんの重みによるものだとわかってても——ぐーたんとシバタさんは、よく弘基の上で丸まって寝るのだ——うっかりにやけてしまうばかり。

動物と暮らしたのは、これが初めての経験だ。子供時代に住んでいたアパートは狭い上に動物の飼育が禁止されていて、おまけに暮らしぶりもだいぶ傾いていたから、動物を飼いたいと言い出せる雰囲気ではなかった。縁もなかったのだろう。捨て犬、あるいは捨て猫を拾うという経験も、いまだかつてしたことがない。積極的に命あるものを家に置こうという発想もなかった。植木ですら育てたことがない。

はじめは預かることを躊躇《ためら》った。いくら斑目の頼みとはいえ、いくら三週間だけとはいえ、その間に何かあったらどーすんだよ、と思ってしまったのだ。たかだか五キロ程度の命など、成人の生命力に比べたら、だいぶ儚《はかな》いもののはずだ。ぜってー無理。そんなもん、俺には無理無理無理無理無理。

そう伝えたら斑目は、儚い命とか言わないでよ、縁起でもない、とムッとした。ぐーたんもシバタさんも、元気だから大丈夫だよ。しかし弘基にはその発想が信じられなかった。元気でも、死ぬ時は死ぬ。猫でも人でも、あっさりと逝《い》ってしまう。

「だから無理だって。頼むなら、クレさんに頼めよ」

思わずそんな言葉が口をついてしまった。あの人なら、あっさり引き受けるだろうと思ったのだ。事実頼まれれば引き受けたはずだ。何しろ弘基がふたりを預かったと知ったら、当たり前のように羨ましがったほどなのだ。

何かを受け入れることに、躊躇がねーんだよな、あの人は——。そう思うと、胸の奥のほうがチクリと痛んだ。だから美和子《みわこ》さんは、あの人を選んだのかな。そんな思いが、頭を過《よ》ぎったからだろう。

「君はもう少し、無責任になるべきだ」

預かることを渋る弘基に、斑目はそう言い放った。病気になるかもとか、怪我をするかもとか、死んじゃうかもとか、そんなことは考えなくていいんだよ。ただ、時間になったらご飯をあげてくれ。ニャーと鳴いたら目を向けてやってくれ。お腹を見せたら撫でてくれ。それで十分だ。暮林さんも、そりゃあ頼りにはなるけどさ。でも君のほうが、粘着質だしとにかくいちいち細かいから、こっちとしては預けて安心なんだよ！

頼みごとをしておいてその言い草はどうかと思ったが、しかしその言葉で弘基は腹を括《くく》った。ああ、そうかよ、わかったよ！　若干ヤケクソ気味であったことは、暮林にも希実にも絶対に内緒だ。望むところだ！　だったら無責任になってやろーじゃねーか！　そしてその結果、ふたりの手のひら、いや肉球で、しこたま転がされている弘基なのである。

猫というのは、人よりも温かい。だから触れると、生きているんだなと安心できる。心臓の鼓動もちゃんと手に伝わる。人よりだいぶ小さいのに、よくできたものだと感心する。こんなサイズで、食べて寝て排泄して、つくづく不思議だ。こんなにも心許ないほど、小さな生き物のはずなのに――。

動物を飼った経験のない弘基ではあるが、遠い昔、似たような感覚を抱いたことがある。子供を預かったのだ。小学校に上がったばかりの、小柄な女の子だった。よくよく思い返せば、確かあの時も不安に陥った。

よく晴れた寒い冬の日のことだった。まだ中学生だった弘基は、その少女と公園のべンチに座っていた。少女は美和子の知り合いの娘らしく、深い理由は訊かなかったが、美和子はしばしばその少女を預かっているようだった。

公園には白ヤギがいた。少女はそれを見たいと言ったらしい。だから美和子は彼女を連れて、公園へと向かったのだ。その場に弘基が居合わせたのは、単なる偶然だ。その頃すでに美和子に惚れていた弘基は、勉強を見てもらうという口実で、何かというと彼女の家に足を運んでいたのだ。そしてその日は、道中で公園に向かう美和子たちに出くわし合流したのである。

ヤギを見た少女は、興奮気味で美和子に話しかけていた。ヤギ！　ヤギ！　ヤギだよ！　まあほぼヤギを連呼していただけだったが、柵にへばりつき後ろの美和子を何度も振り返り、はしゃいだ様子で大きな声をあげていた。ヤギ！　ヤギ！　手紙、食べるかい！

美和子の携帯が鳴り出したのは、そろそろ帰ろうかという話になった頃合いだった。電話に出た美和子は、何やら青ざめたかと思うと、慌てた様子で言い出した。

「ごめん、ヒロくん。仕事のことで、ちょっとトラブルがあったみたい。電話で少し話したいから、悪いけど、この子のこと見ててくれないかな？」

美和子は少女にも手を合わせていた。ごめんね、すぐ戻るからね、そんなふうに言って、公園の外へと駆け出していってしまった。

残された弘基は弱り果てた。小さな女の子など、どう扱っていいのかわからなかったし、何より先ほどまでご機嫌だった少女は、美和子が姿を消したとたん、ひどい仏頂面になってしまったのだ。

なんなんだよ、この状況は。困惑しながらも弘基は、少女を促しベンチに座らせた。そして自分もその隣に並んで座った。少女は不機嫌そうな面持ちで、じっと前を見据えたまま膝の上で手を握り締めていた。寒さのせいか鼻の頭が赤くなっていて、口からもれる息も白かった。

ガキのほうが、さみぃのかな。しばらく少女を見ていたら、だんだん不安になってきた。体、小っちぇえしな。そのぶん体温が保てないとか？　そういやガキって、何かっていっちゃあ風邪ひくもんな。あれこれと考えるうちに、いても立ってもいられなくなってきて、ひとり立ち上がった。ポケットには、今朝母親が置いていった五百円玉が入っていたから、それで温かい飲み物でも買おうと思ったのだ。そんなものでも握らせておけば、この子も少しは温まるかも知れない。

自販機、どこだ？　あたりを見回した弘基は、公園の入り口付近にそれを見つけた。だからそのまま自販機に向かって進もうとした。しかしそんな弘基を少女が止めた。

「え？」

少女は弘基の上着の裾を摑んで、挑むような上目遣いで弘基を見ていた。

「なんだよ？」

弘基が言っても、少女は黙ったままだった。黙ったまま、弘基の上着の裾を握り締めていた。離せよ。そう口にしてもダメだった。彼女は裾を摑んだまま、唇を尖らせ小さく首を横に振った。

それで弘基は、やっと気付いたのだった。ああ、なんだよ、そういうことか。この子、不機嫌なんじゃなくて、不安、なのか――。

「……わかったよ。行かねぇよ」

弘基が言うと、少女はホッとしたような表情をみせた。その口元が少しだけほころんだのを、弘基はよく覚えている。その時、思ったのだ。小っちぇえのに、よくできたもんだな。頼りないような小さな手は、それでも弘基の上着の裾を、ぎゅっと摑んだままだった。

けっきょく十五分ほどで、美和子は戻ってきた。仕事先からの電話だと、彼女が席を外したのは、あとにも先にもその一度だけだ。たぶんあれは、仕事の電話ではなかったのだろうと弘基は思っている。何しろ美和子という人は、そんなことで席を外すタイプではなかった。その場を立ち去ったのはおそらく、少女に聞かれたくない電話だったからだろう。そう考えるのが妥当なところだ。

最近弘基は、その時のことをよく思い出す。青空や葉の落ちた裸の木々や、身が縮まるような寒さ。白いヤギに、白い息。電話で少し話したいからと言った美和子の、慌てたような後ろ姿。不安そうな、少女の目。何をどうすればいいのかわからず、ひそかにうろたえているふがいない自分。

思い出す理由はわかっている。バレンタインが明けた頃、暮林が一枚の写真を見せてくれたからだ。

「これ、斑目さんにもらったんや。美和子のカメラに、入っとった写真らしい」

写真を見て、弘基はすぐに気が付いた。ああ、この子。あの女の子じゃん。写真には例の少女と美和子が並んで写っていた。どうやら少女の入学式のものらしく、彼女の背中には真新しいランドセルが背負われていた。

「写真の子、誰かわかるか?」

訊かれた弘基は、さらりと答えた。

「……ああ、希実だろ?」

ただし弘基も、そこでようやく気付いたのだ。あの少女が、希実であったという事実に。成長した希実を見ても、あの少女には繋がらなかったが、こうして写真で見比べればよくわかる。あの子は、希実だったんだ――。

それにしても、と希実を前にするたび弘基は思う。それにしても、成長期のガキは、変わるもんだなぁ。昔のかわいげなんて、まるでなくなっちまってるじゃねーか。にょきにょき身長伸ばしやがって。現在希実は、弘基とほぼ同じ背丈なのだ。

そしてもうひとつ、釈然としないことがあった。希実が美和子のことを、忘れてしまっているという点だ。以前美和子の写真を見た時、希実は弘基に訊いてきたのだ。これ、美和子さん？　それは美和子のことを知らない人間の訊きかただった。

なんで、覚えてねーんだろ？　アイツ。

嬉しそうに暮林のパン作りを手伝う希実を見た時など、特に考え込んでしまう。

アイツ、あんなに美和子さんに、懐《なつ》いてたはずなのに――。

＊＊＊

自らを美作孝太郎の父であると告白した美作元史医師は、宣言通りすぐにブランジェリークレバヤシをあとにした。

「息子は、あなたがあの高校にいると知って、転校を決めたようです。長らく家に閉じこもっていたのに、どういう心境の変化があったのか、私にはまったくわかりませんが。しかし一応これで、息子に関する忠告はさせて頂いたつもりです。ですからアレとは、今後自己責任でお付き合いください」

それでいったい息子の何を忠告したつもりなのか、希実にはまるで理解できなかったが、美作元史は質問など受け付けないといった様子で、さっさとドアに向かってしまったのである。そして店を出て行く直前、暮林を振り返り剣呑《けんのん》な笑顔を見せた。

「ああ、そういえば。水道水、ごちそうさまでした。久しぶりに口にしましたよ」

おそらくそれは、彼渾身《こんしん》の嫌味だったに違いない。あんがい小せぇこと言うオッサンだな、と弘基などは評していたほどだ。

そして美作氏退場から遅れること数時間。今度は息子の美作孝太郎が、ブランジェリークレバヤシへと飛び込んできた。

「ごめんください！」

開店時間四十分ほど前のことだ。おそらく部屋着なのだろう、黄緑色の上下のジャージに身を包んだ孝太郎は、ひどく息を切らしつつ、しかし左手にはしっかりアンジェリカを携え姿を現した。

レジで帳簿をつけていた希実は、やってきた孝太郎に対し、まだ営業時間前なんですけど！　と鬼の形相で言い放った。その言葉通り、棚にはまだひとつのパンも並んでいない。通常の客には当然お引き取りいただく時間だ。とはいえもちろん、孝太郎がパンを買いにきたのではないことくらい、希実も重々承知していた。それでも怒鳴るくらいはしておかないと気が済まなかったのだ。それともお客様、パン以外のご用なんでしょうかねぇ!?　すると孝太郎は泣きそうな顔になって、なぜか両手を挙げて言い出した。

「ごめんなさい！　篠崎さん！」

それはまるで、無条件降伏を宣言する逃亡兵のようですらあった。

「話し合おう！　わかり合おう！　僕たちにはまだ、共に歩むべき未来がある！」

するとその瞬間、店内にふわっと甘い香りが広がった。暮林と弘基が、焼き上がったばかりのパンを携え、厨房から姿を現したからだ。

暮林の天板には旬のイチゴデニッシュと、キャラメリゼ・バナーヌ。弘基のそれには桃のブリオッシュとシナモンとナッツの切り株風デニッシュが並んでいる。その香りを前に、孝太郎がわずかに鼻をひくつかせる。無理はないと希実は思う。夜に嗅ぐペストリー系の甘い香りは、殺人的なほどなのだ。しかしそんな孝太郎に対し、暮林と弘基は、甘くない笑顔で言い放ったのだった。

「ああ、美作くんやないか。よう来てくれたなぁ」

「おお、自首してくるとは感心だ。話、たっぷり聞かせてもらおうじゃねーか」

孝太郎は取調室に座らされた容疑者のように、うなだれた様子でイートイン席に着いた。その前に座る取調官は希実だ。暮林と弘基はその後ろに並んで立つ。何しろパンの焼き上がり時間なので、入れ代わり立ち代わり厨房に走る必要があるのだ。そのため主な事情聴取は、希実の役目となった。

「――で、目的はなんだったの?」

顎を突き出すようにしながら腕組みをし、希実は孝太郎を問いただす。

「どうして転校までして、私に近づいてきたの?」

眼光鋭く孝太郎を睨みつける希実に、当の孝太郎はすっかり縮こまり俯《うつむ》いたままだ。するど左手のアンジェリカが、カクカク口を動かし言い出した。チョットー、篠崎サーン。ソンナニ孝太郎クンヲ、責メナイデヨー。孝太郎クンダッテ、正直ニ話スツモリナンダカラー。そしてそのまま、孝太郎の顔をのぞき込む。孝太郎クン、チャント説明デキルヨネ? 受けて孝太郎は、うん、としおしお頷く。誤解が解けるように、僕、ちゃんと話すよ……。まあ要は、ひとり芝居なわけだが。しかしとにかくそのようにして、孝太郎はぽつぽつと説明をはじめたのである。

「僕は、こだまと仲良くなりたかったんだ。ただ、それだけで……」

孝太郎が腹違いの弟、こだまの存在を知ったのは、去年の夏前のことであったという。ある日気付くと家族にひとりの少年が加わっていて、誰だろうと思っていたら父にお前の弟だと言い渡された。普通であれば、いったいそれはどういうことなのかと憤るところだろうが、孝太郎は違った。どうもそうとうに嬉しかったようなのだ。

「僕、ずっとひとりっ子だと思ってたし、父はあんな人だし、実の母はもういないし、だいぶ孤独な人生だよなぁって、思ってきたんだけど。でも、弟がいるってわかって、しかもあんないい子だって知って、これはもうこだまと仲良くなるしかないって、思うようになったんだ」

ただし、こだまを自分の家に連れ戻そうなどとは考えていないという。ただ僕は純粋に、こだまと仲良くなりたいだけなんだ。たとえ離れて暮らしていても、心と心で寄り添い合える、唯一の家族になりたいんだよ……！

そんな思いも相まって、弟の存在を知って以来、孝太郎はこだまを見守るようになったらしい。つまりはこだまのあとをつけて、物陰から見張っていたということだ。

「ったく。ここにもストーカーがいやがったのかよ」

パンを並べていた弘基が、イートイン席を振り返りながら言う。しかし孝太郎は、ストーカーと呼ばれても仕方ありません、と開き直る。だってこだまが、かわいいんですもん！　開き直りは、ストーカーの定番なのか。思わず閉口する希実を前に、孝太郎の熱い語りは続く。

「僕、動物アレルギーなんだけど、こだまが動物好きだから、慣れるよう努力もしてるんだ。あの子が好きな、チョコクロワッサンだって作れるようになった」

　しかもこだまの嗜好《しこう》についても、だいぶ把握《はあく》しているようだ。それに、それに……。溺愛対象者の情報収集は、ストーカーのデフォルト習性なのか。

「腹話術をはじめたのだってそうだ。去年の三茶de大道芸で、あの子が日がな一日腹話術師に食いついていたから、こうして芸を磨いておけば、いつかこだまとまた会えた時、気に入ってもらえるんじゃないかって思って……」

　ただしそこで希実は、は？　と口を挟んでしまった。

「今、美作くん、なんて言った？　腹話術は、こだまのため……？」

　問いかける希実に、孝太郎は屈託なく、うん！　と頷く。

「このアンジェリカも、去年の誕生日、父に買ってもらったんだ。まあ、そこからの練習は大変だったけどね。でも僕って引きこもりだったから、練習時間だけはたっぷりあってさ」

その返答に、希実は身を乗り出した。いや、そういうことじゃなくて……！　それは希実の中で、孝太郎という人物への理解が、ずるりと崩れはじめた瞬間だった。

「――アンジェリカは、亡くなったお母さんの形見だったんじゃないの？」

そんな希実の叫びに、やはりパンを棚に並べていた暮林が眉を下げて言ってくる。

「そうか、美作くん。お母さんが……」

しかし孝太郎は、いいえ、と首を横に振った。僕の実母は、健在です。一緒に住んでいないのは、今の旦那さんが、僕を快く思っていないからで……。そして希実の顔を見やり、きょとんとした顔で訊いてきたのだ。形見って、それ、なんの話？　だから希実は、思わずまくし立ててしまったのである。

「言ったじゃん！　美作くん！　涼香が電車に乗り込んだ時、亡くなった母の形見だから持っていけって、私にアンジェリカを渡してきたじゃん！」

それで孝太郎もようやく思い出した様子で、あ！　と口を押さえた。どうやら自らの失言に気付いたようだ。あの、それはね、篠崎さん、えーっと……。慌てた様子で言葉を探しはじめる孝太郎に、しかし希実はピシャリと言う。

「正直に！　話すって言ったよね!?」

すると孝太郎は、また泣き出しそうな表情を浮かべ、ごめんなさーい、と頭を下げたのだった。そして孝太郎は自らの嘘について、あっという間に白状していったのである。まずそもそも、予言の話はすべて嘘だとのことだった。アンジェリカに霊感はないし、占いだって当然できない。車に轢かれそうになったのは単なる偶然で、アンジェリカが形見だというのも、その場のノリでしかなかったらしい。その時、ちょうど棚にパンを並べ終えた弘基などは、感心した様子で言っていたほどだ。スゲーな、お前。逆に本当はどこにあんだよ?

ちなみに涼香が海外に行くと言い当てたのも、単にそのことについて知っていたからに過ぎないという。

「実は、三木さんが海外に転校することは、クラスの中ではもう噂になってたんだ。孤立してる篠崎さんの耳には、届いてなかったみたいだけど……」

そんな孝太郎の説明に、暮林は少々心配そうな声をかけてくる。

「なんや、希実ちゃん。クラスで孤立しとるんか?」

眉根を寄せている暮林に、希実は、そ、そんなことないよ！　と慌てて訂正する。単に私は、群れないだけで……。もう美作くん、孤立とか余計なこと言わないでよ！　そう弁解していると、空《から》の天板を手にした弘基も薄笑いを浮かべてやってきた。

「つーか希実。お前、騙《だま》され過ぎだろ……」

身も蓋《ふた》もないことを言われ、希実は言葉を詰まらせる。何しろ弘基の感想は、確かな正論なのだ。希実だって憤っていた。私としたことが、なんたる失態!!

それで希実は、また勢い孝太郎を睨みつけてしまった。いっぽう孝太郎は目を潤ませながら、アンジェリカ共々頭を下げている。ごめんなさ〜い、篠崎さ〜ん。謝るから、そんなに怒らないでよ〜。ソウヨ、ソウヨ、篠崎サン。早クゴ機嫌直シテヨー。だが希実には、その謝り方が気に食わない。いったいどこの世界に、腹話術付きで詫びるバカを許す寛容な人間がいるというのか。

「いくら謝られても、もう美作くんのことなんて信じないから。これからは、二度と私に話しかけないでよね。うちのパンを持っていくのだって、もうごめんだから」

腹立ち紛《まぎ》れに希実が言うと、孝太郎は、え〜！　と声をあげた。そんな殺生な！　篠崎さんちのパンって、僕の一番の楽しみなのに！　って、まずそこなのか⁉　と希実はさらにイラつく。しかしそんな孝太郎の発言を前に、弘基などは少し気を良くしたようで、なんだよ、お前。そんなに俺のパンが好きか？　などと少々相好を崩して言う。意外と見どころあんじゃん、お前。それで希実は、弘基も睨みつけ言い放った。

これは学校の話なんだから、弘基は口出ししないでよ！　しかし弘基も声を荒らげてくる。はあ？　俺が作ったパンの話だろうが！　アンタのパンだろうとなんだろうと、私はもうこの人と係わりたくないの！　んだよ！　俺のパンが好きな人間に、悪いヤツはいねーぞ!?　怒鳴り合う希実と弘基を、暮林がまあまあとなだめてくる。悪人にも嘘つきにも、うまいパンはうまいままやでなー。

しかしそんな希実たちのやり取りの中、孝太郎も何やら一生懸命訴えていた。あの、それでね、ここからが本題なんだけど。あの、もしもーし、聞いてもらえますかー？　それに気付いた暮林が、ほら、美作くんの話、終わっとらんみたいやで？　などと希実たちに声をかけるが、ふたりの言い合いは止まらない。黙れ！　騙されっ子！　何よ!?　この粘着体質！　それで孝太郎も意を決したのだろう。勢いよく立ち上がったかと思うと、声を張り上げたのだ。

「――実は、水野《みずの》織絵さんに恋人ができたんです!!」

その叫びの内容に、さすがの希実たちも言い合いを止めた。は……？　織絵さんに……？　こい……？　織絵というのは、こだまの母親である。看護師として働いている彼女は、シングルでこだまを育てている。以前は少々問題の多い人ではあったが、このところは落ち着いていたはずだ。その織絵に、まさかまさかの展開である。

「ええ？　織絵さんに、こ、恋人っ……!?」

あまりに唐突な情報開示に、理解が追いつかない一同は、あわあわと顔を見合わせる。織絵さんて、あの織絵さんか？　恋人って何⁉　どこの誰だよ⁉　てゆうかあの人、ちょっと前に騒動起こしたばっかりなのに……⁉

そんな希実たちの反応に、孝太郎は少し苦い顔で頷いてみせる。

「そうなんです。こだまの母親に、男ができてしまったんです。しかも、もう結婚話も出てるらしくて……」

もちろん希実たちは、声を合わせて返す。けけ、けっこん⁉　すると孝太郎は、苦渋に満ちた表情を浮かべ、俯きがちに言い継ぐ。

「はい。でも相手の男に、そうとう問題がありまして。そんなヤツが、こだまの父親になるかも知れないと思うと、僕はもう、心配で心配で……」

そして孝太郎は、パッと顔を上げたかと思うと、懇願するように叫んだのだった。

「だからその男のこと、僕と一緒に調べて欲しいんです！　お願いします、みなさん！　僕に力を、貸して下さい！」

聞けば孝太郎、この一件を頼むため、希実に人助けをしろとしつこく言っていたらしい。人助けをすれば助かると思い込ませておけば、困っている自分を助けてくれるかも知れないと考えたのだそうだ。

なんなの、その回りくどい発想……。思わず希実がそうもらすと、孝太郎はしおしおと背中を丸めた。ごめん、僕、シャイボーイだからさ……。

しかしとにかく、そんな孝太郎の頼みをぶつけられた一同は、これはいったいどうしたものかと顔を見合わせる。調べてくれと言われても、こちらは単なるパン屋なのだ。けれどそんな中、暮林は飄々と切り出した。

「問題があるってことは、美作くん、相手の男の人のこと、ある程度わかっとるんか?」

すると孝太郎は仰々しく頷き、ジャージのポケットの中から一枚の写真を取り出す。

「彼の名前は、安倍周平《あべしゅうへい》。新宿《しんじゅく》で診療所を開いている、四十六歳の独身医師です」

言いながら孝太郎は、写真を希実たちのほうに差し出してくる。そこにはふたりの男の姿が写っていた。背景から察するに、夜の街中で隠し撮りしたもののようだが、その割には鮮明な写真である。どうもいいカメラを使っているようだ。写真の中のふたりの男は、互いに向かい合い何やら熱心に話し込んでいる。

男のうちの片方は、スキンヘッドで体はむっちりとした筋肉質。ひどく強面《こわもて》で、黒いジャージを羽織っている。もう片方はやたら背が高くやたら彫りの深い顔立ちの男で、眉が濃く目もぎょろりとしている。髪は黒々としていてひげの剃《そ》り跡も青々と鮮やか。白衣を着ているから、こちらが安倍周平だろうか。

「なんでも去年の年末、織絵さんが勤めていた診療所がたたまれたそうで。それで織絵さん、今年の初めから安倍周平医師の診療所に職場を変えたようなんです」

そんな孝太郎の説明を受けつつ、希実は、へえ、と頷く。しかし同時に、少々の憤りが湧いてくる。今年の初めから勤めはじめて、もう付き合って結婚話？　ちょっとそれって、早過ぎない？　まったく大人って、いい加減ていうか……。

いっぽう希実の傍らの暮林と弘基は、じっとテーブルの上の写真をのぞき込んでいた。安倍……？　周平……？　医者ってことは、先生？　安倍センセイ？　ふたりはお互いにブツブツ言って、顔を見合わせたり写真に目を戻したり少々怪訝な様子だ。

それで希実は、どうしたの？　と訊いてみる。写真に、何かあった？　するとふたりは顔を見合わせ、小さく頷いたかと思うと、希実たちのほうに向き直り、思いがけないことを言ってきたのだった。

「たぶん、この安倍周平って人……」

「……うちの店の、常連さんやで？」

暮林と弘基によれば、安倍周平なる男は、この春先から店に姿を現すようになったのだという。

「最初はソフィアさんが連れてきたんや。ソフィアさんの店の、常連さんやって言ってな。そしたら安倍先生、次からはソフィアさんナシで、来るようになって——」

　もしかしたら、織絵がソフィアに安倍を紹介したのかも知れない。弘基はそんなふうに推理してみせていた。

「織絵さん、ソフィアさんの店に、時々顔出してるみてーだからよ。安倍って医者も、一緒に付いてきたってトコなんじゃねーの？」

　ちなみに安倍周平なる男は、希実が寝入った時間帯に、ブランジェリークレバヤシへとやってきているようだ。だいたいどこかの飲み屋で、酒をのんでからふらりと現れる。来店すれば必ずイートイン席に座り、タマゴサンドと缶ビールを注文する。そして頼まれてもいないのに、近くにいる人間の手相をみはじめる。しかもそれが、当たると評判らしいのだ。はじめの頃こそ煙たがっていたほかの常連客たちも、今では安倍のテーブルに並ぶほどだという。

「だいたい来店されるのは、週末の二時過ぎかなぁ」

「ああ。まあ、あんまりガキには見せたくねぇタイプの大人だけど、こだまの母ちゃんの相手だっつーんなら、一応確認してけよ」

　暮林と弘基にそう言われた孝太郎は、ありがとうございます！　と目を輝かせていた。

まさかここで、安倍周平を拝《おが》めるとは！　アンジェリカも同様だ。オジサマタチ、チョー頼リニナルゥ！　と首をカクカクやりはしゃいでいた。

そうしてその週末、孝太郎は真夜中にブランジェリークレバヤシへと再びやってきたのである。その日の孝太郎は安倍との対面に胸をふくらませているようで、学校でも、いよいよ今日だねー、などとしきりに口にしていたほどだった。

ちなみにその安倍見学には、希実も同席させられた。篠崎さんだって、こだまの将来が心配でしょ？　だから僕と一緒に、安倍周平のこと調べようよ！　そんなふうに言い寄られ、ついついオッケーを出してしまったのだ。もちろんそうするにも、それなりのわけがあった。孝太郎が言うところの安倍医師の問題点なるものが、希実にも少なからず気になってしまったからだ。

孝太郎によると安倍周平という人は、元々美作医師と同じ病院に勤める、優秀な外科医だったそうだ。もちろん美作と安倍にもそれなりの交流があり、まだ幼かった孝太郎も、何度か安倍医師に会ったことがあるのだという。

「といっても、かれこれ十年ほど前のことだから、向こうは僕を見ても、もう誰だかわかんないと思うけどね。でも僕はなんとなく覚えてるんだ。あの濃い眉毛とか、くどい顔立ちとか、胡散臭い笑顔とか……」

そしてその病院には、当時織絵も看護師として勤務していた。おそらくその縁もあって、今回安倍の診療所に織絵は転職したのだろうと孝太郎は語った。

「まあ、父からしたら、かつての愛人とかつての同僚が、一緒に働きはじめたなんて報告があがってきたんだから、内心穏やかじゃない気がするけどねー」

孝太郎によると美作医師は、昨年希実たちにこだまを奪還されて以来、定期的にこだまの周辺人物について、調査会社を使って調べ上げているのだそうだ。

「で、僕はその報告書を、父に内緒で拝読してるわけ。それで、織絵さんや安倍医師のことについて、詳しく知ってしまったんだ」

美作医師と同じ病院に勤務していた安倍医師は、ちょうど十年前、その病院を退職した。そして今の診療所に腰を据えるまでの数年間、いくつもの病院を転々としていたのだという。

なぜそんなに病院を替えていたかといえば、その先々で患者の家族と問題を起こしたからであるらしい。どうも安倍という人は、ひどいトラブルメーカーのようなのだ。

例えば、担当した患者が遺言状を書き換え、すべての財産を安倍に譲ると言い出したり、またある患者は、安倍を養子にと乞《こ》い、子息と絶縁騒動を繰り広げたりと、何やらきな臭い騒ぎばかり起こしていたそうだ。しかもある病院では、医局のナース全員が、自分こそが安倍の恋人だと言い出し、その結果退職を余儀なくされてしまったらしい。

うわ、それ最悪……。思わず希実がそんな感想をもらすと、でしょう？　と孝太郎も顔をしかめていた。うちの父と一緒に働いてた頃は、それほどじゃなかったはずなんだけど。あの病院をやめてから、なんだかタガが外れちゃったみたいでさー。

しかし暮林と弘基は、そんな孝太郎の説明を聞きながら、妙に納得していた。ああ、医局のナース全員ね……。うーん、わからんでもないなぁ……。

納得される部分にすら問題があると、希実などはひそかに思ってしまったほどだ。そんな男と、織絵さんが付き合っているなんて――。なんだかちょっとだいぶ、釈然としなかったのである。どんな男なのか、この目で確かめてやりたいし、もし本当にダメな男なのであれば、織絵には悪いが付き合いを考え直すよう忠告したい。何しろ織絵はこだまの母親でもあるのだ。こだまに悪影響が出るような男とは付き合って欲しくないし、結婚なんてまるでお話にならない。

そんな思いのもと、希実は深夜のブランジェリークレバヤシの厨房で、孝太郎ともども安倍の到着を待ち構えていたのである。

暮林が言っていた通り、安倍は午前二時過ぎに、少々顔を赤らめた状態で来店した。

「ヘイ！　マスター！　イケメン！　また来たぞ！」

　馴染みの居酒屋に顔を出すかのように店のドアを開けた安倍は、そんなふうに言って親指を立てて挨拶をしてみせた。マスターというのは暮林で、イケメンというのは弘基のことらしい。

　写真で見た通り、背の高い男だった。彫りの深い顔立ちは、少々日本人離れしていて、どこかギリシャ彫刻を思わせる。そして髭剃りの跡が濃い。子供に頬ずりしようものなら、泣き喚かれそうな青髭加減だ。笑顔のほうも、孝太郎が語っていた通り胡散臭い。何しろ口からこぼれる歯が白過ぎる。

　そんな彼は、勝手知ったるといった様子でイートイン席へと進む。先に席に着いている常連たちにも、親指を立てて挨拶していく。イエーイ、こんばんは～。ハッピーですか～？　その後ろを、背の高い女が付いていく。どうやら安倍の連れのようだ。安倍は彼女をサトちゃんと呼び、サトちゃんは俺の横ねー、などと言いながら、女を自らの隣に座らせる。サトちゃんはニコリともせず、安倍が太ももに伸ばしてくる手を、瞬殺で払いのけ続ける。ピシャリ！　ピシャリ！　美人だが愛想はない。そして肩幅が広い。

　厨房からその様子をのぞいていた希実は、傍らでやはり安倍をうかがっている孝太郎に声をかける。あの、サトちゃんて人は誰なの？　すると孝太郎は当然のように返してきた。あの人も、安倍診療所の看護師だよ。安倍診療所では、昼は織絵さん、夜は彼女が働いてるんだ。

希実たちがこそこそ話していると、安倍がパチンと指を鳴らしてくる。

「ヘイ、マスター！　俺、ビールとタマゴサンド！　サトちゃんは？　……カレーパンと、ビール、お願い！」

それを受けて、暮林が厨房の希実を振り返る。希実は店内へと顔をのぞかせて、はーい、少々お待ちくださーい、などと愛想よく返事をする。本日は安倍の観察につき、彼からの注文に関しては、希実が応対を務める手筈になっているのだ。すると安倍は、瞬間的に希実に食いついてきた。

「おっ!?　どうしたの？　そのガール！　この店、女の子なんていたっけ？」

そんな安倍に、レジの暮林が笑顔で返す。この子は、うちで預かっとる子なんです。希実ちゃんといって……。普段はもう寝とる時間なんですけど、今日は特別に、手伝いをしてくれとるんですわ。すると安倍は、へ～、いいね～、若い女の子って、ホントいいよね～、細胞までソーヤング！　などと目を細めて希実を凝視してくる。

うへー、気持ち悪い。そう思いつつも希実は、ぎこちなく笑顔を浮かべ、どーも、と頭を下げておく。厨房の孝太郎が、そうしろとジェスチャーで指示してくるからだ。笑顔で返した希実に対し、安倍は投げキッスまで繰り出してくる。気は確かか、このオッサン。希実は作り笑いを浮かべ、早々に厨房へと避難する。

　厨房で安倍の様子をうかがっていた孝太郎は、店から戻ってきた希実に対し、感心した様子で安倍の感想を述べる。いやー、だいぶタガが外れてる感じだねー。それを受けて希実は、そうだねと頷く。アンジェリカを抱えた孝太郎もなかなかだが、安倍も安倍で、なかなかに頓珍漢《とんちんかん》な人物ではありそうだ。

　その頃店内では、すでに安倍の占いがはじまっていた。あらかじめイートイン席に着いていた客たちは、どうやら安倍を待っていたようだ。先生、実は妻が浮気を……。先生、私、仕事がうまくいかなくて……。先生、生きるってなんですか？　そんな人々に、安倍は怒濤《どとう》の返答を繰り出す。あらそうなの、子供はいるの？　いないんだったら別れていいよ、結婚線、まだあるし。ハイ次。仕事？　ああ、過渡期《かとき》だって、線に出てる。乗り越えたら一皮剝けるよ。ハイ次。あー、うんうん、生きるってね。朝起きて、散歩してるとわかってくるよ。騙されたと思って、半年やってごらん。ハイ次。

　どうやら安倍という人は、手相をみて言っているようだ。相談料は三千円。それはサトちゃんが受け取っている。あんな雑なみかたで、みんなよく信じるな……。感心しながら、希実は注文の品をテーブルへと運ぶ。お待たせしました〜。

　すると安倍は、希実ちゃんも占ってあげようか？　などと笑顔で声をかけてきた。えっ？　い、いいですよー、と希実は作り笑顔で辞したが、しかし安倍はいきなり希実の手をぎゅっと握り締めてきたのだった。え？　あ、あの……？　戸惑う希実に安倍はニヒルな笑みを浮かべる。

「オープ、ユアハー」

　呪文のように安倍は唱えたが、おそらくオープンユアハートと言ったのだろう。発音が良過ぎるのか、それともただのトンチキなのか。安倍は希実の手を握り締めたまま、見える、見える、イエス！　見えてきた！　などと言い目を閉じる。

「……君は、親との縁が少し薄いね。そして疑り深い。なかなか人に心を開けない。だから付き合うのは、包容力のあるうんと年上の男がいいって、線に出てる。いや、別に俺と付き合ってみないかとか、そういうことを言ってるわけじゃないよ？　あくまで線に出てるだけで、やましい気持ちはないからね。断じてない、ないないない……」

　滔々《とうとう》と語る安倍を前に、希実はしばし言葉を失くす。いやあなた、今私の手を握り締めてるんだから、手のひらの線とか絶対見えてないでしょうに——。しかし安倍は、希実の手をさするように握り続ける。

「あと、やっぱ若い子の肌はいいよね……。触り心地がトゥルントゥルンだ」

こんなの、ただオッサンに手を触られただけの話じゃないか。占いののち希実はそう憤ったが、しかし三千円はしっかり請求された。サトちゃんが無言で手を差し出してきたのだ。その手のひらには、油性マジックで三千円也と書かれていた。

安倍が帰ったあと、孝太郎から、どんな印象だった？　と訊かれた希実は、もちろん最悪だよ、と答えた。

「あんな人と付き合うなんて、織絵さん、どうかしちゃったんじゃないの？　てゆうか、あんな人がこだまの父親になるなんて、私は絶対反対。この交際、絶対反対！」

すると今度は、孝太郎が希実の手を取って言い継いだ。そうだよね！　篠崎さん！

どうやら希実の発言は、彼にとって渡りに船であったようだ。

「僕もさ、あんな男がこだまの近くにいるのは、それだけで教育上よろしくないと思ってたんだ！　だからあの男と織絵さんを、早く別れさせたくてさ！」

そのため孝太郎は、安倍医師の不正なり弱点なりダークサイドなりを摑んで、それをネタに織絵の目を覚まさせようと目論《もくろ》んでいるのだという。安倍の身辺調査をしたいと言っているのは、ふたりの別れの材料となるようなネタを摑むためであるらしい。そして孝太郎は、改めて希実に申し出たのだった。

「お願いします、篠崎さん！　僕と一緒に安倍周平の尻尾を摑んで、織絵さんとの交際をブチ壊そう！　篠崎さんしか、力になってくれそうな人はいないんだ！」

孝太郎のそのノリは少々うっとうしくもあったが、しかし孝太郎の考えには希実もそれなりに賛同していた。

織絵さんには悪いけど、相手は選んでもらわなきゃ――。


ただし、暮林と弘基の反応は慎重なものだった。

「まあ、あの安倍って人は、まあだいぶ変わりモンではあるけどよ。男と女なんて、いい人間がいい相手になるとは限らねーからな」

弘基はそんなことを言って、付き合いは当人に任せるという姿勢を示したのである。

「破《わ》れ鍋に綴《と》じ蓋って組み合わせもあんだし。刃傷沙汰《にんじょうざた》になるんでもなけりゃ、好きにさせといていいんじゃねーの？」

いっぽうの暮林は、弘基ともまた少し意見が違っていた。

「安倍先生、そう悪い人でもないと思うで？」

イートイン席のテーブルを拭きながら、笑顔でそんなことを言い出したのだ。

「パンも残さずきれいに食べはるし。テーブル周りも、汚さずに帰られるでな。あれであんがい、気ぃ遣いなんやないのかなぁ」

それに関しては弘基が、あの人はほぼひと口でパンを口ン中にねじ込むから、食べこぼされねーだけだよ、と冷たく応えていたが、しかし、食べ残しがないのはいいことだと、その部分については評価していた。

つまるところ暮林と弘基は、希実が思うほどには安倍を怪しいとは感じていないようだったのだ。そういう意味でいえば、孝太郎が帰ったあとのブランジェリークレバヤシ内で、希実はちょっとした孤立無援だったといえる。

「だいたい、人の恋路を邪魔するヤツは、豚に食われて死ねっつーだろ？」

弘基などからは、そんなふうに言い放たれてしまったほどだった。

だが、いくらパンを残さず食べようが、テーブル周りをきれいにしていようが、いい具合の破れ鍋だろうが、希実にとって安倍という人物は、やはり胡散臭い男でしかない。

そんな希実の考えは、ソフィアによってようやく肯定された。安倍との対面を終えた、翌週月曜の放課後のことだ。希実は孝太郎と連れ立って、ソフィアの店に足を運んだのである。

ソフィアの店に赴《おもむ》いたのは、孝太郎がそうしたいと望んだからだ。ブランジェリークレバヤシに安倍医師を連れてきた人からも、僕、話を聞いてみたいんだ！　そんな孝太郎の願いにより、希実はソフィアに連絡を入れてみることにした。

安倍について少し話を聞きたい旨を、電話口で希実が告げると、ソフィアはやにわに鼻息を荒くして言ってきた。何⁉ どうしたの、希実ちゃん⁉ まさかあのサイテー男に、何かされた⁉ どうやら安倍、ソフィアの逆鱗《げきりん》に触れている最中であるらしい。

いや、何をされたわけでもないんだけど……。ただ、先生の占いのこととか、診療所のこととか、ちょっと気になって……。苦し紛れに希実が言うと、しかしソフィアは、いいわよ、と返してきたのだった。アタシでわかることなら、なんでも話してあげる！ てゆうか、希実ちゃんにもアタシのこの悔しい気持ち、聞いて欲しい〜！

そうして訪れたソフィアの店で、彼女は開口一番キッパリ明言したのである。

「——安倍センセは、女の敵よ。だから近寄っちゃダメ！ ぜーったいダメ！」

そんなソフィアの勢いに、希実は、で、ですよね。と気圧《けお》され気味に返す。そ、そうですよね。私も、なんとなく、そうなんじゃないかなって思ってたんですよ。目つきとかも、なんかいやらしいし。するとソフィアは、そうなのよ、とんだスケベ野郎なのよ！ と強い口調で断じてみせた。聞けばソフィアの店では、先日安倍医師の出入り禁止が決まったらしい。

「あの男はね、うちの女の子と、五人も同時進行で付き合ってたのよ！ 五股よ！ ゴマタ！ 女の純情もてあそぶなんて、アタシそういうのホント許せないの！」

若干突っ込みどころのある意見ではあったが、希実もそれに賛同しておいた。た、たしかに、許せないですよね……。いっぽうソフィアもソフィアで、めずらしく本気で怒っているようだった。

「でしょう？　もう、キ～って感じ！　ホントあり得ないんだから！　織絵の知り合いじゃなかったら、けちょんけちょんの八つ裂きにしてやるところだわよ！」

その口ぶりから察するに、安倍医師と織絵の交際は、まだご存じないようだ。

ソフィアの話によると、やはり安倍を店に連れてきたのは、織絵であるらしかった。なんでも先のバレンタイン頃、新しい職場の先生なんですー、と安倍を連れてきたらしい。すごくお世話になってるかたなんでー、ソフィアさんにもご紹介しておこうと思いましてー。そして以来、安倍は織絵ナシで、店に顔を出すようになったのだそうだ。ソフィアはそのことを、受難の日々の幕開けだったと語った。

「あの人、ブランジェリークレバヤシでも、怪しげな占いとかやってみせてるでしょ？　うちのお店でも、お店の女の子や、お客さんを占っててね。アタシはそうでもなかったんだけど、なんだか気付いたら、当たるって評判になっちゃってたのよね」

そんなソフィアの発言に、希実も思わず口を挟む。

「わかります！　実は私もやってもらって、ぜんぜんピンとこなかったんですけど……。

他のお客さんたちは、だいぶ信じてるみたいで……！」

すると ソフィアも、そうなのよ！ と眉をひそめた。あんな適当な占いなのに、おかしいわよねぇ？ ちなみにソフィアは、こう診断されたそうだ。あなた、元男性ですね？ でも大丈夫。俺的には、お姉さん、ズバでストライクですから！ そしていいだけ、ソフィアの手を撫で回していったのだという。元男って、ここはオカマバーなんだから、当たり前じゃないの！ あのエセ占い師！ ソフィアはそう息巻いていた。

しかしくだんの五股をかけられた女の子たちや、少なからぬ常連客たちは、安倍の占いにのめり込んでしまったようだ。そしてその挙《あ》げ句《く》、常連だった面々が、こともあろうに安倍の診療所に通い先を変えたのだという。

「うちでのむよりも、あの男の診療所で診察を受けたほうが、断然癒《いや》されるとか言っちゃって～。太いお客だったお達者クラブのご老人たちが、ぜんぜんお店に来てくれなくなっちゃったの。おかげで売り上げが落ちちゃって、も～、ホント最悪だわよ～！」

どうやらソフィアご立腹の原因は、そんなところにもあるらしい。

「なんかちょっと、怪しいところだよねぇ」

ソフィアの店からの帰り道、孝太郎などはそう感想をもらしていた。だいたい、診療所で癒されるって、どういうことなんだろ……？

しかし希実は、そんなことより！　と孝太郎に言い募った。何しろソフィアの証言で、安倍医師の五股が発覚したのだ。五股は重罪だ。男女が別れる理由として、こんな大義名分はない。恋愛に疎《うと》い希実にも、そのくらいのことはわかる。

「早く五股のこと、織絵さんにバラしに行っちゃおうよ！　そのこと知ったら、きっと織絵さんだって、あの男と別れるはずだから……！」

そうなれば、安倍調査も即終了。こだまの平和も守られると、希実は安直に考えたのである。

だが孝太郎は、それだけじゃたぶんダメだ、と渋い表情で首を振ったのだった。

「考えてもごらんよ、篠崎さん。相手はあの織絵さんなんだよ？　僕やこだまの父親を選んだ、あの織絵さんなんだよ？　男の趣味だって、一筋縄ではいかないはずだ。しかも不倫関係も辞さなかったような人なんだから、五股くらいで引くとは思えない」

だからもっと安倍について調べなくては、と孝太郎は表情を険《けわ》しくしていた。もっと確実に、あの男を断じられるようなさ……。

ブツブツ言う孝太郎を横目に、しかし希実は納得していなかった。何しろ安倍の罪状は五股なのだ。そんなの、普通は絶対、許せないと思うけどなぁ。

しかしそんな希実の考えは、数日後に覆《くつがえ》された。何しろ織絵という女は、希実の想像の範疇《はんちゅう》を少しばかり超えていたのである。

休日前の夕暮れ時、希実が学校から店に帰ると、こだまと暮林とが厨房で小麦の計量をしていた。聞けば今日は、パン・ド・ミを練習がてら作るらしい。もちろん監修は弘基で、ふたりに指示を飛ばしている。こら！　ふたりとも、適当に目方見てんじゃねーぞ！　量ったらボールを持ち上げて、おおよその重さを体に覚え込ませろ！

パン・ド・ミ製作は、こだまたっての希望であるとのことだった。なんでも翌日、ピクニックに行くというのだ。

「それでね、俺ね、タマゴサンド作るんだ！　ピクニックに、持ってくの！」

きししと笑いながら、こだまが材料をミキサーへと運んでいく。今日の捏《こ》ねの工程はミキサーで行うようだ。パン・ド・ミで使うフックは、スパイラルとドラゴンのどっちだ？　弘基がそう問うと、こだまはドラゴン！　と即答する。ドラゴンがいいよ！　強そうだもん！　理由はさて置き、ドラゴンフックを使うのは正解で、弘基はその通りと言いながら、銀色の大きなフックをミキサーに取り付ける。

「低速でまずは二分。次は中速で五分。生地が傷まねーよーに、ゆっくり混ぜていくけど、その分温度が高くなりやすいから、氷水を使うように。捏ねあげ温度は二十五度だかんな」

説明しながら弘基は、こだまの背丈より高いミキサーを、手早く操作していく。すげー、とこだまが目を輝かせると、弘基は使い方覚えとくと、のちのち便利だぞ、と不敵に笑う。マニュアル車の運転と、ちょっと似てっかんな。いっぽう暮林は、混ざっていく小麦を見ながら、ふくふくしとってかわいらしいなー、などと目を細めている。どうも最近、小麦をかわいいと感じる境地に達しつつあるらしい。

その間も弘基のパン講義は続く。

「レシピは頭に叩き込んで、あとは全部体で覚えていくように。生地の温度、質感、どの状態でいるのが、生地にとってベストなのか、いちいち考えながら生地と向かい合うことが重要だ。ま、人の人生と同じようなもんさ。パン・ド・ミは、同じ材料、レシピでも、手のかけかたででき上がりが違っちまうからな。自分がどんなパンを作りたいのか、ちゃんとヴィジョンを持って、そこに辿り着くよう自ら導いてやるんだ」

そんな弘基の言葉に、こだまと暮林は神妙な面持ちで頷く。ほう、なるほどな。うん、なんかわかった！　そして発酵《はっこう》を終えた生地から空気を抜くため、生地にパンチを入れる工程へと入る。

ホイロから取り出されたまるまるとふくらんだ生地を、弘基が手早くほどよい大きさに切り分け作業台に並べていく。いっぽう弘基に生地を渡されたこだまと暮林は、その丸い生地を手に取ると、ぐいと作業台に押し付けはじめる。こんな感じやろか？　うん、パンチだもんな！　しかし当然というべきか、そんなふたりを弘基が慌てて制する。おいこら、ストップ！　お前ら、手荒過ぎるっつーの！　へ？　人生の取り扱いは、もっと柔らかく丁寧に！　かつ、それでいて大胆に！　へー？

甘い小麦の香りの中、希実は一同の様子を見守る。こうしてパン製作の工程を見ているのは、あんがい楽しいものなのだ。

織絵が店に姿を現したのは、暮林たちがパンチを二度ほど入れた頃合いだった。

「どうもこんばんはー。こだまがお邪魔してますー」

仕事帰りらしい彼女は、薬品の匂いを少しだけ漂《ただよ》わせ店内へと入ってきた。織絵の登場に暮林は、ああ、こんばんは。お待ちしとりましたよ、と頭を下げる。どうやら彼女の来訪は、あらかじめ知らされていたようだ。織絵も厨房のこだまをみとめ、あらー、やってるわねー、と声をかけ微笑む。こだまは織絵に向かって、白い手を嬉しそうに振ってみせる。うん、俺、やってるよー！

「どうぞ、イートイン席で待っとってください」

暮林に言われた織絵は、はいー、と笑顔でイートイン席に向かっていく。すると弘基が、織絵に飲み物を用意するよう希実に言いつけてきた。どうせお前、ヒマなんだろ？

一応パン製作をめでていたつもりの希実は、ヒマじゃないよと言い返そうとしたが、しかしここは織絵と話すチャンスだと思い、わかった、とひとり厨房を出て、コーヒーマシンのある店内へと向かっていった。失踪騒動以来、織絵と深く話し込んだことはないのだが、まあこういう機会なら、それなりにいろいろ訊き出せるだろう。

希実にコーヒーを出された織絵は、ありがとーございますー、と小さく頭を下げた。ちなみに織絵がブランジェリークレバヤシにやってきたのは、こだまと同じく明日のピクニックのためらしい。

「こだまがパンを作るというので、あたしは、サンドウィッチの中身のレシピを、ブランジェさんから教えてもらうことになってましてー」

そして織絵は、やはりのほほんとした笑顔で言ってきたのだった。

「なんでも、こちらのタマゴサンドは絶品だと、うちの安倍が申しておりましてー。明日のピクニックには、ぜひそれを持っていこうって、こだまと話し合ったんですー」

もちろん希実は、え？　と訊き返した。あ、あの、うちの安倍って、診療所の安倍先生ですか？　すると織絵は屈託なく、あ、やっぱりご存じなんですね？　と笑顔を見せたのだった。あの人、すっかりこちらの常連ですもんねー。週末は、いつもお世話になってるようでー。

そんな織絵の口ぶりに、希実は内心うろたえる。なんなの？　その妻のような口ぶり。そして同時に嫌な予感が脳裏を過ぎる。もしかしてピクニックって、もしかすると？　それで希実は、明日の件について訊いてみたのだった。あのー、ピクニックって、もしかして安倍さんとご一緒に？　すると織絵は当然のごとく、はいー、と頷いた。

「普段、うちでよくあの人に、手料理を振る舞ってもらってるもんですからー。たまにはそのお礼をしようねって、こだまと計画を立てたんですー」

おかげで希実はさらに目をむいて、勢い身を乗り出してしまった。はっ!?　うちで、安倍先生が手料理を？　いっぽうの織絵はのほほんと返す。はい。あの人、お料理が得意でー。てことは、家にもよく来てるってことですか？　はいー。週末はだいたい。そんなにしょっちゅう？　ええ、おかげでこだまも、あの人によく懐いてくれてー。そな、なんてことだ。こだまもすでに、懐柔《かいじゅう》されているなんて――。息をのむ希実をよそに、織絵は屈託なくさらに続ける。

「あの人がそばにいてくれて、あたし、だいぶ助かってるんですー。だから、大切にしなきゃいけないなーって、ピクニックに誘ってみたんですー」

のろけたように話す織絵に、希実は核心的な言葉を投げかけようと心に決める。あの、織絵さん。はいー、なんでしょう？　そして希実は、緊張の面持ちで問うたのだった。

「……五股をする男とかって、どう思います？」

すると織絵は、一瞬きょとんとしたのち、すぐに笑顔で返してきた。

「――素敵なんじゃないですかー？　元気があって」

おかげで希実は確信してしまった。こ、この人――。

やっぱり美作くんが言ってた通り、一筋縄ではいかないっぽい。


希実の母という人は、たいがい恋多き女だった。

母の外出、並びに外泊理由の多くが、カレシと会ってくる、というものだった上、電話をかけてくる男の声や名前が、ころころと変わっていたことから、希実はそのようにジャッジを下しているのである。

ただし母の恋人たちに、実際に会ったことはほとんどない。家の近くで偶然出くわしたことは何度かあるが、彼らと一緒に食事をしたことや外出したことなどは一度もない。

つまりピクニックなど論外も論外なのである。そんなことを子供と一緒にやろうなどというのは、本気で付き合っている男女の感覚であって、遊びで付き合っているふたりのデートコースには成り得ない。そのくらい、子連れのピクニックというのは崇高《すうこう》なものなのである。

そんなふうに思い至った希実は、にわかに焦って孝太郎の携帯を鳴らしてしまった。

「もしもし！　美作くん!?　あのね！　明日、安倍先生と織絵さんが、こだまと一緒にピクニックデートを……！」

報告を受けた孝太郎の反応も、幸いというべきか、希実のそれと近いものだった。

「なんだって!?　それ、マジデートじゃないか!!　ちょっとヤバイよ、篠崎さん！」

そしてふたりは話し合いの結果、こだまたちのピクニックを監視するということで落ち着いたのである。待ち合わせ時間や場所、ピクニックの行き先はわからないから、とりあえず朝イチでこだまの家を張り込む。その後は出てきたこだまたちを尾行していけば、安倍が同行するというピクニックを見張ることができる。希実と孝太郎は迅速に、そんな計画を立てたのだった。

「――というわけで私、明日はこだまたちのピクニックを張り込んでくるから！」

希実の宣言に対し、弘基はだいぶ呆れた様子を見せた。マジかよ、お前。受験生だとかぬかしといて、実はだいぶヒマなんだろ？　いっぽうの暮林は、それやったら、希実ちゃんたちのぶんのお弁当も用意しとかんとなー、という普段通りの太平楽ぶりだった。

ちょうど俺の作ったパン・ド・ミがあるで、サンドウィッチ作っとくでなー。

　そんなふたりの反応を前に、希実は少々憤った。弘基も暮林も、ピクニックに行くという重みをわかっていないのではないか。こんなことを繰り返していたら、本当に織絵は、あの五股医師と結婚してしまうかも知れない。そうなったら必然的に、あのお触り医師がこだまの父親になってしまうのだ。そんなのは、やっぱりダメだ。織絵さんの目を、覚まさせなくちゃ——。

　そしてそんな焦る気持ちは、孝太郎のほうがより強かったようだ。何しろ彼は翌日早朝、まだブランジェリークレバヤシが閉店する前の時間に、店へと姿を現したのである。

「おはよーございます！」

　まだ薄暗い部屋のベッドの中で、希実はそんな孝太郎の声に目を覚ました。篠崎さーん！　今日は快晴だってー！　ピクニック日和《びより》らしいよー。もしかしたら孝太郎自身が、ピクニック気分になっていただけかも知れないが。

　希実が眠い目をこすり階段を降りていくと、孝太郎は暮林からサンドウィッチを渡され、嬉しそうに頭を下げていた。わざわざありがとうございます！　いやー、なんか楽しみです！　そんな孝太郎を弘基は怪訝そうに見ていたほどだ。何が楽しみだっつーの。オメーらは別に、ピクニックに行くわけじゃねーだろ？　しかし孝太郎もまるで腐らず返していた。いやまあそれでも、ピクニックはピクニックですからねー。

かくして希実と孝太郎はピクニック、もといこだまの家へと向かったのである。道中でも孝太郎は口数が多かった。

「僕が思うに、ピクニックっていうのは難易度が高いと思うんだよね。普通の家族がやるっぽいことだけに、普通じゃないヤツがやろうとすると、ボロが出るっていうか浮いちゃうっていうか。だからこれはこれで、いいチャンスなのかも知れない」

どうやら彼のテンションが高いのは、そんな思いも相まってのことのようだ。

「だいたい、あんな怪しい風体《ふうてい》の男に、ピクニックなんて似合わないよ。子供がいる親にしたら、家庭的じゃなさ過ぎる男は、やっぱり恋愛対象外になっちゃうだろうからね。今日はその点を期待して、じっくり見張ってやろうと思うんだ」

孝太郎のそんな目論見には、希実も少しばかり期待を寄せていた。確かに孝太郎の言う通り、安倍にピクニックはあまりに不似合い。もしかしたら勝手に墓穴を掘って、織絵さんを引かせてしまうかも知れない。そうなったら、願ったり叶ったりだ。

安倍が水野家にやってきたのは、午前十時を回った頃だった。眠そうな目をこすりながら玄関をくぐっていった安倍だったが、こだまと手を繋ぎ出てきた時には、爽やかな笑顔に変わっていた。しかも遅れて出てきた織絵の荷物を、さりげなく受け取ってみせる始末。電柱の陰からその様子を見ていた孝太郎などは、チッと舌打ちしていたほどだ。なんだよ、あの男。意外とまともなことも、できるんじゃないか……。

彼らが向かった先は、家からそれほど離れていない駒沢《こまざわ》公園で、公園に着くなりこだまは広場へと駆け出していった。そして後ろを振り向いて、安倍ちゃんも、早く早く！などと手招きをしていた。どうやらこだま、安倍医師のことを、安倍ちゃんと呼んでいるようだ。なんか、だいぶ懐いてるみたいだね。希実が言うと、孝太郎は憮然とした表情を浮かべた。まあ、こだまは誰にでも懐くからさ……。

ちなみに希実と孝太郎は、公園の植木の陰に隠れ、こだまたちの様子をうかがっていた。ただしあからさまにのぞいていると不審に思われるので、公園に遊びにきた高校生を装い、地面に敷いたレジャーシートに座り込み、チラチラとこだまたちを黙視し続けたのである。

こだまに手招きされた安倍は、ちょっと待ってて！　などと声をかけ、自分のデイパックから赤いボールを取り出した。その光景を前に、孝太郎は息をのんで呟く。まさかキャッチボール？　なんであの男、あんな普通なことができるんだ？

青空に映《は》える赤いボールを、安倍とこだまは楽しそうに投げ合う。行くぞー、こだまー！　うん！　いいよー！　うおー！　はやい！　よーし！　安倍ちゃーん、これ取れる～!?　おおっ！　待ってって、こだま……！　うおー、走れー！

そしてそんなふたりのやり取りを、芝生に座った織絵が笑顔で眺めている。その様子は完全に素敵な奥様ふうで、笑顔も満ち足りたもののように感じられる。とてもではないが、たった一年前に失踪騒動を巻き起こした人物とは思えない。そうして織絵は、しばらくこだまと安倍を見守ったのち、腕時計を確認して言い出したのだった。こだまー、周平さーん、そろそろお昼にしましょうー。織絵がそんなふうにゆらゆら手を振ると、こだまたちはキャッチボールを中断し、やはり笑顔で手を振り返した。おー、いいねー。うん、すぐ行くー。

そうして織絵のもとへと向かう途中、安倍はこだまをひょいと抱き上げ、軽々と肩車をしはじめた。こだまはだいぶ興奮した様子で、スゲー！　たけー！　などとはしゃいでいる。実際安倍は長身なので、肩車されたこだまの目の高さは二メートルを超えるほどなのだ。ねえねえ安倍ちゃん！　あとで高い高いやって！　いいぞ～、俺の高い高いは、マジで高いからな～。そう微笑む安倍の口元から、こぼれる白い歯はむしろ爽やかに映えている。以前感じた胡散臭さは、すっかりなりをひそめていて、安倍医師はどこからどう見ても、普通のよきパパのように映ってしまう。

ベンチにサンドウィッチを広げた織絵は、このパン、こだまが焼いたのよねー、などと説明をはじめる。すると安倍は、何!? そうなのか!? すごいな、こだま！ と大げさに驚いてみせる。おかげでこだまは満面の笑みになって、食べて！ 安倍ちゃん食べて！ と大騒ぎだ。安倍は、それじゃあ、と笑顔で頷き、さっそくサンドウィッチを頬張る。そしてそのとたん、くらっと目が眩《くら》んだような仕草をしてみせる。す、すごい、こだま。うま過ぎる……！ そんな小芝居に、しかしこだまは頬を真ん丸にして上機嫌だ。ホント!? じゃあ、これも食べて！ 安倍ちゃん！ 絶対スゲーおいしいから！

その頃にはもう、希実はすっかり意気消沈してしまっていた。あまり認めたくなかったが、三人が仲のいい親子のようにしか見えなくなっていたのだ。孝太郎も同じ気持ちだったのだろう。朝方のテンションはすっかり萎《な》えて、なんだかもう死んだような目でこだまたちを見詰めていた。仕方がないよな、と希実は思った。尻尾を摑むどころか、意外とまともな一面を、十分過ぎるほど見せつけられちゃったんだから——。

お、こだま。ほっぺにタマゴがついてるぞ。やだ、周平さんにもついてますよー。おー！ 俺と安倍ちゃん、おそろいほっぺだ！

青空の下、安倍と織絵に挟まれはしゃぐこだまを前に、希実は少し考え込んでしまう。破れ鍋に綴じ蓋。人の恋路を邪魔する奴は、馬に蹴られて死んでしまえ。そんな先人たちの言葉は、あんがい的を射ているのかも知れない。

こだまがあんなふうに笑うなら、多少の鍋の割れ目には、目をつむるべきなのかも知れない。

ピクニックを見張って以降、孝太郎は言葉少なくなった。何やらひとりで物思いにふけっている時間が増えた。

それで希実は、てっきり孝太郎も自分と同様、安倍に対する考え方を改めたのだろうと思っていた。あんな怪しげな男であっても、こだまが幸せになるのであれば、織絵さんとの交際も認めるべきかも知れない。そんな複雑な思いを、ひとり静かにのみ込もうとしているのかも知れない。

だがそれは、ひどい勘違いだったようだ。ピクニックの悪夢から三日ほどで、孝太郎は安倍の不審情報を探し出してきたのである。

「……ご、ごめんください！」

開店直後のブランジェリークレバヤシに、孝太郎は息を切らしながらやってきた。あ、あの僕、篠崎さんと、大事な話があるんですけど……！　そんな孝太郎の物言いに、暮林と弘基は、どうせこだまの話だろうと当たりをつけ、孝太郎を希実の部屋へとあっさり通した。

いっぽう勉強中だった希実も、孝太郎の深夜の登場に、これはおそらくこだまの話だろうと思い至り、机から離れ孝太郎をクッションへと座らせた。そして希実自身も、孝太郎の目の前を陣取り腰を下ろしたのである。

「で、何？　大事な話って？」

言いながら希実は、思わず鼻を押さえてしまった。何しろ孝太郎から、ひどく甘い香水の匂いが漂ってきたのだ。それで希実は、もしやと思い訊いたのだった。もしかして美作くん、ソフィアさんの店に行ってきた？

そんな希実の予想は正解で、孝太郎は、うん、そうなんだ！　よくわかったね！　と語り出した。それで僕、すごい情報を手に入れちゃったんだよ！　そう言って彼は、目を輝かせながら話し出したのである。

「――やっぱり安倍はクロだ！　これで、織絵さんと別れさせることができる！」

聞けば孝太郎、安倍に五股をかけられていたという、ソフィアの店のお姉様がたから、あれこれと話を聞いて回ったらしい。孝太郎によればお姉様がたは、傷心のところを安倍に付け込まれたのだそうだ。

「恋人と別れたばかりだったり、親御さんに女装のことがバレた直後だったり、ペットを亡くして落ち込んでいる時だったり、みんなそういう不安定な状態を狙われたみたいなんだ」

安倍はそんな彼女たちの手を、占いと称し握り締め、熱く語ってみせたそうだ。大切なものを、失くしちゃったんだね。でも、大丈夫だよ。僕がついてるからね――。そしてそんなふうに言われた彼女たちは、なぜか妙にうっとりしてしまい、気付くと安倍の診療所に、足しげく通うようになっていたのだとか。

そのことについては、みなさん口を揃えて言っていたそうだ。診療所に行くと、なんだか変な魔法にかかったみたいで……。不思議と気分がよくなって……。

そしてそんな彼女たちの気分の変化を、孝太郎はこう分析したのである。

「――たぶん安倍って人は、彼女たちに催眠をかけてたんだよ」

もちろん希実はそんな孝太郎の意見に対し、はあ？　と眉をひそめてしまった。さ、催眠？　何言ってんの？　美作くん……。希実がそう言うのも、仕方のないことだった。何しろ常識的に考えて、催眠なんて突飛《とっぴ》過ぎる。しかし孝太郎はめげなかった。篠崎さんの気持ちは、よくわかるよ、などと理解を示しながらも、だけど、たぶんきっとそうなんだ、と食い下がったのだ。

「実は、五股のうちのひとりが、妙なものを見たっていうんだ。例の、安倍診療所に宗旨替えをしたっていう、お達者クラブの人たちのことなんだけど……」

目撃者であるお姉様によれば、ある日、お達者クラブの面々が、安倍診療所の診察室内で、妙な講座を受けていたのだという。それは「レッツ楽しい遺言状講座」なるもので、講師役は当然というべきか、安倍医師が務めていたのだそうだ。

「なんでも、死ぬことは怖くない、備えあれば憂《うれ》いなし、だからみんなで、楽しく遺言状を書きましょう、みたいな講座だったらしいんだけど……」

なんだ、その奇天烈《きてれつ》な講座は。眉をひそめる希実を前に、孝太郎は説明を続ける。

「その時の、ご老人たちの様子が、ちょっとおかしかったらしいんだ」

お姉様の目撃情報によると、その時の診療所内には煙が立ち込めていて、一定のリズムで鐘が鳴り続けるような音楽が流れていたそうだ。そんな中、安倍が、さあみなさん、遺言書を〜、と声を上げると、ご老人たちはゆらゆら体を揺らしながら、お〜、書くぞ〜、と手を挙げていたんだとか。そんな孝太郎の話を受け、希実は思わず訊いてしまう。

「……つまり、それが催眠てこと？」

すると孝太郎は、まあね、と小さく笑って、でもそれだけじゃないんだ、とズボンのポケットをまさぐりはじめる。

「なんか、ヘンな薬でもやってるみたいで気味が悪かったって——。お姉さん、そんなふうにも言っててさ……」

そして孝太郎は、ポケットから写真を一枚取り出し、希実に渡してきた。それは、以前孝太郎に見せられた安倍の写真で、希実は思わず、これがどうしたの？　と返してしまう。今さら改めて、安倍の写真を見せられても――。

しかし孝太郎が示そうとしたのは、安倍の隣に写る男だったようだ。孝太郎はそのスキンヘッドの男を指差し、神妙な面持ちで語り出したのだった。

「この男、とある組織に属してる末端のチンピラさんなんだよね。違法な薬物の売買に係わってもいるらしい。調査会社の報告書に書いてあったから、たぶん間違いない」

思わぬ孝太郎の説明に、希実は、へ、へえ、と少々怯《ひる》みながら返してしまう。そんなヤバイ感じの人が、夜の街角で安倍医師とふたり、いったい何をしているというのか――。嫌な予感を覚えつつ希実は、安倍先生って、交友範囲が広いんだね、などと空々しい感想を口にしてしまう。

そんな希実の言葉を受け、孝太郎もため息をつきつつ頷いてみせる。確かにね、広いよね。そして核心的なことを言い出したのである。

「でも、イケナイ薬を買おうと思ったら、やっぱりそういう人とも付き合わなきゃいけないからね」

孝太郎の物言いに、希実は言葉を詰まらせる。詰まらせながら、背中に嫌な汗をかいてしまう。つまりそれって、安倍先生がこの男から、薬を買ってるとか、そういうこと？

希実のそんな思いを見透かしたように、孝太郎は声を落として続ける。

「幻覚剤なんかがあると、催眠がかけやすいって……。篠崎さん、知ってた？」

知るわけないじゃん、そんなこと。希実は息をのみつつ思う。そんな知識が必要な世界で、そもそも私生きてないし。今後生きていく予定だってないし——。だいたいそれって五股どころか、由緒正しき犯罪行為なんじゃないの!?

焦る希実の目の前で、しかし孝太郎は喜びを噛みしめるようにしみじみ語った。

「これでやっと、織絵さんとあの男を、別れさせることができるんだ……」

そうしてそのまま希実の手を摑み、嬉々として言ってのけたのだ。

「そういうわけで篠崎さん！　明日、あの男の診療所に忍び込むからね！」


運がいいのか悪いのか、翌日水曜は安倍診療所の休診日だった。

しかも孝太郎の話によると、休日の安倍医師は終日競輪場に行っているため、診療所は無人になるのだという。孝太郎はそれを、絶好の侵入日だと評した。

「決行は放課後。これでヤバイ薬でも見つかれば、調査はソッコーで終了だから」

そうして向かった安倍診療所は、歓楽街のど真ん中にあった。夕暮れ時のその街は、まだ出かける支度の整っていない女のようだった。あちこちに掲げられた看板やネオンライトも点《とも》されておらず、どこか気だるげで不機嫌そうだ。

　安倍の診療所は、そんな街の大通りから路地を一本入り、さらにそこからまた一本路地に入った、いわゆる袋小路の場所にあった。建物は古い七階建てのビルで、壁のあちこちに黒ずんだ染みが見えた。安倍の診療所は、その三階に位置しているようだった。ずらりと並んだ派手なスナックの外看板の中、安部診療所の看板は、唯一指名の取れないホステスのように、ひっそりとごく地味に収まっている。

　ここに、診療所？　ビルを見上げる希実の隣で、孝太郎は表情険しく頷いた。

「……うん。見るからに、怪しげだよね」

　しかし孝太郎は、虎穴《こけつ》に入らずんば虎児《こじ》を得ずだよ、などと言いながら、意を決した様子でビルの中へと進んでいく。それで希実も仕方なく、孝太郎のあとに続いたのだった。

　もちろん希実の心境としては、いくらこだまのためとはいえ、安倍の診療所に忍び込むなどいかがなものかと思っていた。しかし孝太郎にこんこんと諭《さと》され、ここまで来てしまった次第なのである。こだまのことを本当に心配してるのは、僕と篠崎さんくらいのものなんだ。大人たちは、大人たちの都合で動くものだからね。診療所に侵入なんて、そりゃ子供じみてるさ。でも、今行かなきゃ、きっと僕たち後悔する……！

そうして希実たちは、安倍診療所のドアの前まで辿り着いた。扉にはきちんと、本日休診のプレートが下げられており、中に人の気配は感じられなかった。というより、ビルそのものからひと気は感じられなかった。安倍診療所以外のテナントは、おそらくスナックのようだから、この時間ではまだ誰も出勤してきていないのだろう。そう考えると、今は絶好の侵入チャンスといえる。

「……よし、行くよ」

孝太郎は小さく宣言して、ポケットから針金を取り出した。何をする気なのかと思ったら、その針金でもってドアの鍵をかちゃかちゃとやりはじめた。

「美作くん。そんなんで、開けられるの？」

怪訝そうに希実が言うと、しかしドアの鍵はガシャンと音をたてて開錠されたのだった。思わず希実が目をむくと、孝太郎は屈託なく笑って言った。

「ほら僕、長らく引きこもりだったからさ。たいしてやることもなかったし、万が一に備えて、ちょっと練習しといたんだ」

引きこもりって、意外といろいろできるんだね。感心半分、呆れ半分で希実が言うと、孝太郎は針金をポケットに戻しながら、まあね、と頷いた。そしてふたりは、診療所のドアを開け、中へと進もうとしたのである。

何者かがふたりの背後に立ったのは、ちょうどその瞬間だった。

「――そのまま中へ入れ。声は出すな」

抑揚のない男の声が、背後で響いた。わずかに振り返ると、帽子を目深《まぶか》にかぶった若い男が、希実たちに向かってサバイバルナイフを突きつけていた。

「逃げようとしたら、このまま刺すぞ」


ナイフ男の指示に従って、希実たちは診療所の待合室を抜けてさらに奥の診察室へと入った。おかげで男には刺されずすんだ。しかしその代わりというべきか、診察室に入ってすぐ、孝太郎は男がもう片方の手に持っていたスタンガンに倒れた。もちろん希実は驚いて、絶句したままその場に立ち尽くした。そんな希実に、男はさらりと言い放ったのである。

「問題ない、気絶しているだけだ」

いや、それ問題あるでしょ。希実は内心思ったが、しかし男に、君も同じ目に遭いたくなければ、俺の言うことを聞いておとなしくしていろ、と告げられ、その通りおとなしくしておいたのだった。何しろ相手は、サバイバルナイフとスタンガンの重装備でいるのだ。とても丸腰で太刀打《たちう》ちできる相手ではない。

そうして希実は、男が上着のポケットに忍ばせていたビニール製のガムテープで、体をぐるぐる巻きにされていったのだ。つまりは縛りあげられたということだ。男は希実の体の自由を奪うと、窓際の机の脚に希実をくくりつけ、いよいよ身動きできない状態にした。

彼の手際はとてもよく、慣れているのか、あるいはよほど練習を重ねてきたのかといった様子だった。続く孝太郎の取り扱いも、素早かった。両足を摑んで部屋のはじまで引きずっていくと、そのまま上半身だけを起こし、壁にもたれ掛からせるようにしてその場に座らせた。そしてやはりガムテープで、彼の体を縛りはじめたのだ。

孝太郎が目を覚ましたのは、その時だった。閉じていた目をゆっくりと開けた孝太郎は、男や希実、そして部屋の中に視線を泳がせたのち、小さく息をついてみせた。

「……ああ、悪い夢じゃなかったんだ」

すると孝太郎を縛りあげていた男は、皮肉めいた笑みを浮かべゆっくりと口を開いた。

ああ、これは現実だよ、お坊ちゃん。そうして一段と力を込めるようにして、ガムテープを孝太郎の体に食い込ませたのである。

あいてて。顔をしかめる孝太郎を前に、しかし男はどこか楽しげだ。このくらい痛くされるのは、当然だろう？　などと執拗《しつよう》に孝太郎をテープで巻き続ける。

「だいたい、こんなところに忍び込もうなんて。子供のいたずらにしちゃあ、度が過ぎてる」

そんな男に対し、孝太郎はどこかおもねるような笑みでもって訊ねる。

「もしかして、こちらの診療所関係のかたですか？」

しかし男は、やはり不敵な笑みを浮かべたまま首を振ってみせたのだった。

「いいや、こんなところに診療所があったなんて、俺は知りもしなかったよ」

じゃあ、どうしてここに……？　思わずそう訊いてしまったのは希実だ。何しろなぜ自分がこんな目に遭っているのか、皆目見当がつかなかったのだ。

すると男は小さく笑って眉を上げた。

「君らが悪いんだよ。こんなひと気のないビルに、のこのこ入っていったりするから……。おまけに無人の診療所に入ろうとするなんて、まるで俺に襲ってくださいって言ってるようなもんじゃないか」

そんな男の説明を聞きながら、希実はふと小さな引っ掛かりを覚えた。あれ？　この人、どこかで見たような……。

それで思わず、じっと男の顔に見入ってしまう。切れ長の細い目、がっちりした顎。

やっぱりこんな知り合いはいないはずだ。しかしそれでも、妙な既視感がある。

誰だ？　この人……。お店のお客さんなら、覚えてるはずだしな。そうしてまじまじ男の顔を見ていた希実に、当の男もようやく気付いた。彼は表情を険しくして、希実の目を見詰め返してくる。

「……あれ？　もしかして君は、俺のこと思い出してくれたのかな？」

一転、楽しげに男はそう言って、乱暴に孝太郎の首根っこを摑む。そしてそのまま、孝太郎を引きずるようにして、机のほうへと連れてくる。

「君とは、朝の通学路で会ったんだよ。だけど俺は車に乗っていたから、まさか顔を覚えてもらってるとは、思ってなかったけどね」

言いながら男は、希実がくくりつけられているのとは反対側の机の脚に、孝太郎を縛りつけていく。希実をそうした時よりも、やはり力がこもっている。まるで怒りをぶつけるように、男は孝太郎の体にビニールテープを巻きつけていく。

「あの時も、悪いことをしたと思ってる。君も驚いただろう？　あんなふうに、車に轢かれそうになったんだから……」

そこまで言って、男は孝太郎から手を放し立ち上がった。

希実が男を思い出したのは、その瞬間だった。朝の通学路、激しいエンジン音。黒い車は、希実たちに向かい突っ込んできた。まるで希実たちを、脅すかのように。確か、あの時の運転席の男は、こんな顔ではなかったか——？

「あ、あなた……！」

目を見張る希実を前に、男は強張ったような笑顔を見せた。そしてその視線を、ゆっくりと希実の隣に移したのである。

「俺の狙いは、お前だよ。美作孝太郎」

瞬間、孝太郎は、へ？ と間抜けな声をあげる。僕？ なんで僕？ 目をしばたたきながら言う孝太郎に向かい、男はサバイバルナイフをつきつけ言い捨てた。

「お前はお前の、罪の深さを知るべきなんだ」

診療所のドアが開く音が聞こえてきたのは、ちょうどそのタイミングだった。ガチャッ、バタン。そして足音が近づいてきた。まさかと思い、診察室のドアを注視していると、案の定というべきか、競輪雑誌を手にした安倍が入ってきた。

「なんだよー、今日のレースはガチガチだと思ったのに。クッソー」

雑誌に目を落としたままの彼は、後ろ手でドアを閉めたのち、あれ？ 俺、鍵かけ忘れたっけ？ と呟いた。そして手元の雑誌から顔を上げ、あ、と声を出したのである。

ただし彼の登場は、救世主現るというわけにはいかなかった。ナイフを手にした男を前に、安倍はあっさり雑誌を投げ、両手を挙げた降伏のポーズをとったのだ。

「なんでもいたしますので命ばかりはお助けを」

ひと息に彼は言って、白過ぎる前歯をキラリと見せた。救世主どころか、さらに問題がややこしくなるのでは？　と希実は一抹の不安を覚えた。そしてそんな希実の予感は、少なからず当たってしまうのである。


男は孝太郎の罪について、こう説明した。

「お前の罪は、あの男の息子であることだ。そしてあの男によって生かされ、生活していることだ」

つまり彼の最たる狙いは、孝太郎の父親、美作医師のほうにあったということだ。

俺の妹は、こいつの父親に見殺しにされたんだ。男は孝太郎にナイフを突きつけながら、射るような目をしてそう言い出した。

「妹は、悪性の脳腫瘍だった。色んな病院を当たったが、手術は無理だと言われ続けた。でも、美作元史という医者なら、成功させられるかも知れないと、地元の病院で聞かされて――。それで俺は、必死の思いであの男を訪ねたんだ」

しかし男によると美作医師は、あっさり手術を断ったのだという。残念ですが、これは私でもとれません。しかも病状からして、おそらく長くもたないでしょう。ここは素直に彼女の病を受け入れ、共に死と向き合ってやることです。

「そう言われた時は、俺もいったんは引き下がった。あの美作医師にできないなら、きっと本当に無理なんだろうと、あっさり信じてしまったんだ。仕方ないだろ？　医者の言うことなんだ。知識のないこっちは、それが正しいことなんだと思うしかない」

そして彼の妹は、その半年後に息を引き取ったのだという。そんな話を聞かされた希実は、彼の妹がおそらくそうとう若くして、亡くなったのだと思い至る。何しろ彼自身まだ若いのだ。居心地が悪いような気分になって、希実はチラリと孝太郎に目をやる。孝太郎は無表情のまま、静かに男の話を聞いている。

しかしそんな中、唯一平然と男に声をかける者がいた。安倍だ。彼は希実たちと同じく、ガムテープでぐるぐる巻きにされた上、診察台に転がされていた。そんな状態でありながら、彼はまるで怯える様子もなく好き放題喋り続けていたのである。

まず最初は、孝太郎が美作の息子と知り、感嘆の声をあげたところからはじまった。マジで孝太郎なのか⁉　なんだよ、ちんちくりんだったのが、でっかくなっちゃったなぁ、オイ！　あとで女子高生紹介しろよ⁉　ナイフ男が目に入らない様子で、楽しそうにそんなことを言ってのけていた。

そして話がナイフ男の告白に及んでも、縛られている自覚がほぼないと思われるほど、自由気ままに口を開き続けている次第なのである。希実としては、頼むから黙ってくれという気分だが、安倍には空気を読もうとする気配がまるでない。

「ああ、そりゃグリオーマだったんだな。まあ、仕方ないよ。あれはいろいろと難しいからさ。亡くなったのは、ほぼ必然だと思っていい。しかも美作は、勝てるゲームしかやりたがらない男だからな。リスクをとって手術しようなんて、そもそも思わないんだよ。まあ最近は、手術で人が死ぬと、ミスだ訴訟だって騒ぐ遺族が多いから、外科医も大変なんだろ。だいたい、百パー安全な手術なんてあるわけないのに——」

つらつらと語る安倍に対して、男は声を荒らげる。

「黙れ！　人の命に対して、よくそんなことが言えたもんだな！　お前ら医者は、みんなそうだ！　簡単に人の生き死にを語りやがって……！　お前らにとってはいち患者の死でも、こっちにとっては、大事な家族の死なんだぞ!?　わかってんのか!?」

しかし安倍も、まったく悪びれる様子がない。

「そりゃまあ、理屈としてはわかるけど。医者だって人間なんだ。毎日人の死を前にして、家族並みに傷ついてたら、それこそ心がもたないよ。こっちは医療をやってんだ。悲しみは家族で引き受けろっつー話だよ」

しゃくしゃくと語ってみせる安倍を横目に、希実は静かに思いをめぐらす。あの人、バカなのかな。自分が縛られてるっていう現状を、少しは自覚してるんだろうか。

男は安倍に向かいナイフをちらつかせ、これ以上余計なことを言ったら刺すぞ、と脅す。すると安倍は、すぐに態度を翻し、ラジャーラジャーと繰り返す。オッケー牧場、お口にチャック。これ以上余計なことは申しませんので、どうかひとつお助けを。やっぱり少しバカなんだろう。

そんな安倍に対し、男は冷ややかな視線を送ったのち、すぐに孝太郎のほうへと体を向き直した。そもそも彼の怒りの矛先は、美作の息子、孝太郎なのだ。彼は怒りが冷めやらないといった様子で、孝太郎を見据えて言い募った。

「でも、お前の父親が言ってたことは、でたらめだったんだ。妹が死んだすぐ後に、俺はお前の父親の取材記事を読んだ。そこにはお前の父親が、妹と同じ病状の患者を、手術で救ったっていう美談が書かれてたよ。経済界の若きトップを救った、奇跡の手術だったとな。ご丁寧に、MRI写真まで載ってたよ。おかげで俺にもよくわかった。あれができるんだったら、妹の手術だってできたはずなんだ！　それなのに……！」

そんな男の言葉に、孝太郎はすみません……、と俯く。でもたぶんそれ、病院や患者さんの強い意向もあって、断れなかったやつなんじゃないかなーって思うんですけど……。バツが悪そうに答える孝太郎に、しかし男は声を震わせ摑みかかる。

「手術をしたことに、変わりはないだろう!? だから俺は、お前の父親に言いにいったんだ。どういうつもりだ、アンタは命に貴賤《きせん》をつけるのか、どうして妹を助けなかったんだ、ってな。でもお前の父親は、鼻で笑って答えたんだよ。当たり前だろうって。君の妹と、社長の命と、同じ重さだと思うほうがおこがましいと、アイツは……!」

顔を真っ赤にして言う男に、孝太郎はまたしょんぼりと謝ってみせる。ホント、すみません。うちの父、そういうデリカシーのないところがあるんだよなぁ……。それが原因で、去年の夏には義理の母も出ていっちゃったんだし……。

関係のないことまで口走りはじめる孝太郎に、男は冷ややかに言い放つ。

「お前だって、似たようなものだろう。だいたい俺はお前に、何度も忠告したはずだよな？ 親に謝罪をさせろと――。しかしお前は、素知らぬ顔で無視し続けた。だからこっちだって、こんな手荒な方法に出たんだ」

そんな男の発言に、希実は思わず孝太郎を見る。まさか美作くん、自分が狙われてること、わかってたの!? しかし孝太郎は希実の視線を、テヘッと笑ってやり過ごし、男にまた頭を下げた。ごめんなさい。でも僕も、いろいろ忙しくしてて、手が回らなかったっていうか……。

そんな孝太郎の発言を受けて、男はふっと表情をなくした。いろいろ忙しくて、か……。そして、あの親にしてこの子ありだな、と吐き捨てて、孝太郎の制服のポケットをがさごそやりはじめた。

「俺の要求は、美作医師の謝罪。それだけだ。お前には父親に、そのための電話を入れてもらう」

言いながら男は、孝太郎のポケットから携帯を取り出し操作しはじめた。そんな男を前に、孝太郎は困り果てた様子で言う。

「え？　父にですか？　うちの父、誰かに謝るような人じゃないんですけど……」

しかし男は動じなかった。そしてすぐに美作医師に電話を入れてしまったのである。スピーカーモードにされた携帯からは、電話のコール音が響いてくる。トゥルルルル、トゥルルルル……。

そんな中、孝太郎は困り果てた様子で肩を落としていた。そして、男に聞こえないほどの小さな声で、ぽつりと呟いたのだった。傷つくのはそっちなのに——。

携帯は三十コールほどでようやく繋がった。電話に出たのは、当然というべきか美作医師だった。

「なんの用だ？」

第一声はそれだった。

「こっちは忙しいんだ。十秒以内で話せ」

険を含んだ父の言葉に、孝太郎は慌てた様子で素早く答える。

「あの！　お父さんを逆恨みしている、元患者のご遺族に拘束されました。つきましては謝罪を要求されています。どうですか？　謝る気、ありますか？」

すると美作医師は言下に言い捨てた。

「――ない。切るぞ」

そして本当に電話を切ってしまったのである。その展開に慌てたのは、むしろ男のほうだった。な、なんだ？　あの男！　息子がどうなってもいいのか!?　そうして彼は、すぐにリダイヤルボタンを押した。あの男、ナメやがって！　しかし今度の電話はワンコールで繋がった。さすがに美作医師も、そこまで無慈悲ではないということか。

「なんだ？　しつこいぞ」

ただし、次の第一声もそんな調子だった。しかも心底忌々しいといった雰囲気の声で、美作医師は続けたのである。

「こっちは忙しいんだ。手間を取らすな」

それを受けて男は、怒鳴るようにまくしたてたのだった。お前！　息子がどうなってもいいのか⁉　だが美作医師も特に態度を変えなかった。ああ、ご遺族のかたでしたか。これは失礼。だが先ほどから申し上げているとおり、私は忙しいんです。なんだと⁉　こっちは息子を人質にしてるんだぞ⁉　なるほど。では親の務めとして、警察に電話くらいはしておきましょうか。はあ？　そういう問題じゃないだろ！　じゃあどういう問題です？　俺は、ただ、アンタに謝って欲しくて……！　そんな男の痛切な叫びに、しかし美作医師は冷たく言い放った。

「それはできません。私は仕事にベストを尽くしている。謝る理由など、どこにもない」

そして美作医師は、小さく一息つき、話は以上ですか？　などと言い出した。そろそろお喋りはやめにしたいんだが。警察もじきそちらに向かうと思いますし。け、警察に通報したら、息子の命はないぞ！　ああ、申し訳ない。通報はもう済ませたんです。息子の居場所は、GPSで把握してますので。あとはそちらのご判断にお任せします。では失礼。そんな美作に、安倍も断末魔のような声をあげる。

「オイッ、美作！　俺だ、安倍だ！　てゆうかお前、その言い草はさすがにどうなの⁉」

しかしすぐに、ツーツーという音が流れはじめる。どうやら美作医師は、宣言通り電話を切ってしまったようだ。

傍《そば》で聞いていても、終始一貫して男のほうが形勢不利だった。カードはすべて男側にあるはずなのに、美作医師のほうには議論のテーブルに着こうという気がまるでない。そのことが痛いほどに伝わってきた。

男は呆然とその場に立ち尽くしていた。人質状態の希実ですら、さすがに同情的な気分になってくる。美作父、何もあそこまで、人の話を無視しなくても。そんな希実のすぐ傍で、孝太郎も悄然《しょうぜん》と肩を落とす。すみません、うちの父、ああいう人で……。

男はそうとうにショックを受けている様子で、唇を震わせている。なんでだ？　俺はただ、謝って欲しかっただけなのに……。あの男に、妹の無念を、わからせたかっただけなのに……。

男が孝太郎に目を向けたのは、その時だった。彼はぼんやりとした表情を浮かべ、ブツブツ小さく言いはじめた。アイツも、わかるべきなんだ……。大事なものを、失くした気持ちを——。

そんな男の様子に孝太郎は、テープで固定され大きくは振れない首を、小刻みに振って反論する。

「いやいや、父にとって僕は、大事なものじゃないですよ？　さっきの電話で、わかったでしょう？　あの人は、普通じゃないから……」

しかし男は、孝太郎の言葉など耳に入らない様子で、静かに立ち上がる。そして握り締めたナイフにじっと目を落とす。大事なものを、失くせば……。

安倍が診察台からダイブしたのは、そんなタイミングだった。彼は、フン！　と上半身を起こしてみせたかと思うと、そのまま診察台を蹴り上げて床に着地したのだ。

「はい、そこまで！」

ただし、ガムテープを巻かれた足では、思うように着地ができなかったようだ。おかげでそのまま倒れ込み、芋虫のように床に転がった姿勢になってしまう。しかし安倍医師は、床に顔をつけながらも堂々と言い出したのだった。

「君が読んだ雑誌の記事、俺も読んだよ。ＭＲＩ写真も見た。まあ、雑誌に載ってたくらいだから、鮮明さには欠けていたが……。あれを取ろうっていうのは、正気の沙汰じゃないと思ったね。俺ならやらない。手術で明日死なすより、半年生きてもらうほうを選ぶ。まあ、最終的に選ぶのは患者だがね。でも、君だったらどうした？　手術の成功率は、多く見積もっても15％ほどだ。仮にうまくいったとしても、運動障害が残る可能性がきわめて高い。それでも妹さんは、手術を望んだと思うか？」

安倍の言葉に、男はわずかに言葉を詰まらせる。それは……。そんな彼を前にして、安倍はさらに言い立てる。

「医療は万能じゃない。医者にかかれば、すべてが治るなんて患者の妄想だ。医療ほど予測不能な分野はないんだからな。そもそも医者にだって、できないことは腐るほどある。人の命は有限だ。みんな生まれた瞬間から、死に向かって進んでいるんだ。死はそこらじゅうに転がってる。それを見ようとしないのは、健康な人間の怠慢なんじゃないのか？　君の妹さんは死んだ。それを受け入れられないから、君はアイツを責めることで、楽になろうとしてるんじゃないのか？」

　まくしたてるように言う安倍に、男は唇を震わせて返す。

「うるさい！　人を死なせておいて偉そうに！　そうやってお前たちは、自分たちを正当化するんだな！　あの医者も、お前も……！」

　言いながら彼は、安倍ににじり寄っていく。やっぱりバカだ、この人。床に転がった安倍を目の前に希実は思う。このままじゃ、マジで安倍先生、刺されるかも――。

　しかし安倍は、いいよ、来いよ、などと挑発しはじめたのだった。

「これで俺も、医者のはしくれだ。美作の代わりになるかはわからんが、俺を刺せば君も、少しは溜飲《りゅういん》が下がるだろう」

　そんな安倍の物言いに、ふと男の動きが止まる。希実も、ん？　と小さく首を傾げる。

ただし安倍は我関せずで語り続ける。

「まあ、けっこうな荒療治だけどな。怒りと恨みにとりつかれてる君にとっては、ちょうどいい薬になるだろう。メディスンってやつだ。まあ、だからいいさ。重ね重ね言うが、俺も医者のはしくれだからな。人を治すのが本分なんだ。だから刺せ。さあ刺せ、やれ刺せ、どーんと刺せ」

安倍は床に頬をつけたまま、片方の口の端だけ上げて笑う。そんな安倍を前に、男はわずかに困惑の色をにじませはじめる。先ほどまでの怒りは、少しばかり遠のいたようだ。安倍はそんな男に対し、やはり不敵な笑みのまま続ける。

「——だが、こう見えて俺はグッドドクターだからな。自らセカンドオピニオンも示してやる。俺が君に処方する一番の薬は、まずここから逃げ果《おお》せることだ」

そして、灰色の戸棚を顎でしゃくってみせた。

「あそこの棚。スライドすると、ドアがあるんだ。隣のビルに続いてるから、裏口から逃げることができる。その先は人目につかない路地になってるから、警察にも気付かれないはずだ」

安倍の発言に、男は目を丸くしている。当然だと希実は思う。何しろ希実も、孝太郎さえも、驚きのあまり目を見開いてしまっていたのだ。しかし安倍は、一同の様子など意に介していない様子で、不敵な笑顔で言い継いだのだった。

「まあ、考えようによっては、今回のことを警察沙汰にして、医師の非情を世に訴えるって手もあるんだがな。けど相手があの美作なら話は別だ。おそらく君の声ですら、ヤツは全力でもみ消しにかかってくる。そういう男なんだよ、アイツは。よって君は、殺人未遂あたりでブタ箱入りさせられるのが関の山だ」

そして安倍は、そんな自分の説明に、いや、と眉根を寄せる。

「美作なら、そこに強盗も付け足すかも知れん」

その瞬間、サイレンの音が聞こえてきた。男はハッとした様子で、窓のほうに目をやる。安倍は男を見据え、再び口を開く。

「行け。ここにいても犬死にだ」

そして突然の真顔で、言い切ったのだった。

「憎む相手がいるなら、君は幸せにならなきゃいけない」

男は黙ったまま、安倍を見詰め返していた。

「見返すってのは、そういうことだ。アイツのことなんてさっさと忘れて、自分と、自分が大切に思う人と——。大切に思った人のために、生きていったほうがいい。これが俺からの、もうひとつの処方箋、メディスンだ」

男の目が、どこかうつろになっていく。安倍は淡々と、言葉を続ける。

「さあ、行きなさい。ワン、ツー」

安倍がゆっくりとカウントをはじめる。男の目は、じっと安倍を捉えたままだった。そして安倍がドーンと口にした瞬間、青年ははじかれたように棚に向かい、勢いよく棚をスライドさせ、その先に続くドアを開けたのだった。


織絵が診療所に現れたのは、青年が立ち去って一時間ほどしたのちのことだった。

「あらあら、まー。みなさん、ぐるぐるでー」

ガムテープが外せないまま、のたうちまわっていた一同を前に、織絵は笑顔でそんな言葉をかけてきた。なんでも美作から連絡を受け、彼女なりに急いでやってきたらしい。はさみで希実のガムテープをチョキチョキ切りながら、織絵はそんなふうに説明した。

「突然あの人から、電話が入ったんですー。診療所に暴漢が現れたみたいだって。まあ、周平さんが一緒みたいだから大丈夫だと思うけど、でももしかしたら血の海になってるかも知れないから、念のため見にいっておいてくれって、言われてー」

どうやら美作医師が警察に通報したというのは嘘のようだった。そのことについて安倍は、アイツ、昔からそういうハッタリかますところがあるんだよな、と鼻を鳴らしていた。ヤンキーに囲まれた時も、自分の父親は警視総監だとかぬかしてたもんだよ。アイツの親父さん、学者だったはずなのにさー。いっぽうの織絵も、マイペースに首を傾げていた。それにしてもあの人、どうして私の携帯番号なんて、知ってたのかしらー？テレパシー？

希実はそんなふたりの勝手なひとりごとを聞きながら、もうどうでもいいよと思っていた。何しろ緊張の糸が切れ、どっと疲れがやってきていたのだ。

「はーい。希実ちゃん、でき上がりですよー」

織絵にあらかたガムテープを切ってもらった希実は、どうも、と頭を下げつつ、制服に貼り付いたままのガムテープの残骸をはがしていく。続いて織絵は孝太郎のガムテープに取り掛かる。じゃあ次は、美作くんねー。チョキチョキチョキ。孝太郎は初対面の織絵に対し、少々思うところがあるのか、めずらしくぎごちないような口ぶりで、礼を言っている。あ、なんか、すみません……。しかし織絵のほうは屈託がない。いいんですよー。チョキチョキチョキチョキ。でもあの人の息子さんだと思うと、なんだかちょっと緊張しますねー。チョキ。

そんな中、切り出してきたのはやはり安倍だった。

「——ところで、君たちさ。なんでうちの診療所にいたの？」

まあ、当然の疑問だろう。希実と孝太郎は顔を見合わせ、どちらからともなく俯き口ごもる。いや、それは、その……。なんていうか、流れ、的な……？　ブツブツ言い淀むふたりを前に、安倍はまたフンと鼻を鳴らす。

「ま、いいけどな。うちの診療所には、計三台の監視カメラと、録音テープが仕込んであるし。君らの話は、そっちから聞いてもまったく構わないんだ」

そんな安倍の説明に、ようやく孝太郎は腹を決めたようだった。わかりましたよ、話せばいいんでしょ、話せば、などと腹立ち紛れといった様子で言いながら、自らの計画について渋々告白してしまったのである。

自分がこだまの兄であること。そしてこだまをいとおしく思っていること。そんな中、織絵と安倍の交際情報を知り得たこと。安倍がこだまの父親になるのは解《げ》せないと思っていること。だから安倍の不正を暴き、織絵の目を覚まさせようと思っていたこと、等々。

淀みない孝太郎の語り口を前に、安倍と織絵は、へー、はー、ほー、と繰り返していたほどだ。そうして孝太郎の説明が終わると、織絵がまず笑顔で訂正を入れてきた。

「あのー、でもあたしー、目はずっと覚めてますよー？」

目を覚まさせようという、言葉の意図が通じていないようだ。それで孝太郎は、ですからね、と説明した。僕が言っているのはですね、織絵さんには安倍先生との交際を解消していただきたいと、そういう意味の目を覚ませ、でしてね。しかし織絵は、はいー、ですからー、と返したのだった。

「あたし、周平さんとは、お付き合いなんて、してないですー」

笑顔で言い切る織絵に対し、安倍も皮肉な笑みを浮かべ頷く。ああ、かれこれもう十年以上前から口説いてるのに、この人はこういう姿勢を崩さないんだよ。すると織絵も、やはりにこにこと返してみせる。またまたー。周平さんは、誰のことも好きになれないから、誰にでもそういうこと、言っちゃうのよねー。そんな織絵を前に、安倍はガムテープで巻かれた肩をわずかにすくめてみせる。

「ほらな。この人はこうやって、無心で核心をついてくるんだよ。こんな怖い女は、美作あたりがお似合いなんだって」

つまりふたりが付き合っているというのは、本当のガセネタだったようだ。まあ、勘違いしてる患者さんもいるけど。こっちもガキじゃないし、いちいち訂正してないんだよ。安倍は床に転がったまま、ニヒルな笑みを浮かべて言った。

さらに言えば、催眠というのは単なるカウンセリングのようなものでしかなく、レッツ楽しい遺言状講座も、ただの老人レクリエーションに過ぎないらしい。

じゃあ、売人からヤバイ薬を買ったりは……？　希実が最後にそう訊くと、安倍はケッと笑って呆れ顔を浮かべた。あのなぁ、言っとくけど俺は医者だよ？　そんな薬、売人から買うより横から――。

しかしそう口にした段で、ハッと何かに気付いたらしく、わずかに首を振りつつ言い直したのだった。いやいやいや、薬なんて、購入も横流しも、してないんだからね。ダメダメダメ、薬物、ダメ、ゼッタイ！

口ぶりはどうにも怪しかったが、希実としては一先《ひとま》ずそういうことにしておいた。

その日家に帰った希実は、ただいまーと告げるなり、店のイートイン席に座り込み、机に突っ伏してしまった。

「はー、疲れたー」

そんな希実の様子を見て、暮林はなぜか悟ったらしい。おやつ用のフルーツサンドと牛乳を手に、希実のもとへとやってきたかと思うと、テーブルにそれをトンと置いて笑顔で訊いてきたのだった。

「なんや、ケリがついたみたいやな？」

その言葉に、希実も返した。うん、まあ、一応それなりに。すると暮林は、突っ伏した希実の頭をポンポンと叩き、お疲れ様やったなー、とまた笑った。そして、フルーツサンド、食べたら弘基に感想言ってやってな？　と言い置き厨房へと戻っていった。

希実は出されたフルーツサンドを手に取り、ひと口かじる。今日のフルーツサンドは小倉入りだ。生クリームに小倉にイチゴに、とろけるような柔らかさのパン・ド・ミ。

「……んふふ、うま」

そしてぼんやり思っていた。先人たちの言うことは、やっぱりあんがい正しいのかも知れない。

パンを残さず食べる人に、悪い人はいないのかも知れない。

事件以来、孝太郎は放課後、安倍の診療所に足を運ぶようになった。もちろん好き好んでではない。診療所に不法侵入した罰として、安倍から診療所の手伝いを言いつけられたのだ。

「昔はあんなにかわいかったのに。十年ばかし見ない間に、たいしてかわいくない男子高校生になりよってからに！　俺がいいと言うまで、俺の手伝いをするんだぞ！　言うことを聞かないと、お前の親父に今回のことチクってやるからな！」

聞けば孝太郎、競輪雑誌を買ってこいだとか、女子高生をナンパしてこいだとか、およそ診療所の手伝いとは思えないような指令を、毎日のように食らっているらしい。

「大人としてっていうか、人としてどうなの？　あの人――」

孝太郎はブツブツとこぼしているが、希実はまあこれでよかったのではないかと思っている。何より孝太郎と安倍は、あんがい似た者同士のように見えるのだ。こっちのふたりのほうが、破れ鍋に綴じ蓋に相応しいような気すらする。

そうしてなんとなく、希実の中では騒動は収束したように思っていた。孝太郎が転校してきておよそ一ヵ月半。ムカつくことも振り回されることも多々あったが、ここからはまあ心置きなく受験に専念できそうだ。

孝太郎が朝の駅前で希実を待ち構えていたのは、希実がそんなことを思いはじめた矢先のことだった。

駅のロータリーで鞄を抱えて佇んでいた孝太郎は、改札から出てきた希実を見つけるなり、篠崎さん！　と手を振ってきた。その表情が少し切迫していることに、希実はすぐには気付かなかった。何しろ嵐は、もう過ぎ去ったと思っていたのだ。

「何？　どうしたの、朝っぱらから――？」

孝太郎のもとへと向かった希実は、彼の前に立つなりそう訊いた。そしてその段で、ようやく気付いたのだ。あれ？　今日はアンジェリカと一緒じゃないんだ。

すると孝太郎は、やにわに抱えていた鞄のファスナーを開け、中身を希実に見せてきたのだった。これ、見てみて。

そんな孝太郎の言葉に、希実は、何？　と言いながら鞄の中をのぞき込む。するとそこには、ビニール袋に包まれた白い粉の塊があった。何これ？　小麦？　希実が訊くと、孝太郎は張りつめたような表情で告げたのだった。

「さあ？　わかんないけど。とりあえず、安倍先生の診療所で見つけちゃったんだ」

その言葉に、希実は白い粉に手を伸ばしつつ返す。へえ、安倍先生の診療所でねぇ。しかし瞬間的に、その手をスッと引っ込めてしまう。これ、小麦なんかじゃない——。なぜかハッキリと、そう感じてしまったからだ。

「……美作くん。これ、何？」

改めて希実は訊く。孝太郎は緊張した様子のまま返す。さあ？　わかんないけど。そしてついに、その言葉を口にした。

「もしかしたら、僕らが探してた、安倍先生のヤバイ薬かも知れない」

＊　＊　＊

他人から粘着質だと評されることがままある弘基だが、彼自身にもその自覚は多少なりある。ただし彼は、いい意味でそれを捉えている。偏執的なところがなければ、いい職人にはなれないと信じているからだ。そういう意味でも、彼は自らの粘着性を甘受している。

しかも彼は、その性質をいかんなく発揮し、美和子の部屋でそれを探し当てたのである。それは押し入れの奥のクリアケースの中に仕舞われていた。

弘基がそれを探しはじめたのは、希実が写真の少女だと気付いてからだ。あの写真を見る限り、やはりそれは幼き日の希実で、つまり弘基とも面識のあるあの少女だった。しかし当の希実は、まるで美和子のことを覚えていない様子で、美和子について何か知るたび、その都度新鮮な反応をしてみせる。おそらく、嘘はついていない。あんな単純で、気持ちがすぐ顔に出るような女が、そんなうまい嘘をつけるはずがない。

だから弘基は、まず自分を疑ってみることにしたのだ。写真の少女は、確かに希実に見えた。しかし、もしかしたら別人かも知れない。第一弘基があの少女を最後に見たのだって、十年も前のことなのだ。顔を覚え違えている可能性だって、それなりにある。

それで弘基は一計を案じた。

弘基は少女の好物を覚えていた。当時美和子がよく作っていて、不思議に思って訊いてみたのだ。美和子さん、最近なんか、フルーツサンドばっか作ってねぇ？　すると美和子は、この子の好物なの、とやってきていた少女に目を落として答えた。これだったら、残さず食べられるのよねー？　そんな美和子の言葉に、確か少女も頷いていたはずだ。はにかんだような笑顔で、小さくコクンと。

　そのフルーツサンドを、弘基は希実に用意してみたのである。花見の日のことだ。花見弁当のひとつとして用意したフルーツサンドは、美和子が作っていた一番スタンダードなレシピのそれだった。このフルーツサンドに反応すれば、少女が希実である可能性が、高くなるのではないかと、弘基は考えたのである。

　だから希実がつまみ食いをした時は、やはり希実があの子なのか、と暮林共々色めきたった。しかし当の希実は、そのフルーツサンドを口にしたところで、味について過度な反応は見せなかった。おいしいとは言っていたが、アイツは俺のパンに関していえば、どうせ、うまい！　としか言わないんだよな、と弘基は思っている。まあ、俺のパンが間違いなくうまいから、仕方がねぇ話ではあんだけどさ。

　そして以来、弘基は折《おり》に触れ、希実にフルーツサンドを与えている。どれも美和子のレシピにあったフルーツサンドだ。酸味を効かせたレモンフルーツパン、生クリームにカスタードを加えたダブルクリームフルーツサンド、等々。しかしそれでも、希実は芳《かんば》しい反応を示さないのである。

　おかげで弘基は、少々考え込んでしまった。これだけ反応がないとなると——。美和子さん共々、フルーツサンドのことも、忘れてしまっているのか。それとも、美和子さんの作ったものと、味がどこか違ってしまっているのか。それともあるいは、単に少女と希実は別人なのか――。

フルーツサンドに小倉を挟んだ一品に関しても、希実はいつも通りのどこか冷めた反応を見せた。甘くておいしかったよ。意外と子供が好きそうな味だったかも。まあ、夏に売るパンにしては、ちょっと味が濃厚かなって気がしないでもなかったけど。

むしろ反応を示してくれるのは、暮林のほうだ。どのフルーツサンドを食べても、ああ、美和子の味や、と嬉しそうに微笑む。角食パンが残っとった時なんて、パパッと手早く作ってくれてなぁ……。

それで弘基も、憮然と返してしまう。いや、だから、今の問題はクレさんじゃなくて希実のほうで……。弘基の懊悩は、そのようにして続いていたのである。

おかげでそれが顔に出てしまったのか、店にやってきた安倍に、目が合うなり言われてしまった。

「お～っと、イケメン！　女難の相が濃くなってきてるぞ、大丈夫か？！」

安倍の診断はいつも適当だ。何しろ手相をみていると宣言してるのに、弘基の手のひらを見たこともない。見ているのはあくまで顔だ。そして今日も今日とて、安倍は弘基の顔をじっと見詰めつつ、悪だくみをしたような顔で言ってきたのだった。なんならお祓いしてやるぞ？　三万で！　その言葉に、弘基は思わず、前より高ぇじゃねーか！と返してしまう。すると安倍は、ハッハッハとわざとらしく笑ってみせたのだった。当たり前だろう、イケメン。何しろ悪い相が濃くなってるんだ。その分こっちの労力も増えるんだから、料金も二倍三倍当たり前だよ。

呆れた男だ。不敵に笑う安倍を前に、弘基はそんなことを思う。ったく、こだまの母ちゃんも、なんでこんなのにひっかかるかねぇ。やっぱ医者ってとこがいいのか？　そしてふと気付いた。でも、この男、腐っても医者なんだよな？　だったら希実の頭、もとい記憶のことも、ちょっとはわかったりすんのかな？

それで弘基は、例えばなんだけど、と安倍に訊いてみた。

「人ってさ、記憶の一部だけがスポッと抜けるとか、そういうことってあんの？」

すると安倍はあっさり返した。あるよ。記憶なんて、けっこう曖昧なもんだし。強い衝撃を受けたら、混乱が生じることはよくある。衝撃？　弘基が首をひねると、安倍はにやにやと頷く。交通事故はもちろん、パンチ一発でも起こり得る。あるいは肉体的衝撃じゃなく、精神面での衝撃、または負荷により、記憶をなくすってパターンもある。

「……精神面での？」

弘基が訊き返すと、安倍は楽しそうに言ってきた。

「ああ。ひどく辛いことがあった時なんか、それを忘れてしまうってやりかたで、その体験を乗り越えようとする者もいるんだ。子供なんかもそうだよ。生育環境に甚大《じんだい》な問題があったりすると、その問題自体を忘れてしまう。たとえば、虐待された子供の記憶から、殴られている間の記憶が抜け落ちてるとか、そういう感じでね」

そんな安倍の説明に、弘基は思わず口をつぐむ。つぐんで、心の中で小さく呟く。なんだよ？　それ――。

表情を険しくする弘基の前で、しかし安倍は笑顔で続ける。

「まあだから、忘れたいことは忘れさせておくほうが、賢明かもな。忘れているのは、覚えていたくないことなんだろうからな」

なんだよ、それ？　弘基は思う。つまりアイツには、そういう思い出があるってことなのか――？

Division & Détente

——分割＆ベンチタイム——

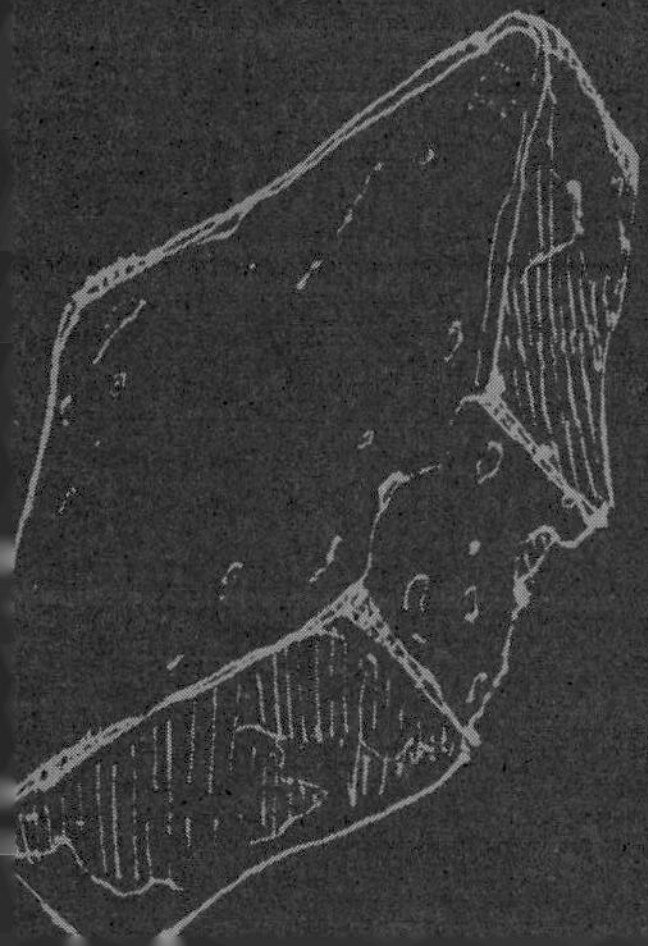

自分はどうも、人間には向かないようだ。

美作元史がそう思いはじめたのは、弟が生まれる少し前のことだった。腹のふくらみはじめた母の息が、自分の頬をふとかすめた瞬間、彼はひどい嫌悪感を覚えたのだ。息は生温かく、ほのかに甘い匂いがした。彼は思わず、頬を手の甲で拭《ぬぐ》った。拭った手の甲は、ズボンの腰あたりにこすりつけた。そしてその瞬間、彼はさらに気付いてしまったのだ。他にも不快はいくらもあった、と。

兄が口から飛ばす唾や、手を繋いだ姉の手の湿りけ、潮騒のように響く人々の声、当たり前のように、彼の頭を撫でていく大人の手のひら。そんなものたちに、彼はいつも体を強張らせていた。

ただしそれらの不快感からはすぐに解放された。弟が生まれたのだ。おかげで周囲の関心は、ほとんど弟に向かうようになった。お役御免となった彼は、心置きなく父の部屋に入り浸れるようになった。父の部屋には父はおらず、代わりに本がたくさんあった。とはいえ文学全集などではなく、ほとんどが数学や物理関連のものではあったが。内容はわからずとも、彼はそれを読むのが好きだった。文字と数字、あるいは数式を、目で辿っていくのが楽しかった。

ひとり部屋で過ごすうち、気付けば母や兄姉、さらには弟からも煙たがられるようになったが、そのことに苦痛は感じなかった。彼らは空が青い理由も、フェルマーの最終定理も知らなかった。おそらく興味がなかったのだろう。美作も同じだった。彼らに興味が持てなかったし、ましてや知ろうとも思わなかった。そんな関係性の中で、彼らからの嫌忌《けんき》に悩むほうがどうかしている。

家族の中で、唯一関心を向けることができたのは父だった。陰気な上にすぐ怒鳴り散らす、なんとも卑小な男ではあったが、本棚は面白かった。そういう意味では、他の家族よりだいぶマシだった。

大学で数学を教えていた美作の父は、ほとんど研究室に泊まり込み家には帰ってこなかった。聞くところによると、いくつかの研究テーマに取り組んでは、けっきょく他の研究者に先を越され、いつまでも助教授に甘んじていたようだ。学術的結果を出さずとも出世する方法はあったのだろうが、そのことのほうが父にはより困難だったのだろう。母はどこかでそんな父を見限っていた。子供たちもだ。けっきょく父はなんの証明もできず、なんの功績も残さずこの世を去った。享年は四十七。早過ぎる死だと言う者もいたが、美作としては適齢だったと思っている。数学者というのは、研究者としてのピークが早い。四十七歳。衰《おとろ》えるいっぽうの自らの能力に、父は十二分に耐えた。

父は、数式に憑《つ》かれた男だった。頭の中には数式上の宇宙が広がっていて、彼はそこで神との対話に明け暮れていた。数式上の世界というのは、現実世界より見えざる何かを感じ易い。学生時代、美作も何度か感じたことがある。見えざる何かは、美作に恍惚《こうこつ》のかけらを与えた。それで思ったのだ。なるほど父は、この快感の中にいるのか。

しかし、それに溺れるなど愚の骨頂だとも思った。神との対話がなんだというのだ。そんなものに溺れているから、あのくだらない家族連中に見下されていたんだ。

高校三年生の頃、彼は医大を志望校に選んだ。当時よく行動を共にしていたクラスメイトの父親が医師を職業にしていて、彼の家に招かれるたび、父親本人から医師という仕事についていろいろと聞かされていたのだ。

医者っていうのは、面白い仕事だよ。彼は笑顔で言っていた。医者になれば、あるいは神にもなれるからね。彼は優秀な外科医で、神の手を持つ男と呼ばれていた。それで美作もぼんやり思うようになった。そうか、じゃあ僕も、医者ってやつになってみるかな。つまり彼は、神との対話ではなく、自ら神になることを選んだのだ。

ちなみに当の級友は、神学科に進むと公言していた。

「ちょっと、神様のノウハウを知りたいと思ってね」

だいぶ変わった男だったのだ。そしてその通り、彼は神学科へと進んだ。

いっぽうの美作は、当然医大に合格し、そのままストレートで医者になった。仕事になってからはそれにのめり込んだ。医療の仕事は想像以上に興味深かった。救えると思った命があっさりと散り、絶望的と思われた命が息を吹き返す。確率は出せるがあくまで確率でしかなく、混沌《こんとん》としているようでしかし奇妙な規則性がある。そんな人の命が、自分の手の中にあるという状況も面白かった。

気付くと美作もまた、神の手を持つ男と呼ばれるようになっていた。あるいは、神そのものだと。その通りだと美作も思っている。私は、神になったのだ。

人の命を救ったという万能《ばんのう》感が、彼にそう思わせているのではない。むしろその逆だ。人の命が救えなかった時、美作は自分を神だと実感する。

神は、救える者しか救わない。救わない者は、たいてい見殺しだ。神の精度というのは、その程度のものなのだ。人を救おうと思うのは、そう願いもがくのは、むしろ人間らしさの表れだ。あるいは、人間の業《ごう》とでもいうべきか。しかし美作にはそれがない。

だから神にもなれたのだ。

おかげで悪魔と罵《ののし》られることもあるが、美作は少しも動じない。神とはしばしば悪魔である。人間に向いていない私には、むしろおあつらえ向きというものだ。

ただしその神にも、御《ぎょ》しきれないものがある。ふたりの息子だ。ふたりを前にすると、美作は地上に引きずり戻されるような錯覚《さっかく》に襲われる。無論降りてやる気などないが、それでも自分を見詰めるその目に、得体の知れないものを感じてしまう。上のも、下のもだ。美作には、ふたりが何を考えているのかさっぱりわからない。何しろどちらも、自分とはあまりにも違い過ぎる。

しかしそのいっぽうで、わからなくていいとも思っている。自分に似た息子など、美作は欲しくはなかったのだ。

＊　＊　＊

空にたれこめている鉛《なまり》色の雲は、じっとりとした憂鬱《ゆううつ》を含ませ膨張しているように見える。触れたらたちまち降り出しそうなほどだ。

いっぽう、希実の隣を歩く孝太郎も、鞄をぎゅっと抱きしめたまま、陰鬱な表情で歩き続けている。朝からずっとこの調子だ。まあ、鞄の中に入っているものを思えば、仕方のないことなのかも知れないが。

孝太郎の話によれば、鞄の中にある白い粉は、安倍診療所の棚の奥に隠されていたのだそうだ。なぜそんな隠された物体を孝太郎が見つけ出したのかといえば、彼の几帳面さに起因する。ナイフ男の一件以来、安倍の家来のようになっていた孝太郎は、しかしあんがいまともに診療所の雑務をこなしていたようだ。綿棒を作りガーゼを切り、消毒液をはこび郵便物を整理する。そんな日々の中で孝太郎は、自ら診療所内を整理整頓しはじめるようになったのだという。

「棚の中とか、荷物がごちゃごちゃ押し込められたりしてたからさ。僕、そういうのがすごく気になる性質《たち》なんだよね」

それでこつこつ整理していった結果、棚の中にある鍵のついた引き出しに気付いてしまった。そして孝太郎はその鍵を開けた。白い粉は、その引き出しの中にあったらしい。鍵開けが得意だという孝太郎らしいエピソードだ。

白い粉を見つけた孝太郎は、すぐにそれがヤバイ薬なのではないかと思い至ったようだ。何しろ安倍診療所では、薬の類いはそれこそ鍵のついた薬品庫に、あんがい厳重に仕舞われているからだ。つまりそこに仕舞われていない薬というのは、診療所にとってイレギュラーな存在といえる。そのため孝太郎は、白い粉の塊を引き出しから取り出し、自らの鞄の中に隠したのだという。

「あのまま安倍先生を問い詰めたって、はぐらかされるのが関の山だろうからさ。この粉がなんの薬なのか、ちゃんと自分で調べてから、対応を決めようと思うんだ」

そのため孝太郎は、朝の駅で希実を待ち構えていたようだ。白い粉について告げた孝太郎は、すぐに希実に訊いてきた。

「そういうわけで、篠崎さん。知り合いに、薬について詳しい人とか、いない？」

いるわけないじゃん。こっちだって一介の女子高生なんだから。希実はまずそう思ったが、しかしよくよく考えればいないことはなかった。薬物に詳しいとは思えないが、それでも頼めばなんでも調べ上げてくれる、頼もしい変態を希実はよく知っている。

それで希実は、斑目の携帯を鳴らしたのだった。ただし、待てど暮らせど斑目は電話に出なかった。そしてそのうち、希実は気付いた。斑目は現在、取材旅行で海外に行っている。当てが外れた希実は、しかしまたすぐに、もうひとりの当てになりそうな人物を思い出した。

ありがたいことに、彼はすぐに電話に出てくれた。その上希実が、頼みたいことがあるんだけどと切り出すと、あっさりオーケーをくれたのだった。いいよ、希実ちゃんには、借りがあるからね。

そうして迎えた放課後、希実は陰鬱な表情を浮かべた孝太郎を連れ、彼のもとへ向かったのである。

地下一階の店舗に入ると、以前と同じく壁一面の水槽に迎えられた。青白い光の中、水槽の魚たちは、ゆらゆら水中を漂うように泳いでいる。そんな景色を前に、孝太郎は少々面食らった様子を見せていたが、希実はすたすたと中のカウンターへと向かった。何しろこの景色にはもう慣れているのだ。

やってきた希実を、多賀田は笑顔で迎え入れた。やあ、いらっしゃい。希実ちゃん。久しぶりだね。カウンターのスツールに腰をおろしていた彼は、希実を見るなりそう言って、手にしていた煙草《タバコ》を灰皿に押し付けた。そして希実の背後の孝太郎をみとめ、小さく笑ってみせたのだった。

「柳《やなぎ》から、噂は聞いてるよ。最近、お年頃なんだって？　希実ちゃん」

「え？」

「最近希実ちゃんが、学校の友だちとばっかりつるんでるって、配達に来るたび、柳のヤツこぼしてるんだよ？」

弘基め、余計なことを。希実が顔をしかめると、多賀田はまた笑った。まあ、柳もさ、ちょっとお兄さん気取りしたい年頃なんだよ。希実ちゃんもさ、少しは柳の相手もしてやってよ。俺も、希実ちゃんが配達に来てくれないの、ちょっと寂しいしね。

「で、頼みっていうのは、なんなのかな？」

多賀田に話を振ってもらった希実は、これ幸いと孝太郎を促す。美作くん、あれを……。希実のそんな言葉を受け、孝太郎は多賀田に鞄を差し出す。これです、よろしくお願いします。そんな孝太郎の言葉に、希実はそっと付け足す。

「これがなんなのか、多賀田くんならわかるかも知れないと思って……」

鞄を受け取った多賀田は、不思議そうに中をのぞき込む。そして臆すことなく、中の包みをひょいと手に取る。中身、出して平気？　希実たちにそう確認すると、手馴れた様子で包みをごそごそ開けはじめる。ビニール越しに見えていた白い粉は、直接希実たちの目に触れるところとなる。直で見る白い粉は、どちらかといえば少し青白いほどで、まるで発光しているような禍々《まがまが》しさが感じられる。

その粉に目を落としていた多賀田は、しばらく何か考えているような素振りを見せた後、右手の小指をくいっと曲げ、第一関節の部分でその粉に軽く触れた。そしてそのまま指を口に含んだかと思うと、特に表情を変えるでもなく紙ナプキンに唾を吐いた。

「――シャブだね。しかもかなり上等な」

多賀田の言葉に、希実は固まる。一介の女子高生である希実だって、シャブという俗称が、覚せい剤のそれであるということくらい知っている。てゆうか多賀田くん、今それ舐《な》めたよね？

呆然とする希実を前に、多賀田は淡々と包みを元通りに仕舞いはじめる。

「その上、この量。こんなのなかなかお目にかかれるもんじゃないよ。売ればかなりの額になる。希実ちゃん、いったいこんなのどこで手に入れたの？」

どこって……。答えに窮する希実の隣で、孝太郎が診療所の住所を告げる。すると多賀田は、へぇ、と薄い笑みを浮かべた。

「なるほど。あのあたりは売買が盛んだもんなぁ」

多賀田の説明に、今度は希実が、へぇ、と笑顔を見せてしまった。もちろん作り笑いだが。へえ、売買が、あのあたりでは——。へ、へーえ。いっぽう多賀田は、手のひらに包みを載せ、重さを確認するような仕草をしながら希実たちに訊いてくる。

「まさかとは思うけど。希実ちゃんたち、怖い人から、これ、盗ってきた？」

もちろん希実は、全力で否定する。ま、まさか！ こ、これはなんていうか……！ 拾ったっていうか？ そんな希実の傍らで、孝太郎も静かに答える。隠してあったのを、見つけた、みたいな感じです。すると多賀田は、柔らかく微笑んだ。

「なるほど。じゃあこれは、例のあれかも知れないなぁ」

例のあれ？ 希実がおうむ返しをすると、多賀田は面白そうに頷く。

「半年ほど前かな。怖い人の部下の部下のそのまた部下くらいの男が、何者かに襲われて、売り物の薬をごっそり盗まれたんだ。でもまだ、犯人も薬も見つかってないらしくてね。おかげで、怖い人たちも死に物狂いだよ。俺にまで話を聞きにきたくらいだから、よっぽどなんじゃないかな」

そして多賀田は、手にした包みに目を落とし小さく笑った。

「この薬の量、ちょうど盗まれたのと同じくらいなんだよね。まあ、絶対これだとも言い切れないけど、こんな量はなかなか出回らないからね。これを見つけたっていう場所からしても、可能性はけっこう高いんじゃないかな」

思いがけない多賀田の言葉に、希実は息をのんで立ち尽くす。傍らの孝太郎も、希実と同じく黙ったままだ。しかし多賀田は飄々とした口調で言い出したのだった。

「ああ、そういえば……。いいものがあるから、ちょっと待ってて」

そしてそのまま、カウンターの奥へと入って行ってしまう。希実はそんな多賀田を見送ると、慌てて孝太郎の腕を摑んだ。

ちょ、ちょ、ヤバくない？　なんでそんなヤバイものが、あ、安倍先生の診療所に？　言葉を詰まらせながら言う希実に、しかし孝太郎はどこか冷ややかに返す。売人と繫がりがあるくらいだから、それほど意外でもないでしょ。そんな孝太郎の言葉に、希実は、そ、そうかも知れないけど……、と言い淀む。

そんなやり取りをしていると、すぐに多賀田が戻ってきた。

「お待たせしてごめん」

その手には一枚の写真があって、彼はそれを希実たちに差し出した。

「これが、薬を盗んだ犯人。見かけたら一報くれって、怖い人たちに頼まれてるんだ。名前は柴山悟《しばやまさとる》。前科二犯のチンピラで、罪状はどちらも麻薬及び向精神薬取締法違反。一度目は使用のほうで執行猶予がついて、二度目は執行猶予中に売買で捕まって実刑判決を食らったらしい。で、出所後一年もしない間に、こんなヤバイ真似をしちまったってわけだ」

写真を受け取った希実と孝太郎は、そこに写された人物をじっと見詰める。写真には隠し撮りしたような男の姿が写っている。金髪の、ひどく痩せた男だ。痩せ過ぎているせいか、目は落ち窪み、額には血管が浮いてしまっている。強面で、眼光は射るような鋭さだ。

「そうとうキレてる男みたいで、たったひとりで売人を襲撃したらしい。しかも丸腰でね。メンは割れてるから、すぐ捕まるだろうってみんな思ってたようだが、これが見つからなくてね。もしかしたら、もう死んでるのかも知れん。むしろ、死んでたほうがいいくらいのもんかもな。捕まったら、死ぬより辛い地獄が待ってるわけだし」

そんな多賀田の説明に、希実は慄然とする。もしかすると私たち、とんでもない一件に首を突っ込んじゃったんじゃないのか？

いっぽう多賀田は、そんなふたりを黙って見詰めていたかと思うと、薄い笑みを浮かべ言い出した。

「――で、この薬だけど。これからどうするつもりなの？」

問われた希実は、まず孝太郎を見やる。孝太郎は無表情のまま、多賀田を見詰め返している。そして、コレカラデスカ、と片仮名ふうに小さく呟いたかと思うと、大きくため息をついて答えたのだった。

「正直、ノープランです。さっきも言った通り、隠してあったのを見つけただけなので。これをどうするかなんて、考えてもいませんでした」

孝太郎のそんな回答に、多賀田は満足そうに頷く。

「それならしばらく、俺に預からせてもらえないかな？　現物があれば、これの出所も調べられるだろうし。何よりこんなもの、このまま希実ちゃんに持たせて帰らせたら、俺が柳に殺されそうだからさ」

冗談めかして言った後、多賀田は声を落として囁いた。

「それと、この件はお互いに他言無用だ。そういうことでいいね？」

それは有無を言わさぬ迫力で、希実は、はい、と頷くしかなかった。孝太郎のほうも、特に異論はないようで、わかりました、と素直に答えてみせた。すると多賀田は、いい返事だ、と笑顔で頷いたのだった。そして希実の肩をポンと叩き、少し眉を下げて言ってきた。

「なんの遊びか知らないけど。危ないと思ったらすぐ手を引くんだよ？　アッチの人たちって、引くほど冗談通じないから。いいね？」

多賀田の店から出た希実は、当然というべきか言葉少なだった。あの白い粉の正体にしても、それを盗んだとされる犯人にしても、希実の理解の範疇をゆうに超えていて、頭の中でうまく処理しきれずにいたのである。

いっぽうの孝太郎も、普段と違い静かだった。びっくりしたね、だの、こんなことになるとはね、だのと、ぽつりぽつり口にしてはいたが、しかしどこか心ここにあらずといった様子だった。

今日のところは、ひとまず解散しよう。そう言い出したのも孝太郎だ。

「なんか、いろいろあり過ぎて、ちょっと混乱しちゃった。今日はゆっくり寝て、明日また考えたいと思うんだけど、どうかな？」

その意見には希実も賛成で、ふたりはそのまま駅で別れた。じゃあね、また明日。うん、また明日。そんなふうに言い合って、ふたりは別々のホームへと向かった。しかしそうして歩き出して間もなく、希実は踵を返したのだった。

何しろ春の出会いから、孝太郎に騙され続けてきた希実なのだ。今日は解散などという彼の言葉を、そうやすやすと鵜呑《うの》みにはできなかったのだ。それで希実は念のため、孝太郎のあとをつけてみることにしたのである。

予想通り孝太郎は、彼の家がある駅とは違う駅で降車した。やっぱりなと希実は思った。彼が降りたのは、安倍診療所がある駅だった。

診療所のある駅で下車しながら、しかし孝太郎は診療所には向かわず、駅にほど近いファストフード店に入ってしまった。尾行を続けていた希実は、そんな孝太郎の行動に首を傾げたが、おそらくそれは単なる時間つぶしだったのだろう。時計の針が午後八時を回ると、孝太郎はすぐに席を立ち、あの袋小路へと向かったのだった。安倍診療所の診療時間は午前九時から午後八時まで。彼は診療所が閉まる時間を待っていたのだろう。

以前足を運んだ時とは異なり、その日の袋小路はそれなりの賑わいを見せていた。夜をまとったせいだろう。ビルや看板の明かりが、けばけばしいほどの彩りで、街をきらびやかに輝かせている。通りを歩く人々も、明かりを食べて生きる魚のように、夜の中をすいすいと気持ちよさそうに泳いでいく。孝太郎はそんな人々の中、ごく冷静な様子で目的地へと向かっていった。

診療所が入ったビルも、やはり前回とは違いそれなりの喧騒に包まれていた。何しろ安倍診療所以外、スナックで統一されたビルなのである。ビルの脇に並んだ看板は、どれも誘蛾灯《ゆうがとう》のような明かりをともしている。中から聞こえてくるのは、おそらくカラオケの歌声だ。耳鳴りのような不安定な歌声が、いくつも重なって流れてきている。そこに時おり嬌声《きょうせい》が混じる。孝太郎はそんないかがわしさの中に、少しの躊躇いも見せず入っていく。その横顔は先ほどと違い、どこか楽しげですらある。口の端は上がっていて、目尻は心なしかいつもより下がっている。それはたぶん、笑顔といっていい表情のはずだった。しかし希実は、そのことに少しの違和感を覚えた。

美作くんて、あんなふうに笑う人だったっけ？　そんなふうに思えてしまったのだ。その笑顔には、どこか加虐的な雰囲気すら漂っていた。嫌な予感を覚えつつ、希実も孝太郎のあとを追い、ビルの中へと入っていく。

孝太郎が乗ったエレベーターは、ちゃんと安倍診療所がある階で止まった。やはり目的はここだったんだな、と希実は階段で診療所へと向かう。

希実が診療所の前に着いた時、すでに孝太郎の姿はなかった。おそらく中に入ってしまったのだろう。ドアには、本日の診療は終了しました、というプレートがさげられている。希実はあたりを見回したのち、そっとそのドアに耳をつけてみる。中から何か声が聞こえてこないかと期待したのだ。しかし耳に入ってくるのは、上階と下階のカラオケの歌声ばかり。

それで希実は意を決して、診療所のドアをわずかばかり開けてみた。そしてその隙間から、中の様子を確認した。待合室であるはずのその場所には、やはり人の姿はなかった。しかし明かりはついていて、はっきりと人の気配はある。おそらく奥の診察室に人がいるのだろう。そう踏んだ希実は、息を殺して診療所内に侵入する。すると思った通り、診察室に続くドアの隙間から、人の話し声が聞こえてきた。

……だから……。……行かないか？　でも……今日は……。声は孝太郎と安倍医師のものだった。そこで希実は、そろそろと診察室のドアの前まで向かった。ありがたいことにドアはわずかばかり開いていて、中の様子をうかがうことができた。希実は音を立てないよう慎重に体をかがめ、その隙間に右目をあてがう。するとそこに、孝太郎と安倍の姿が見えた。

安倍は診察室の机に着いたまま、何やら書き物をしていた。いっぽう孝太郎は診察台に腰を下ろし、安倍の背中にあれこれ話しかけている。

だから、行きませんて。どうせ先生、僕を連れて行って、お姉さんたちにきゃあきゃあ言われたいだけでしょ？　ちっがーうよ！　俺はお前の後学のためを思ってだな……。別にそんな学いらないです。頼むよー、高校生とか連れて行くと、お姉ちゃんが喜ぶんだよー。話の流れから察するにこのふたり、お姉ちゃんがいるお店に行くかどうかの、ささやかな攻防を繰り広げているようだ。行こーよー、孝太郎ちゃーん。行きませんて。一番かわいい子譲るからー。結構です。

何を和やかに話し込んでるんだ？　盗み見しながら希実はにわかに拍子抜けする。なんなのよ？　もっと深刻な感じになってるのかと思ったのに……。

しかしそれは単なる思い違いに過ぎなかった。他愛もない与太話を繰り広げていた孝太郎と安倍は、すぐに例の話題を口にしたのだ。あ、そういえば先生。棚のこと、気付いてました？　屈託なく切り出した孝太郎に、安倍も飄々と言って返す。ああ、まあ一応なー。サトちゃんが、中が整理されてるって、教えてくれてな。そして安倍は、やはり書き物を続けながら言ったのだった。

「で、けっきょくお前は、まだ俺のこと嗅ぎまわってたわけね？」

安倍の口調はごくさらりとしていて、特に気負った様子は感じられなかった。そのためか孝太郎のほうも、悪びれることなくニコニコと返してみせる。

「そうですね。思ったより、時間がかかりましたけど。でも、ようやく先生の尻尾を摑むことができました」

そんな孝太郎の物言いに、希実は思わず右目を見開いてしまう。言葉の意味が、にわかには理解できなかったのだ。は？　なんで、今さら尻尾？　安倍先生と織絵さんは、付き合ってないってわかったはずなのに――。

けれど当の安倍のほうは、なるほど、とあっさり納得してみせた。そして書き終えた書類をファイルに仕舞いながら、で、薬は？　と確認した。あんなの持ってると、おっかないオジさんに殺されるかも知んないぞ？　しかし孝太郎も、余裕の笑みで返していた。大丈夫です、信頼できる人に預けてありますから。どうやら多賀田、あの短時間で信頼されたらしい。

「ちなみにあの薬が、違法な薬物であることも確認ずみです。盗品だろうってことも、おおよそですがわかってます。近日中には、確証が得られるでしょう」

あげ連ねられる証拠を前に、ようやく安倍も孝太郎を振り返る。その顔はさすがにげんなりしていて、お前、よく調べたねー？　などと感心した声まであげていた。

そうしてようやく顔を見合わせたふたりは、静かな攻防を繰り広げたのだった。昔はあんなにかわいかったのに、すっかりかわいげのないこと言うようになっちゃってー。そんな先生、この年の男子がかわいかったら、それはそれで不気味じゃないですか。そうかな？　俺なんて、高校時代も天使のようだと言われていたぞ？　それって単に、不気味がられてたってことじゃないんですか？　え、そうなの？　そうでしょ、たぶん。

しかしそれとて、おそらく嵐の前の準備体操のようなものだったのだろう。孝太郎に不気味と称された安倍は、少々むくれた様子で言い出した。

「で、俺の尻尾を摑もうとした目的は、何？」

いっぽうの孝太郎は、悠然とした笑顔で返す。

「何、ちょっとした取り引きです」

片目でふたりを見守る希実は、ひとり静かに息をのむ。孝太郎はそんな希実の緊張など知る由《よし》もなく、不敵な笑みを浮かべて診察台から立ち上がる。

「――父を、破滅させて欲しいんです」

思わぬ孝太郎の発言に、希実はうっかり声をあげそうになる。しかしどうにか口を押さえ、驚きの声をそのままのみ込む。は？　お父さんを破滅って……？　いったいあの人、何言ってるの？

しかし言われた安倍のほうは、あんがいすんなりとその言葉を受け止めていた。

「ああ、なるほど。そういう目的か。へえ、美作を破滅させるねぇ」

　意外でもなさそうに安倍は言って、ふむと思案顔で腕組みをする。息子にそこまで恨まれるとは、美作もさすがの父親っぷりだなぁ。まあ、わからなくもないが。そんな安倍に対し、孝太郎も笑顔で返す。ご理解いただけたようで、何よりです。

　そして孝太郎は、まるで楽しい旅の予定でも語るかのように、父親を陥れる計画について話しはじめたのだった。

　孝太郎が言うことには、孝太郎の父、つまり美作医師は、一ヵ月ほど先にとある手術を控えているのだという。

「安倍先生もご存じないですか？　次期ノーベル物理学賞候補といわれてるグレアム・ドーキンス博士が、髄膜腫《ずいまくしゅ》を患《わずら》っていると……」

　その言葉に、安倍は頷く。

「ああ、海外のサイトで見たことがある。天才なだけじゃなく、けっこうイケメンなんだよな？　しかし確か良性で、手術で充分治るだろうって話だった気がするけど？」

　そんな安倍の回答に、孝太郎は満足そうに頷く。そうです、それほどの難手術じゃない。そう口にして、おかしそうに顔を歪めた。

「ただ、天才の頭を切らなきゃいけないってことで、執刀医《しっとうい》選びは難航していたそうです。難しくないといったって、脳外科の手術に絶対はありませんからね。でも、患者は時代が必要としている天才学者だ。絶対に死なせるわけにはいかない。絶対に後遺症も残せない。それで医者選びが二転三転して――。父に、お鉢が回ってきたんです。父にとっては名誉の手術とも言えるでしょう」

孝太郎のそんな説明に、安倍は、へえ、と少し驚いたような表情を浮かべる。

「確かにすごいな。けど、そんな手術なんて引き受けちゃったら、世界中から注目されちゃうだろうな」

安倍が言うと、そこなんです、と孝太郎は指をさした。

「今の父は、国内外の医学界のみならず、マスコミからも注目を集めはじめています。だから、チャンスなんです」

チャンス？　訝る希実に気付くはずもなく、孝太郎は不敵な笑みを浮かべ安倍に言う。

「父は今、おそらく人生のピークにいるはずです。まわりからは天才だ神だともてはやされ、充分なお金と、地位と名誉を手にしている。だから僕は、今の父を叩き落としてやりたいんです。高低差があったほうが、傷も深くなるでしょうからね」

何言ってんの？　美作くん。わずかな隙間から孝太郎を見詰め、希実は思う。叩き落とすって、どうしてそんな――？　しかし孝太郎は、やはり楽しげに続けたのだった。

「つまり今こそが、父の隠ぺいされた失敗をマスコミにリークするのに、うってつけの時なんです」

孝太郎の言葉に、安倍は苦笑いで訊く。美作の失敗？　アイツは失敗なんてするようなタイプじゃ……。すると孝太郎は、冷ややかな笑みを浮かべ安倍の言葉を遮《さえぎ》った。

「先生とうちの父が一緒に働いていた頃、病院内で医療事故が発生しましたよね？　そのせいで、あなたは病院を追われることになった」

瞬間、安倍の表情から笑みが消えた。しかし孝太郎は、笑顔のままだ。追い詰めた獲物ににじり寄るように、ゆっくりと安倍に近づいていく。

「その時のこと、マスコミにリークして欲しいんです」

なんで、君がそのことを……？　安倍が怪訝そうに訊ねると、孝太郎は安倍の隣に立ち、挑むように告げたのだった。

「やってくれますよね？　あなたは僕に、秘密を握られてるんだし——。どうせ父のことを、恨んでもいるはずなんですから」

安倍は表情を消し、じっと孝太郎を見詰める。孝太郎は決まりごとを口にするように、断定的に続ける。

「父に、名誉の手術などさせない。そんな事をさせるより前に、この地上に引きずり降ろしてやるんです」

いつの間にか雨が降り出していたようだ。ビルの前を歩く人たちの数も少なくなり、ネオンの明かりもぼんやりとにじんでしまっている。

しかし希実は、そんな雨などまるで意に介さず、雨に背を向けビルの玄関ホールにひとり佇んでいた。安倍と話し終えた孝太郎が、やってくるのを待っていたのだ。

しばらくしてエレベーターから降りてきた孝太郎は、玄関ホールに立つ希実に気付き、少し驚いたような険のある表情を浮かべた。しかしそれも一瞬のことで、彼はすぐにいつもの笑顔を見せ、屈託のない様子で言ってきたのだった。

「あれ？　どうしたの？　篠崎さん、こんなところで……」

言いながら孝太郎は希実のもとまでやってくる。そして向こうの雨に気付き、げ、雨だ、どうしよう？　僕、傘なんて持ってきてないのにー、などと唇を尖らせる。

しかし希実は、雨を振り返ることもせず、語気を強めて問いただした。

「――どういうつもり？」

「え？　何が？」

「お父さんを破滅させるって、どういうつもりかって訊いてんの！」

希実のそんな物言いに、孝太郎は虚を衝《つ》かれたような顔をする。そしてわずかに顔を俯かせると、どういうつもりって……、と小さく口の中で言葉を転がすように言う。別に、それは……。しかしそうして何やら口ごもっていた彼は、やがて言うべき言葉を見つけた様子で、パッと顔を上げやはり笑みをこぼしたのだった。

「そりゃあ、言葉通りの意味だよ」

そう言う孝太郎の笑顔は、しかしいつもの笑顔とまるで様子が違っていた。

「……美作、くん？」

何しろ孝太郎は、おかしそうに肩を揺らしながら、顔を歪めるようにして笑っていたのだ。そしてその笑顔のまま、彼は悪びれもせず話しはじめた。

「聞かれちゃったんなら、もう隠し立てしても仕方がないね。僕は父を陥れたかった。そのためには、どうしても安倍さんの協力が必要だったんだ。だから彼の弱みを摑もうと思った。そうすれば、彼を意のままに動かせるようになるからね」

どこか高揚したように語る孝太郎を前に、希実は息をのんでしまう。この人、こんな顔だったっけ？　そんなふうに思えてきて、体が少し強張ってしまう。しかしそう感じてしまうほど、孝太郎の顔は今までのものと違って見えた。笑う目も口も、今まで見てきたものと違う。この人はこんなふうに、残酷に笑える人だったのか――。

それでも希実は、ぎゅっとこぶしを握り締め声を荒らげる。

「私が訊いてるのは、そういうことじゃないでしょ!?」

「じゃあ、何?」

「だから! なんでお父さんを、陥れる必要があるのか、そのことを訊いてんの!」

すると孝太郎は、面白そうに目を見開き、希実の顔をのぞき込んだ。え? 篠崎さん、それ本気で言ってるの? 人をバカにしたような孝太郎の態度に、希実はギッと彼を睨み返し怒鳴りつける。当たり前でしょ! なんで破滅なんて!? なんでそんなことする必要があるのよ!?

希実のそんな言葉に、孝太郎はそれまでの笑顔を消し去った。そして無表情のまま、希実をじっと見詰め返してきたのだった。

「篠崎さん、うちの父親に会ったことあるよね? だったらわかるんじゃないの? あの人が、ひどい父親だってことくらい……」

そう語る孝太郎の目が、暗い穴のようであることに、希実は初めて気が付いた。ひどく暗い目だ。深くて淀んだ、淵のような――。そうして孝太郎は、じりじりと希実に顔を近づけてきた。

「僕はね、篠崎さん」

暗い孝太郎の目に映っている希実は、やはり暗い目をしているように見える。

「篠崎さんなら、わかってくれると思ってたんだよ？」

そうして孝太郎は、また小さく笑ったかと思うと、そのまま雨の中へと走り出した。

「ちょっと、美作くん!?　待ってよ！」

去っていく孝太郎の背中に、希実は大きく叫んだが、しかし彼は振り返ることもなく、傘を差した人ごみの中を、縫うように走り去って行ってしまった。

雨は音をたてて希実の上に降ってくる。バチバチバチ。地面と体を叩きつける雨は、ひどく不快な音を鳴らす。バチバチバチ。

それを感じながら希実は、思わず耳に手をやってしまう。バチバチバチバチバチバチ。この音は苦手なのだ。希実は耳をふさごうとする。バチバチバチバチ——。

しかしその時、ふっと希実の上の雨が止んだ。見上げると、透明なビニール傘が傾けられていた。

「え……？」

振り返るとそこには、傘を手に立っている暮林の姿があった。彼はいつもの太平楽な笑みを浮かべ、希実に傘を差し出していた。

「やっぱり、ここやったか。捜したんやで？」

不快な音が、一瞬にして消える。暮林さんの声が消してくれたんだな、と希実はぼんやり思う。

「はよ帰ろ。弘基も心配しとるで」


暮林が希実を捜しにきてくれたのは、多賀田からの連絡を受けたためであったらしい。

「夕方過ぎかな。お前と美作ってあのガキが一緒に店に来たって、多賀田から電話があったんだよ。で、とんでもねーもん持ってきたって言われて——」

夕方過ぎということは、希実たちが店を出てすぐの頃合いだったはずだ。他言無用といったその舌の根の乾かぬうちに、といった様相ではあるが、しかし希実はまあ仕方がないか、と息をついた。だって多賀田くん、前に自分のこと、生まれながらの二枚舌だとか、言ってたもんな。何より多賀田が弘基に連絡を入れてくれたおかげで、暮林が迎えにきてくれたのである。今日のところは、二枚舌様々だ。

「しかもお前の帰りもおせーしよ。携帯鳴らしても繋がんねーしよ。かといって店の準備はあるしでよ。けっきょくクレさんに、捜しに行ってもらったってわけだ」

つまり、またしても希実の携帯は、充電を切らしていたのである。

「しかしなんつーか、総じてとんでもねーことになってんのな」

弘基はそんなふうに言って、顔をしかめた。店に帰った希実が、今日のできごとについてすべて語ったからだ。

話しはじめの頃は安倍について、そんなヤベー医者だったのか！　最低だな、アイツ！　などと難じていた弘基だったが、途中から孝太郎の行動についても首を傾げるようになり、最終的には孝太郎のことを、マジかよ！　アイツこそ最低だな！　と憤っていた。マジで嘘しかねーじゃん！　アイツの本音はどこにあんだよ？

しかしそんな弘基の言葉に、希実は息をついて返したのだった。

「……たぶん、今のが本音だと思う。安倍先生を脅して、父親を陥れる。それが美作くんの、そもそもの目的だったんだと思う」

だからこそ孝太郎は、自分にあんな顔を見せたのではないか、と希実は思っていたのだ。もう何も隠すことがないから、だからあんな素の顔を、あの人は――。

「それで、安倍先生は、美作くんになんて答えたんや？　協力するって？」

暮林の問いかけに、希実は弱く首を振る。

「ううん。とりあえず、一晩考えさせてくれとは、言ってたけど……」

しかしそんな希実の説明に、弘基はフンと鼻を鳴らしたのだった。

「けど、そんだけ脅されたら、断りようがねーじゃんか。だいたい薬のことが世間にバレたら、安倍先生こそ逮捕されんだぜ？　しかも美作のこと、恨んでるっぽいんだろ？　だったら普通に協力するだろ」

その弘基の言葉には、希実もおおむね同感だった。おそらく安倍医師は、孝太郎の要求をのむだろう。

そうなればおそらく、孝太郎の目的は果たされる。父親を陥れようという、彼の本音の願いは叶えられてしまうのだ。そう思うのと同時に、希実の心につぶてのような疑問が投げ込まれた。

それで、いいんだろうか？　ほんの小さな思いであったそれは、しかし幾重にも波紋を広げて、希実の心をひどくざわつかせる。いいんだろうか？　それで――。

確かに美作医師という人は、得体の知れない人だ。人でなしなことだって、いくらでも言う。そんな人が父親で、美作くんも嫌な思いをたくさんしたのかも知れない。親子の間のことなんて、こっちにはよくわからないし。

でもだからって、父親を陥れたからって、そこで抱いた黒い気持ちは、本当に晴らされたりするんだろうか。そんなことをした先にあるのは、むしろ逆の感情なんじゃないんだろうか。

止めるべきなんじゃないだろうか。あの人を、私は――。

すると弘基が、そんな希実の思いを見透かしたように言い出した。

「だからそうならねーように、こっちであのガキを止めねーとな」

思いがけない弘基の言葉に、希実は思わず、え？　と声をあげる。止めるって？　美作くんが、お父さんを陥れる計画のこと？　意外そうに言う希実に、弘基は眉間にしわを寄せ、当ったりめーだろ？　と言い放った。

「美作って医者は、あのバカ息子だけの父親じゃねーんだからさ！」

弘基の言い分に、暮林も、そうやな、と深く頷く。

「美作さんは、こだまの父親でもあるわけやしな。傍観するわけにはいかんわな」

その段で希実は、ハッと気付いたのだった。そうだ、そうだよ！　美作くんを止めることは、こだまのためにもなることなんだ！　それで希実は、勢いふたりの言葉に乗っかったのである。

「――そうだよね？　いくらひどい男でも、あの人はこだまのお父さんなんだもん！　美作くんのバカげた計画なんて、絶対に止めないと……！」

そうしてにわかに一同は、どのようにして孝太郎を止めるべきかについて、話しはじめたのだった。直接説教したって、聞くような相手じゃねーだろ？　そやな、父親のほうに、相談してみるとか？　そんなことしたら、美作くんが返り討《う》ちにあうかも。返り討ちって、どういう親子関係だよ。しかししばらく話し合っても、なかなか妙案が思いつかなかった。三人は顔を突き合わせたまま、揃って腕組みをはじめてしまう。

う〜ん、むしろ安倍先生に、リークはせんように頼んだらどうやろ？　つーか、そもそも美作のガキが言ってたっていう、隠ぺいされた失敗ってのはなんなんだよ？　さあ？　わかんないけど……。じゃあ、安倍センセが病院を追われることになったっていう、医療事故については、どんな？　さあ？　それもわかんない。オメー、わかんねーばっかじゃねーか！　仕方ないでしょ！　実際わかんないんだから！　まあまあ、ふたりとも。それは調べればすむ話やし……。けど調べるって、誰が……？　誰って……。

店のドアが開いたのは、そんなふうに一同が顔を見合わせていた頃合いだった。カランというカウベルの音がして、希実たちはいっせいにドアのほうに顔を向けた。そしてそれとほぼ同時に、弘基が反射的に口を開いた。

「すみませーん。営業時間前なんで、改めてもらえますかー」

するとドアから姿を現した男は、抱えていた大量のマカデミアナッツの箱の脇から顔をのぞかせ、すねたような表情を浮かべてみせたのだった。

「――そ、そんな。せっかくお土産、持ってきたのに……」

その足元には、大きなスーツケースがあった。どうやら空港から家に戻らず、直接ここに来たらしい。彼の登場に、希実はパッと表情を明るくして声をあげる。

「斑目氏！」

しかし斑目は、そんな希実の反応を前に、すっと顔を俯かせわずかに頬をふくらませた。どうも何かを怒っているようだ。しかし希実に斑目を怒らせた心当たりはなく、何？　どうしたの？　と首をひねってしまう。すると斑目は、唇を尖らせたまま言ったのだった。

「希実ちゃん、俺からの電話、出てくれないんだね……」

「え？」

「飛行機に乗ってる間に、希実ちゃんからの着信履歴があったから……。空港ですぐに折り返したのに……。希実ちゃん、ぜんぜん出てくれないんだもん……」

つまりどうやら斑目は、希実の携帯が切れている最中に、電話をくれたらしかった。

「そりゃあ、そもそも電話に出られなかった俺も悪いよ？　でも、機内だったんだから、仕方がないじゃないか。それなのに、こんなふうに無視するなんて……」

要するに斑目は、壮大にいじけていたのだった。そんな斑目を前に、希実はひそかに呆れ返る。この人、もう四十歳近いはずなのに……。心は十二歳くらいじゃないか。しかも女子の。

しかし希実は、そんなこじれた斑目に対し、広い心で臨《のぞ》んだのだった。ごめん、斑目氏。そういうつもりじゃなかったんだよ。ただ、私の携帯、もうボロボロで、夕方になると充電が切れちゃって、それで……。

そんな希実の説明に、斑目もハッと希実のほうに向き直り、目をぱちぱちとさせた。え？　そ、そうだったの……？　ご、ごめんね、それなのに俺……。

態度を翻した斑目に、希実は優しく続ける。ううん、いいんだよ、斑目氏。悪いのは、私の携帯だもん。もしかして、お土産持ってきてくれたの？　ありがとうね、斑目氏。そしてお帰り、斑目氏……。斑目氏がいなくて、お店もだいぶ寂しかったよ……。すると斑目は、目を少しうるませて、俺もだよ！　と言い出したのだった。俺もみんなに会いたかったよ！

ふたりのそんなやり取りを前に、弘基は白々と言っていた。つーかお前らさ、それ、なんの遊びなの？　楽しいの？

希実が斑目に対し、美作と安倍の過去の調査を依頼したのは、そのすぐあとのことだ。斑目氏がいないと、私たち、なんにもできなくてー。ほんとやわ、斑目さんが帰ってきてくれて、本当に助かったわ。な？　弘基。あ？　ああ、まあな。

そんなことを言われながらメロンパンを用意された斑目は、ほくほくの笑顔でイートイン席に着いていた。これ、新作だから食ってみろよ。ああ、弘基の、自信作なんやで？　もちろん斑目も、嬉々としてそのパンを迎えた。

わあ、このメロンパン、なんか今までと違う！　弘基の新作メロンパンを前に、斑目はそう言ってさっそく手を伸ばす。ビスケット生地がザクザクに割れてるね。砂糖もザラメに変えたんだ？　いいね、なんかワイルドな感じ。そしてひと口かじった斑目は、おお、と目を見開き声をあげる。なんだ？　ちょっとだけ甘じょっぱい！　メロンパンなのに！　なんで？　チーズ？　岩塩？　お味噌？　目を輝かせつつ推理する斑目に、弘基は笑顔で答える。ふっふふ～、企業秘密。斑目は、あ～、なんだろ～？　などと言いながら、メロンパンをみるみる食べ尽くしてしまう。ちょっと顔を出さないだけで、新作パンが現れてるなんて、弘基くんも心憎いなぁ～。

そして当然というべきか、斑目は調査依頼を快諾したのだった。取材帰りで、仕事が山積みなんだけど。綾乃ちゃんとも、デートしなきゃなんだけど。でも、みんなの頼みだもの、調べるよ！　いのいちばんに調べるよ！

かくして斑目は、帰国早々メロンパンひとつで、けっこうな難題を安請け合いしたのである。

ちなみにパンを食べ終えた斑目は、そのまま弘基の部屋へと向かった。ぐーたんとシバタさんを引き取りにいったのだ。弘基は斑目に部屋の鍵を渡しながら、近く斑目の家に遊びに行く約束を取りつけていた。おそらくこのまま、猫ストーカーにでもなるのだろう。

果たして安倍は一晩の熟考の末、どんな決断をくだすのか。

希実は安倍の選択について、至極単純に捉えていた。孝太郎の申し出を、断るのか、あるいは受け入れるのか――。しかし彼の決断は、希実の想像を軽く超えていた。孝太郎に脅された翌日、安倍は姿をくらませたのである。

彼の失踪について、希実は早い段階で知ることになった。あの嫌な雨に降られた翌日、午前中、姿を見せなかった孝太郎が、昼休みに登校してくるなり希実に詰め寄ったのだ。

「安倍先生をどこにやった？　あの人に何か手を貸したのか？」

怒りをあらわに訊いてくる孝太郎に対し、ちょうどパンを食べ終えたところだった希実は、きょとんとしながら聞き返してしまった。

「え？　安倍先生、どっか行っちゃったの？」

すると孝太郎は、あからさまに疑いの眼差しを向けてきた。本当に知らないの？　だが、何も知らない希実としては、お手上げのポーズで返すしかない。うん、知らない。

だいたい私、美作くんみたいに嘘つきじゃないし。とっさに嘘なんかつけないよ。

　希実のそんな対応を受けて、孝太郎は苦々しそうな表情を浮かべ、すぐに希実の前から立ち去ってしまった。いっぽう残された希実は、なるほど、と少しばかり感心していたのだった。なるほど、安倍医師。さすが腐ってもはみだし医者。逃げるっていう選択肢もあったわけか。

　放課後、織絵に確認の電話を入れてみると、さらに詳しいことがわかった。

「ちょっと人に脅されてるから、しばらく姿を隠すって、サトちゃんが連絡を受けたらしいんですー。でも、仕事のこともあるし。とりあえずあたしたちも、携帯に連絡は入れてみてるんですけど。電源が切られてるみたいでー」

　電話の向こうで織絵は、ああ、困ったわー、とさして困ってもいない様子の声で言っていた。あの人って昔から、時々こういうことするんですよねー。

　けっきょく安倍は、そのまま本当に姿を消してしまった。医師がいなくなった安倍診療所では、苦肉の策としてか、医療行為は休診ということにし、それ以外の安倍が行《おこな》っていたサービスのみを提供していた。

　例えば、恋愛内科と称する恋愛相談室、あとは老人向けの、長生きストレッチ体操講座や、レッツ臨終体験、覚えておけば怖くない、死ぬ前のあんなことこんなこと講座、等々。そんなことを繰り返しながら、どうにか診療所を回しているようだった。

いっぽう孝太郎のほうも、自力で安倍を捜そうとしているのか、しょっちゅう学校を休むようになった。しかも登校してきても、ほぼ携帯でネット検索をし続けている始末。隣の席の希実としては、その執拗さに少々引いてしまうほどだったが、それでも安倍の選択は、それほど間違っていなかったのではないかとも思いはじめていた。

何しろこうして時間を稼げば、美作医師が執刀するという、例の手術の日は近づいてくる。そのままその手術の日を過ぎてしまえば、孝太郎の計画はとりあえずとん挫してしまうのである。

出てくるな、安倍氏。希実はだんだんと、そんなふうに思うようになっていた。あなたがいてもいなくても、世界はちゃんと回るから。むしろ爽やかに回るから——。

しかし、そんな希実の思いとは裏腹に、安倍の不在をひどく悲しむ者もいた。こだまだ。安倍が姿を消して以降、何かとブランジェリークレバヤシにやってくるようになったこだまは、時おりがっくりと肩を落とし、ため息をつくのだ。

「安倍ちゃん、どうしちゃったんだろ？　最近、ぜんぜんうちに来てくれないんだ。俺、なんかしたのかな？　安倍ちゃん、俺のこと嫌いになっちゃったのかな……」

あまりに寂しげにこだまが言うので、弘基などは前のめりになって言ってやっていたほどだ。そんなしょげるなよ、こだま！　なんなら俺が、安倍の代わりに遊んでやっからよ！　それでこだまに高い高いを要求された弘基は、お安いもんだ！　とこだまを軽々と持ち上げてみせたのである。しかし悲しいかな、その結果ポツリと呟かれてしまっていた。……弘基、あんま高くない。

その後膝を抱えた弘基に関しては、希実と暮林でどうにかフォローした。安倍さんは、百九十センチくらいあるでな。それと比べられてもな？　そうだよ、弘基なんて私と同じくらいの身長なんだし。あの人と比べられてもねぇ？　うっせーよ！　デカ女！

だがそれでもブランジェリークレバヤシ内では、こだまに同情的な意見が大勢を占め続けていた。まあ、安倍さんのこと、どっか父親みたいに思っとったのかも知れんしな。確かに、最初かららいねーっつーだけなら話は別だけど。それっぽいのが現れて、いなくなるのはキツいわなぁ。

しかしそんなこだまにも、思いのほか早く代替品が現れてしまった。美作元史だ。いや、美作はむしろ、代替品というより、紛れもない実父なわけだが――。

安倍が行方《ゆくえ》をくらまして数日後、美作元史は夕刻ごろ、ブランジェリークレバヤシへとやってきた。その日はこだまも店にいて、イートイン席でひとり知恵の輪に興じていた。希実はその傍らで黙々と勉強をしていた。そんな中、美作は店のドアを当たり前のように開けて入ってきたのである。以前営業時間を伝えたにもかかわらずだ。

「ごめんください」

姿を現した美作を前に、こだまはきょとんとした表情を浮かべていた。いっぽうの美作は、こだまについてはチラリと一瞥《いちべつ》しただけで、さしたる興味を示すでもなく、ずんずんと希実のもとへと向かってきた。

厨房で仕込みをしていた暮林と弘基も、美作に気付き慌てて店内へと飛び出してきたが、美作はそれにも気を留める様子がなかった。そして希実の前に立つなり、面白くもなさそうに言い出したのだ。

「やあ、篠崎さん。安倍の診療所に男が立てこもった時、君も一緒だったと小耳に挟んでね。君に逆恨みされても困るから、こうしてお見舞い金を持って上がった次第だよ」

語る内容から察するに、謝る気はないようだったが、しかし見舞い金というからには、詫びのつもりではあるのだろう。美作は不遜《ふそん》な態度でそんなことを言って、参考書に向かう希実に、厚めの封筒を押し付けてきたのだった。

あ、これで新しい携帯が買えるかも——。希実はとっさにそう思ったが、しかし向こうにいた弘基が、金で解決しようとすんじゃねーよ！　オッサン！　などと怒鳴ったので、伸ばしそうになった手は、ひょこんとテーブルの下に仕舞われた。いっぽう弘基は、そのまま喧嘩を売る態勢に入ろうとした。だいたいな、お前の教育がなってねーから！何せ直情的な男なのである。もちろんそんな弘基を、止めに入ったのは暮林だ。

「うちはパン屋やもんで。お金をいただくのは、パンを買っていただいた時やないと」

そんなふうに彼は言って、美作の傍らに立ったのである。すると美作は、フンと鼻を鳴らした。そして口元を歪め、忌々しそうに言ったのだった。

「……要するに、金では解決させないつもりなんだな。相変わらずあなたは傲慢だな。自分の価値観から出てこようとしない」

もちろん希実は憤った。はあ？　何言ってんの？　それはこっちのセリフでしょ？　しかしそんな中、にわかにこだまが、はいっ！　と手を挙げた。はいはいはい！　そしてすっくと立ち上がり、得意げに言い出したのだ。

「パン、買ってけばいいじゃん！」

そんなこだまの言葉に、一同は虚を衝かれたようにこだまに目を向けた。しかし当のこだまは、きししといつものように笑って、パンを噛む仕草をしてみせる。

「弘基のパン、うまいよ！　ホントだよ！」

嬉々として語るこだまを前に、美作は怪訝そうに眉をひそめていた。いっぽう希実たちはひどく驚いた。こだまがあの美作に対して、こんなに屈託なく声をかけるとは思っていなかったからだ。俺はね、チョコクロワッサンがいいと思うよ！　絶対おすすめ！　そして美作のほうはといえば、釈然としない様子でこだまを見詰めつつも、しかしすぐに言い放ったのだった。

「だったら店にあるパンを、すべて寄こしたまえ。今日の分は、すべて私が買って行ってやろうじゃないか」

その言葉に、もちろん弘基は激して怒鳴った。

「バッカじゃねーの⁉　全部なんて誰が売るかよ！　うちのパンは、てめーひとりのパンじゃねーんだよ！　みんなが食いたいパンなんだよ！　だいたい、うちの営業時間は夜からだかんな！　この時間にはまだ、パンなんて一個もねーよ！　わかったらさっさと帰れ！　この明後日《あさって》野郎！」

そしてそんな攻防の中、こだまがまた、はいっ！　と手を挙げた。

「サンドウィッチ用のパン・ド・ミなら、まだ店にあるんじゃない？」

そんなこだまの予想は正解で、店にはちゃんとまだ数斤の角食パンが残っていた。それで暮林が、そのうちの一斤を、美作に差し出したのである。

「これやったら、一斤くらい大丈夫ですよ。今朝焼いておいたぶんなんですけど。よかったら、どうぞ」

そうしてパン・ド・ミを一斤購入し帰って行った美作だったが、しかしなぜかその翌日もブランジェリークレバヤシに現れた。

「――君のパンは、柔らか過ぎる。もっと硬く焼きたまえ」

そんなクレームをつけに、わざわざやってきたのである。もちろん弘基は、これがうちのパンの柔らかさなんだよ！　気に入らねーなら買うな！　と返した。しかし美作は買うのである。買ってまた翌日、意見しにくるのである。

「君のパンだが、七枚切りにして、約三分三十秒置いておくと、水分が飛んでちょうどいい硬さになる。試してみたまえ」

そして美作は二日と空けず、ブランジェリークレバヤシにやってくるようになった。ただし仕事の都合なのか、夕刻にしかやってこない。それゆえパン・ド・ミしか買っていけない。毎日一斤食ってんのかよ？　弘基がそう眉をひそめると、美作はフンと鼻を鳴らした。部下に食べさせている。なかなか評判だぞ。私には柔らか過ぎるがな。

そんなふたりのやり取りを横目に、暮林は妙に納得していた。ふたりとも、仕事に対しては厳しいみたいやでな。あんがい気が合うのかも知れんなー。

あれって、気が合うっていうのか？　希実には少々理解しがたかったが、しかし結果として美作は、徐々に常連化していったのだった。そしてその中で、こだまも屈託なく美作に声をかけ続けていた。

パン・ド・ミは、焼いて一晩置いたのが、一番おいしいんだよ！　硬くなった耳のとこは、コーヒー牛乳に浸して食うと、うまいよ！　俺、タマゴサンド作れるんだよ！　そんな話題であっさりと美作との距離を縮め、最終的には、今度俺が焼いたパン、あげるね！　などという約束までしていた。

いっぽうの美作も、特に楽しんでいるふうではなかったが、それでもこだまに声をかけられれば、それなりの応対をしてはいた。そうか、一晩……。そうか、コーヒー牛乳……。そうか、タマゴサンド……。まあ基本的には、おうむ返しなわけだが。

孝太郎のことも、それなりに気にしてはいるようで、希実に訊いてきたりもしていた。あれは、どうだ？　最近、学校に行っているのか？　もちろん希実は、正直に返した。いいえ、先週は二日しかきてなかったです。すると美作は、呆れたように息をついていた。バカだな。

こだまに頼まれれば、イートイン席で宿題を見てやってもいた。知恵の輪の解きかたや、空が青い理由についても語って聞かせてやっていた。こだまのほうも、それなりに面白がっているようで、スゲー！　を連発していた。

そんな様子を見ていた希実は、なんとなく美作に訊いてみた。

「あの、美作さん。ちょっと質問なんですけど」

「なんだ？」

「平行線て、交わると思います？」

すると美作は、フンと鼻を鳴らし笑ったのだった。

「非ユークリッド幾何学か？　そんなことは自分で考えたまえ」

冷たく笑う美作を前に、しかし希実はぼんやり思っていた。もしかしたら、美作くんにもそうだったのかな。空が青い理由や、交わるかも知れない平行線について、美作くんにもこの人なりに、話して聞かせてやっていたのかも知れない。

斑目がブランジェリークレバヤシに姿を現したのは、こだまが美作のためにパン・ド・ミを焼き上げた日のことだった。角のない角食パンを持たされ、首をひねりながら帰る美作を見送った頃、斑目は店に飛び込んできた。

「——安倍医師については、ある程度の情報が摑めた！　で、なるべく早く伝えておくべきだと思って……」

運動嫌いな斑目としてはめずらしく、走ってやってきたようだ。斑目は肩で息をしながら、希実たちに告げた。

「安倍って医者は、だいぶヤバイ人物だよ。希実ちゃんたち、この人とどんなふうに係わってたの?」

希実が孝太郎の携帯を鳴らしても、なかなか彼は電話に出なかった。長く続くコールはけっきょく、三十秒ほどで留守番電話に切り替わってしまう。

アイツめ、人がよかれと思って電話してやってるのに——。希実はそう憤りつつ、留守電にメッセージを残すことはせず、半ば執拗なほどに孝太郎の携帯を鳴らし続けた。そのせいだろう。電話に出た孝太郎の第一声は、しつこいよ、だった。

「いったいなんの用なの?　こっちもヒマじゃないんだけど」

険のある声で言ってくる孝太郎に、希実もぴしゃりと返してやった。

「つべこべ言わずに、うちに来て。安倍先生に関する情報をあげるから」

希実の言葉に、電話の向こうの孝太郎は黙り込んだ。それで希実は畳み掛けた。

「こっちには、凄腕の情報収集屋がついてるの。美作くんがひとりじゃ調べきれなかったようなことまで、キッチリ摑んできてるんだから——。早くうちに来なさいよ!」

孝太郎が店にやってきたのは、その電話から三十分ほど経ってからのことだ。彼はブランジェリークレバヤシの前にタクシーで乗り付け、不愉快そうな様子で店のドアを押し開けてきた。迎えた一同に対しても、特に挨拶をするでもなく、不快感をアピールするかのように冷ややかな視線を送ってくる。

「手短にお願いしますよ。つまらない情報だったら、すぐ帰らせてもらいますから」

初めて孝太郎を見た斑目などは、感じ悪いヤツだね、と弘基に囁いていたほどだ。しかし弘基が、けどあれで、意外とストーカー気質なんだぜ？　と返すと、斑目は、へえ、と孝太郎に視線を送り、若干態度を翻した。それならまあ、根は悪いヤツじゃないのかも知れないな。

一同をイートイン席に座るよう促したのは暮林だ。ちょっと重い話になるかも知れんでな、軽いパンでも一緒にな。そんなことを言いながら、テーブルにフルーツサンドやタマゴサンドを並べていった。斑目さんと弘基はコーヒーでいいか？　希実ちゃんはカフェオレやろ？　美作くんは、なんにする？　訊かれた孝太郎は、けっこうです、と愛想なく返したが、暮林は有無を言わさず、じゃ、カフェオレな、と微笑んだ。

席に着いた斑目は、並んだパンを前にすぐさま手を伸ばしはじめた。そして当たり前のようにあむっとひと口頬張って、ぅまい！　と体を震わせた。このクラムの柔らかさ！　口の中で溶けるような舌ざわり！　たまらないね！　しかも何このタマゴサンド、タマゴに黒オリーブ入ってるじゃん！　大人の味だね！　心憎い！　身もだえしながら咀嚼する斑目を前に、しかし孝太郎の表情はどんどん険しくなっていく。

「パンより、早く安倍に関する情報をください。僕はそのために、わざわざここまで来たんです」

しかし斑目は悪びれる様子もなく、次なるフルーツサンドに手を伸ばしつつ、悠然と笑って返したのだった。

「急ぎ過ぎるのはよくないよ。過程が結果を生むんだから。ひとつの果実を得るためには、相応の努力をしないとね。たとえば、大地を耕《たがや》し種をまき水をやり、芽が出てからも花が咲いてからも、手をかけ時間をかけ育てていくような努力をさ……」

うっとりとした笑顔でフルーツサンドをかじりつつ、斑目はしみじみと続ける。

「一瞬で、何かが叶うなんてことはないんだよ。そんな魔法みたいなことは、この世の中では起こり得ない。魔法のように見えることがあったとしても、そこにはちゃんと、種や仕掛けがあるものなんだからね。たとえば、俺の原稿だって……」

そう言って斑目は、再びタマゴサンドを手に取り遠くを見詰める。まあ、一瞬でできあがることなんて、絶対ないんだよね。絶対に……。

それでおそらく孝太郎も、斑目に意見しても仕方がないと判断したのだろう。視線を希実に向け、斑目を顎でしゃくってみせる。アレをなんとかしろ、という意味合いなのだろう。それで希実は、遠くに行ってしまった斑目を呼び戻すべく声をかけた。斑目氏、斑目氏！　魔法についてはわかったから、そろそろ情報の果実をお願いしたく！　すると斑目も、ハッと我に返った様子で、そ、そうだね、と姿勢を正したのだった。

「まず第一に言っておきたいのは、今回の安倍医師の失踪は、美作孝太郎くんの脅しのせいではないということ。美作くんには申し訳ないけど、彼は君の脅しなんて、屁とも思っていないはずだ」

斑目のそんな言葉に、孝太郎はピクリと右の眉を上げる。おそらくカンに障ったのだろう。しかし斑目は、そんな孝太郎の空気などまるで読まずに話を続ける。

「そもそも君と安倍医師とでは、器というか度量というか、そういうのがまるで違っているんだ。老婆心《ろうばしん》ながら言わせてもらうけど、彼を操ろうなんて君にはとうてい無理だと思う。逆にのみ込まれるのが関の山だよ」

なかなか辛辣《しんらつ》だなぁ、と思いつつ、しかし希実は斑目の意見にほぼ同意していた。暮林や弘基も同じ考えだったのだろう。特に口を挟むでもなく、そろってフルーツサンドをかじり続けていた。このフィグのコンポート、うまいな。だろ？　力作だからよ。

何しろ彼らはすでに、斑目の調査報告を受けているのだ。その上で、これは孝太郎にも伝えたほうがいいのではないか、という結論に達し、彼を呼びつけたのである。

「安倍医師が現在行方をくらませているのは、とある資産家一族に追われているからだ。

なんでも彼は、自分の患者でもあったその一族の当主を騙して、遺言状を書き換えさせたらしいんだ。自分の死後は、財産の一切を安倍周平医師に譲る、と当主は宣言までしたそうだよ。そしてその後すぐ容体が急変した。現在は集中治療室で、懸命な治療が行われてるってさ。それで家族は、安倍医師を追ってるのさ。何せ当主がこのまま死んだら、遺産はすべて安倍医師のものになってしまうかも知れないんだからね。遺産放棄をさせようと、彼を血眼《ちまなこ》になって捜している」

そんな斑目の説明に、孝太郎は眉をひそめる。どうしてそんなことで、逃げる必要が？　そんなの、話し合えばいいじゃないですか。すると斑目はおかしそうに小さく笑った。お坊ちゃんらしい発言だね。お金の怖さを、知らないのかなぁ？　そうしてコーヒーをひと口飲んで、すまし顔で話を続けたのだった。

「遺産の額は、相続税を差っ引いても十数億。それだけの大金を、安倍医師は放棄はしないと言い張ってるんだ。おかげで親族の中には、不穏な動きをはじめてる人たちが出てるそうなんだ」

不穏な動き？　孝太郎が訊くと、斑目はにたりと笑って頷いた。

「そう。安倍医師を抹殺《まっさつ》しようっていう動き」

言いながら斑目は、口元についた生クリームをペロリと舐める。

「当主が亡くなる前に、安倍医師が死んでしまえば、無駄な相続問題は起きないからね。なんせ額が額だからさ。親族側も容赦がないっていうのもあるみたい。それで安倍医師も、さすがに身の危険を感じたらしくて、雲隠れしてるみたいなんだよね。話し合いのテーブルになんか、危なっかしくてつけないってことなんだろう。安倍医師としては金も命も惜《お》しいだろうし。つまり君の脅しなんて、彼の失踪とは何の関係もないんだよ」

すらすらと語った斑目を、孝太郎はじっと睨みつけている。当然というべきか、納得がいっていないようだ。それで希実は、斑目の言葉を補うように言い継ぐ。

「思い出してよ、美作くん。美作くんが持ってた調査会社の資料にだって、似たような記載があったはずでしょ？　担当した患者さんが、安倍先生に遺産を残すって言い出してもめたとか、他にも、患者さんが先生を養子にしたいって言って、騒動が起きたってのもあったよね？　今回のことも、たぶんそれの延長にあるんだよ」

希実の説明を受け、斑目も楽しげに続ける。

「彼の手口はね、担当した患者さんに、魔法をかけるってものなんだ」

斑目は、人差し指を目の前でくるくると回し、おどけた様子の笑みを浮かべる。

「言葉巧《たく》みに、自分を信じ込ませ心酔させ、最終的には遺言状を書かせる。しかもそうするとね、患者さんはなぜかあっという間に亡くなるんだって」

その段でようやく、孝太郎の表情にわずかばかりの困惑の色がにじんだ。斑目はそんな孝太郎に、笑顔で告げた。

「だから病院では、死神って呼ばれてたそうだよ？　患者の金と命を、大鎌を振るって奪っていく死神医者だって」

そうして一息ついた斑目は、コーヒーをまた口に含むと、ジャケットのポケットから古い雑誌の切り抜きを取り出し、孝太郎の前に差し出した。

「それと、これ。二十八年前の、いわゆるゴシップ記事的なものなんだけど。これに安倍医師が、係わってるんだな」

その切り抜きを、孝太郎は不愉快そうに受け取った。希実はその姿を、どこか祈るように見詰めていた。それを読めば、さすがに孝太郎もわかるのではないかと思っていたのだ。安倍周平という男の、底知れないような闇について——。

斑目が入手したというその切り抜きには、やたらとセンセーショナルなタイトルが躍っていた。「集中連載！　驚愕！　神と呼ばれた男の野望！」「娘を返せ！　残された父母の叫び！」ただし煽《あお》るだけ煽っただけで、けっきょく連載とはならず、その一回のみで企画は終了してしまったようだ。斑目の調べによると、記事が雑誌に載ってすぐ、事件そのものが片付いてしまったため、連載にはならなかったらしい。

記事の内容は、主に二十八年前に起きた集団暴行事件の概要と、それに加担した学生のその後、というものだった。事件の舞台となったのはとある大学で、被害者と加害者たちは同じサークルに所属する学生だった。

サークルの名前はレッツ親切サークルなどという、ふざけているのか真剣なのか判然としないものではあったが、とにかくみんなで少しずつ善行をしよう、というのが活動理念であり活動内容でもあったようだ。初期メンバーたちはボランティア活動に参加したり、学生たちの悩み相談を受けるなどの活動を行っていたらしい。

ただしその奇妙なサークル名や、ともすれば偽善的にも映るその活動内容から、多くの学生はその集団を避けてさえいたという。しかしそれでも水面下で、会員数はじわじわと増えていった。記事によればその理由は、サークル主催者の巧みな話術にあったらしい。一度でも活動に参加した者は、ほぼ八割がたサークルに入会したそうだ。

そうして人が増えたサークルは、校内でもそれなりの存在感を持つまでになった。彼らは自分たちでルールを定め、善行に努めるべく日々を送っていたようだ。しかしその結果、理念や活動に反して、事件は起こってしまったのだった。

被害者である男性が暴行を受けた理由は、単にサークル内の規律を遵守しなかったたから、というささいなものだった。加害者たちにしても、彼を殴るのは一発だけと定められていて、それについてはきちんと守っていたらしい。ただし、本気で殴らなかった場合には、その者も同じく殴られる、というペナルティーが課せられていた。そして加害者の人数は、五十人を超えていた。

ひとりの制裁は一発であっても、五十人から殴られれば五十発分に相当する。そのため被害者男性は意識不明の重体となり、病院に担《かつ》ぎ込まれた。そうして事件は明るみに出たのだ。

警察の調べでは、直接暴行を指示したのはサークルの副部長と幹部二名であるとのことで、彼らは全員が、逮捕起訴された。さらに調べを進めていくと、そうした暴行は恒常的に行われていたようで、サークル内の規律を破ったり、風紀を乱したとされる者に対しては、やはり制裁が加えられていたようだった。つまり事件の加害者も被害者になった経験があり、被害者もまた加害者となったケースがあったということだ。

もちろん大学側は逮捕された三人と、サークルの部長を務めていた男子学生、Aを退学処分にし、サークル自体にも解散を命じた。

ただし、問題はそこからしばらく尾を引いた。サークルを辞めた学生たちは、しかし集《つど》うことを止めなかったのだ。多くの学生が部長だったAの自宅へと集まりはじめ、ついには集団生活のようなことをはじめてしまった。

そのため、先の記事の見出しが生まれたというわけだ。残された父母の叫び！　記事によると部長だったその男には、自分の国を作るという野望があり、そのために他の学生たちを自らに従わせ、絶対君主のように振る舞っていたのだそうだ。

両親の言葉に耳を貸さず、集団生活をはじめたとされるひとりの女子生徒は、取材に対してこう答えている。

「私たちは、正しいことをしようとしているだけです。やましいことはなにもありません。私たちの考える正しいこととは、心に善意の王国を築く、ということです。その国の王は善意であり、臣民は私です。様々な側面を持つ、私です。私は王の声に耳を傾け、それに従います。そうすることで、私を包括するこの現実世界も、きっと変わっていくはずなんです。みんなが心に善意の王国を築けば、世界はちゃんと、幸せな社会になっていくはずなんです」

Aのもとで暮らす学生たちは、学業の傍らアルバイトに励み、自分たちの学費や生活費を捻出していたのだという。そして余ったお金はすべて、新興国の寄付に充てていた。彼女はこうも話している。

「正直私、大学に入ってがっかりしてしまったんです。あまりに周りの学生たちが、軽薄で享楽《きょうらく》的で物質主義的で。それに、どうしても馴染めなくて。でもAさんに出会ってからは、すごく楽になりました。Aさんの言葉は、私にとって、とてもいい薬になるみたいなんですよ」

Aは集団暴行事件については関与を否定しているものの、僕の不徳の致すところ、などと一部否を認めるような発言もしている。彼と彼の信奉者たちに、親たちの嘆《なげ》きが届く日は来るのであろうか――。記事の最後は、そんなふうに締めくくられていた。

孝太郎がそこまで読んだことを確認した斑目は、彼の顔をのぞき込むようにして言ってみせた。

「だいたい察しはつくかと思うけど。Aさんっていうのが、若き日の安倍医師だよ」

それを受けて孝太郎は小さく息をついて返した。でしょうね。レッツ親切サークルあたりで気が付きました。ネーミングセンスの悪さは、昔からなんですね。そんな孝太郎に対し、希実も先ほど斑目から聞きかじったばかりの情報を口にする。

「記事が連載にならないで終わったのは、安倍先生が家にいた仲間たちを、記事になったすぐあと全員追い出したからなんだって。なんでも大学退学後に、すぐ医大を受け直して、合格したとかで……」

希実の説明に、斑目もお手上げのポーズで肩をすくめる。

「王様ごっこはもう飽きたって、みんなに言ってのけたらしいよ。これからは、医者という神になるから――。王国は、もういらないってさ」

するとそれに、弘基も続いた。

「まあ、神っつっても、とどのつまりは死神なんだけどな」

斑目も眉を上げつつ頷く。

「大学時代に人心掌握術を実践で学んで、医者になってからは、患者相手にそれを悪用してるってとこかもね。しかも彼、占いをよくやるだろ？　あれがもう最初の罠らしいんだ。人によってはその短時間で、彼の催眠に落ちてしまうとかで……」

斑目の言葉に、孝太郎は小さく呟く。催眠……？　それで希実も、半ば身を乗り出すようにして言い出した。

「美作くんも覚えてるでしょ？　ソフィアさんのお店のお姉さんたちや、お達者クラブのおじいさんたちの話。気が付くとみんな、安倍先生に心酔してる。美作くん自身も言ってたはずだよね？　あの人は患者さんに、催眠をかけてるって……！」

そんな希実の言葉に、斑目がさらに追い打ちをかける。

「お達者クラブのみなさんは、けっこうな資産家が多いから、もしかしたら彼らも遺産を狙われていたクチなのかも知れない。まったく彼の欲望には果てがないよ」

黙り込む孝太郎に、今度は弘基が言葉を継ぐ。

「もうわかっただろ？　要するに、お前が太刀打ちできる相手じゃねぇんだよ。親父に恨みがあるんならよ、それは別で晴らせばいーじゃねぇか」

そして暮林も、じっと孝太郎を見詰め告げたのだった。

「みんなの言う通りや。悪いことは言わん。安倍先生からは、手を引いたほうがええ」


けっきょく孝太郎は、ブランジェリークレバヤシに来た時よりも、もっと不機嫌になって帰って行った。自分の計画に水を差された形になり、そうとう腹を立ててもいたのだろう。帰り際にも、慇懃無礼な調子で言っていた。

「今日の情報については、それなりに興味深いものではありました。でも、しょせんそちらの素人《しろうと》のかたが集めてきた、素人情報でしょう？　鵜呑みにするわけにはいかないので、話半分でうかがっておきます」

そうして孝太郎が出ていった店のドアを、斑目は頬をひくつかせながら睨みつけていたほどだ。

「な、なんなの？　あの子。俺の情報収集能力は、素人レベルを超えてるのに……！」

どうやら自覚はあったようだ。ついでにいえば自負心も。それで斑目は、意を新たにしたようで、希実たちに宣言してきたのだった。

「安倍医師が病院を追われた事件のほうも、すぐに調べあげるからね！　素人をバカにしたあのクソ坊ちゃんの鼻を、あかしてやるんだから……！」

鼻息荒く帰っていく斑目を見送り、一同は誰からともなく大きく息をつく。

「……これで美作くん、思い留まってくれるといいんだけど」

希実が呟くように言うと暮林も、そうやなぁ、と深く頷いた。こんなことに心を砕くのは、あの子やってしんどいやろうでな。暮林の言葉を受けて、弘基もエプロンのポケットに手を突っ込み口を尖らせた。大丈夫だろ。これだけ言ってやりゃあ、安倍はヤベーって、さすがにわかったんじゃね？　つーか、それでもヤツに近づくんなら、そりゃよっぽどのバカってことだぜ。

しかし孝太郎は、そのバカだったのである。あくまで憶測ではあるが、希実にはそう思えてならなかった。

希実たちが孝太郎を店に呼び出した数日後、安倍診療所に何者かが押し入った。診療所内はメチャクチャに荒らされ、当面は恋愛相談室も各種講座も、開きようがないほどだという。開店準備中のブランジェリークレバヤシにやってきた織絵とサトちゃんは、うなだれた様子でそう説明をはじめた。

「診療所内には、警察を立ち入らせないっていう、周平さんのポリシーがあるので。たぶんこのまま、泣き寝入るしかないんですよね……」

つまりは今回の出来事についても、警察には届けていないのだそうだ。届けるつもりも、今のところないらしい。そしてもちろん、犯人も捕まっていない。

ただし、その目星はついているとのことだった。とある組織の関係者だ。犯人に押し入られた際、例のスライド棚の奥で息をひそめていたというサトちゃんが、そんなふうに証言したのである。

「薬のことはわかってるんだぞ、出てこいって、犯人たちは叫んでたそうなんです。それで、人がいないとわかると、今度はその薬とかいうのを、捜しはじめたらしくて」

要はサトちゃんの話を、織絵が代わりに話しただけではあるが、しかし語る織絵の傍らで、サトちゃんはうんうんとしきりに頷いていたから、情報としては正しいのだろう。

「きっと誰かが薬のことを、組織にバラしたんだろうって、サトちゃん言ってました。周平さんに、揺さぶりをかけるために、チクったんだろうって……」

屈託なく織絵は言って、しかしすぐわずかばかり眉根を寄せたのだった。でも、なんの薬のこと言ってるのか、よくわからないんですよね。けっきょく持って行かれた薬品はないですし。組織とか、チクったとかも、まるで意味が……。サトちゃんって時々、不思議なこと言うんですよー。どうやらサトちゃんは、安倍の裏の顔や悪行について、織絵よりも知り得ているようだ。

いっぽうブランジェリークレバヤシの面々としても、その薬がなんであるのかは、おおよそ見当がついてしまった。組織の人が来て必死に捜していく薬といえば、おそらく現在多賀田が保管しているあの白い粉のことだろう。そして、それをチクったという誰かは、十中八九、孝太郎だろうと思われた。薬の存在を知っていて、かつ安倍に揺さぶりをかけたい人物といえば、彼以外にいない。

「どうしてあの人、そこまでして……」

思わず呟く希実を前に、サトちゃんも顔をしかめてみせる。やはり彼女はそれなりに、もろもろの事情を察しているようだ。

そしてそんなサトちゃんは、ちょっとした話し合いの上、ブランジェリークレバヤシに当面居候することになったのである。なんでもサトちゃんという人は、安倍診療所の物置部屋で寝起きをしていたらしいのだ。どういう経緯でそうなったのかは、織絵にもよくわからないそうだが、とにかく織絵が安倍診療所で働きはじめて少しした頃、安倍がどこからか彼女を連れてきたのだという。

何？　どういう関係なの？　と弘基が問うと、サトちゃんは腕でバツ印を作ってみせた。どうやらノーコメントであるらしい。しかし共に働く織絵は、さして疑問を抱いてはいないようだ。

「あの人は、困っている人を放っておけない性質ですから、きっとサトちゃんも、何かに困っていたんだと思います」

斑目の調査報告を聞いたばかりの希実たちからすると、そんな織絵の心証はにわかには信じがたかったが、しかし織絵によればそういうことであるらしい。

「それであの人、今回の失踪前にも、俺がいない間に何か困ったことがあったら、ブランジェリークレバヤシを頼れって、サトちゃんに言ってたらしくて」

そのためサトちゃんは、診療所に押し入られてすぐ、織絵を促しブランジェリークレバヤシへとやってきたというわけだ。

ちなみに居候となったのは、サトちゃんだけではない。織絵とこだまも一緒についてきた。それについてもサトちゃんが主張したようだった。

「もしかしたら、あたしの家にも、誰かが押し入ってくるかも知れないって、サトちゃんが言うんですよー。だから、一緒に匿《かくま》ってもらったほうがいいって……」

でもそんなの、ご迷惑ですよねー？　織絵が申し訳なさそうに言ったのを、希実たちは大慌てで引き留めた。いやいや！　ぜんぜん迷惑じゃないよ！　ね？　あ、ああ！

二階にひと部屋空いてっから、そこ三人で使ってもらえりゃ、なあ？　そやそや、亡くなった妻の部屋やけど、広さもあるし、三人で寝起きくらい……。

何しろ希実たちからしても、サトちゃんの判断は至極妥当だと思われたのだ。薬の強奪に安倍が絡んでいたと知れば、組織としては安倍のみならず、その関係者たちについても、脅しの意味も含め危害を加えようとするかも知れない。そう考えると、織絵やこだまをそのまま自宅に置いておくのは、どうにも心許ない。

「サトちゃん、ナイス判断」

希実が言うとサトちゃんは、片方の口の端だけ持ち上げ小さく笑った。

ちなみにサトちゃんが口をきかないのには、なんらかのやむにやまれぬ事情があるのかと思いきや、織絵によると単に、照れ屋さんなんですってー、とのことだった。周平さんやあたしには、喋るんですけどー。他の人はダメみたいで。でも、悪気があるわけじゃないので、大目に見てやってください。陰ひなたなく真面目に働く、とってもいい子なんですー。

いっぽうこだまも、しばらくブランジェリークレバヤシで暮らすと知らされ、飛び上がらんばかりに喜んだ。わー！　希実ちゃんちにお泊まり!?　遠足だね！　ピクニックだね！　わー、すげー！　しかもこだま、サトちゃんにも懐いているようで、彼女と会うなり大喜びで彼女の胸に飛び込んだ。サトちゃん！　サトちゃんも一緒にお泊まり!?　そして目を輝かせながら、エビ固め教えて！　エビ固め！　などと言い出したのだった。どうやらサトちゃんはこだまにとって、プロレス技を教えてくれる師匠的な存在のようだ。織絵もこだまとサトちゃんの様子を、目を細くして見守っている。よかったわねー、こだま。これで強くなれちゃうわねー。

そんな三人の姿を前に、弘基は半ば感心したように呟いていた。

「けっこうな危機的状況だっつーのに、あの人たちはのどかなもんだな」

弘基のため息にも似た言葉に、暮林も静かに頷いていた。そうやなぁ。

「こういう時の女の人っていうのは、あんがい腹が据わっとるもんやでなぁ」

しかし希実は、しみじみ語るふたりの傍らで、ひとり沸々と怒りを湧き上がらせていたのだった。怒りの対象は、もちろん美作孝太郎である。現時点では確証があるわけではないが、しかしもし本当に、薬のことを組織に告げたのが孝太郎であるならば、許せないと思っていた。そんなに安倍先生を揺さぶりたいなら、もういっそ好きにすればいい。ただし、そこに他人を巻き込むのは論外だ。

今回のことでは、サトちゃんや織絵、あとは何よりこだまを、ひどい危険にさらしたのだ。幸い大きなことは起こらなかったが、これで組織の人間とサトちゃんが出くわしてしまっていたら、あるいは織絵が診療所にいる時間帯だったら、こだまが襲われていたら——。取り返しのつかないことになった可能性だって充分にあった。

真相を確かめるべく、希実は孝太郎に電話をかけてみたが、何度かけても出る気配がなかった。それで腹立ち紛れにメールを送ったら、そちらにはあっさりと返事が来た。（そうだよ。僕が密告したんだよ。やっぱり怖い人たちは仕事が早いね。昨日の今日で襲いに行くなんて、さすがプロの人たちだ）

その答えに、希実は言葉を失くしてしまった。美作孝太郎という男は、嘘つきだし二重人格だし、目的のためには手段を選ばないようなところもあるが、それでもそこまで身勝手だとは思っていなかったのだ。むしろそれなりにいいところはあるし、優しいところだって、それなりにあるんじゃないかと思っていた。たとえば、交わらない平行線を、交わるかも知れないと思うような心が、あの人にはあるんだって、私は——。

それで希実は、すぐに返信を送ったのである。（明日、学校来なさいよ！　話したいことがあるから、ちゃんと学校来なさいよ！）

もちろん孝太郎からの返事はなかったが、それでも希実は普段より早く家を出て、駅前のロータリーで孝太郎を待ち構えた。

彼が現れたのは、そんなタイミングだった。

「おっとと、そこにいるのは、まさかの希実ちゃん？　どうしたの？　朝から怖い顔しちゃってー。そんな顔してると、ハッピーが逃げてっちゃうぞ？」

待ってもいないのに安倍周平が、相変わらずの胡散臭い笑顔でやってきたのだ。

もう少し離れてもらえますか？

希実がいくらそう言っても、安倍は寄り添うように希実の傍らに立ち続けた。オッケーオッケー、気にしない気にしなーい、などと、まるで回答になっていない返答を繰り返すばかり。しかも高いところから希実を見下ろし、ショートヘアの女の子って、うなじがモロ見えで萌えるよね、などと囁いてもくる。希実は当のうなじに鳥肌を立てつつ、ひそかに隣の男を呪う。もう、上唇と下唇が、くっついてしまえ！

しかし当然ながら呪いは届かず、安倍はぺらぺらと喋り続けた。孝太郎のヤツ、早く来ないかなー。オジさん、こんなに待ってるのにー。

聞けば安倍も、孝太郎に会うためここにやってきたらしい。別に、家に行っても構わなかったが、家には美作父がいる。その父が、安倍と孝太郎の密会現場でも目撃しようものなら、何かを勘ぐられるやも知れぬ。それは孝太郎にとってよくないと、彼なりに判断したようだ。

「だからこうして気を遣って、学校のほうに来てやったってわけよ。俺ってけっこう、気ぃ遣いなわけよ」

　ちなみに安倍の失踪理由も、やはり斑目の調査通りだったようだ。俺にくれると言っているものを、なぜいらないなどと言わなければならないのか、しかも大金なのに、というのが彼の主張らしく、やはり相続を放棄するつもりはないようだ。

「金の世で生きてきた人間はさ、最後まで金で何かを示そうとするもんなんだよ。そんなジイさんの最期の主張を、俺はしかと受け止めてやりたいのさ」

　まったくひどい屁理屈である。しかし安倍の話によると、相手かたもなかなかどうして強硬ではあるようだ。何しろ当主が遺言状の内容を明かして以来、安倍は幾度となく命の危険にさらされているらしいのだ。夜道で車に尾行されること数回、駅のホームで背中を押されること数回、そのあたりで相手も本気だなと悟った安倍は、身を隠すのが妥当だろうと、その姿をくらませたのだという。

「ジイさんが死んで遺産を受け取ってからでないと、怖くて人前に出られないなーって、思ってたんだよ。けど、アイツが余計なことしやがるから……」

　命を狙われていると自覚しながらも、安倍がこうして人前に姿を現したのは、やはり孝太郎のせいであるようだった。そういう意味で、彼の揺さぶりは功を奏したのである。

けど、密告なんてするかね、普通。診療所には、サトちゃんや織絵ちゃんもいたりするのにさー。腹立たしげに安倍は言って、顔をしかめた。

「だいたい、薬の一件はアイツにとっても大事な切り札なはずだろ？　それをこうやすやすと切られちゃうと、俺としても納得がいかないっていうか……」

そんなことを口にする安倍に、希実も憮然と言って返す。

「切り札は他にもあるからじゃないですか？　昔の医療事故の一件が、美作くんにとっては一番のカードのはずだし」

すると安倍は大きく眉を上げ、おどけたように笑ってみせた。おおっと！　希実ちゃんまで、そのこと知ってんだ？　サプラーイズ！　そんなことを言いながら、ぼりぼりと頭をかきはじめた。

「でもあの事故だって、別にたいしたことはないんだよ？　まあ、人は死んでるから、そんなふうに言っちゃ怒られるかも知んないけど。でも、俺や美作には、非があるとはいいがたい事故だったんだ。勘違いして、騒いでるのはまわりだけで……」

その安倍の答えに、希実は思わず身を乗り出す。え？　そうなんですか？　そして少なからず安堵する。てことは、美作くん、安倍先生のことなんて脅せないんですね？　お父さんを陥れるっていうのも、けっきょくは無理ってこと……？

しかしそんな希実の言葉を、安倍はさらりと覆した。

「いいや、陥れることは可能だよ？」

楽しげな笑顔でもって、安倍は希実の顔を見下ろしてくる。希実は言葉の意味をはかりかね、え？　と思わず訊き返す。でも、美作さんには、関係のない事故だって、今……。

すると安倍は、改札から溢れるように出てくる学生たちを眩しそうに見やり言った。

「どうせ十年も前の手術なんだ。まともに調べがつくはずがない。だから、俺がちょっと嘘をつけば、美作をハメることくらいできちゃうんだよ。幸いあいつに不利な噂もあるからね。おそらく孝太郎は、その噂を鵜呑みにしてるんだろうし」

言いながら安倍医師は、じょりじょりと青髭を撫でる。

「だいたい嘘なんてものは重ねていけば、真実にすり替わったりもしてしまう」

しまった、とその時希実は思っていた。この人のいつものペースに乗せられて、斑目氏の言ってたことを忘れかけていた。

「そういう意味で、俺は美作を破滅させることができる。こう見えて俺は、グーッドドクターだからね」

でも、思い出した。この人は、死神と呼ばれる医者だった。人のお金と命を、大鎌を振るって奪い去っていく死神医者。

あるいは大鎌は、もっと、奪うのかも知れない。地位や名誉や自尊心、本当はあるかも知れない、親子の絆のようなものまで――。

「……もしかして安倍先生。美作さんを、陥れる気ですか？」

声を落として希実が訊くと、死神は遠くを見詰めながら、両腕をパッと広げてみせた。

「イッツ、ショータ－イム！」

「は？」

「美作親子の愉快な崩壊の顚末《てんまつ》を、俺が演出するのも悪くはないだろ？」

＊＊＊

医局のソファで目を覚ました美作元史は、腕時計に目をやり時間を確認する。

時計の針は七時少し過ぎを指している。どうやら二時間ほどは眠れたようだ。美作はそのまま立ち上がり、軽く伸びをする。窓の外はすっかり朝だ。薄い青紙を敷いたような空が広がっている。美作はその空を、見るというわけでもなくただ目に映す。毎朝のことだ。景色の良し悪しは関係ない。景色がまだこの目に映っているということが重要なのだ。

昨日手術した患者は、今朝五時の段階で安定した容体を保っていた。あのぶんなら比較的早く、一般病棟に移せるだろう。

命というのは、明け方に持っていかれやすい。だから美作は、たいていその時間病院にいる。医者になって二十年ほどになるが、もう十年以上はそうしている。体質的に長く眠らずにすむのだ。そんなあたりは医者向きだったな、と美作自身思っている。

振り返ると、机の上にパンが一斤載っている。昨日ブランジェリークレバヤシで持たされたパンだ。下の息子が作ったもので、売り物ではない。形もいびつだ。暮林というオーナーの男は、笑いながら言っていた。

「どうも、角ができんかったようですなぁ」

角食パンでありながら、角がないとはどういうことか。怪訝に思っていると、ブランジェの若造が説明してきた。

「ちょっと力み過ぎて、生地が傷んだんだよ。それで、ふくらみが足らなくなっちまったんだな。けどまあ、パンは人を表すからよ。角がないってのは、こだまらしいっちゃあこだまらしいよ」

しかしそれでは、できそこないではないか。美作はソファに戻り、透明なビニールの袋に包まれたパンを手に取り、小さくちぎって口に入れる。その瞬間、いつものパンとは違うと思い知らされる。耳であるクラストは軟弱で、白いクラム部分はパサついている。ダメだな。美作は心の中で断じる。こんなのは、売り物には程遠い。しょせん子供がお遊びで作ったパンだ。

　子供というのは、よくわからない生きものだ。こんなものを渡してきて、いったい何がしたいのか。誉められたいのだろうか。しかしそれなら、もっとまともなパンを作るべきだろう。確か孝太郎も似たようなことをしていた。九十点代のテストや、銀賞や銅賞の絵を、せっせと美作に見せにきては、顔いっぱいで嬉しそうに笑うのだ。完璧でないものなど、美作が誉めるはずもないのに――。

　まったく、愚かだな。そんなことを思いながらパンを咀嚼していると、研修医の若い男がやってきた。おはよーございまーす。あ、先生、今日もパンですか？　目ざとく見つけた彼は、ほくほくの笑みで美作へと近づいてくる。コーヒー淹れましょうか？　親切ごかしに言ってくるが、彼の狙いはわかっている。このパンだ。美作のご相伴《しょうばん》にあずかりたいのだ。

　ブランジェリークレバヤシで買ったパンは、部下にすこぶる評判がいい。小耳に挟んだところでは、バターやジャムを共同の冷蔵庫に持ち込んでいる者もいるようだ。

　コーヒーを持ってきた研修医が、マグカップをテーブルに置きながら微笑む。僕にもそれ、下さい、という意味合いなのだろう。しかし美作は、フッと鼻で笑ってしまう。バカな。今日のパンは、さしてうまくもないパンだというのに。

「……今日のはやらんぞ」

美作が言うと、研修医は目を丸くする。

「これは、私が、全部食べる」

研修医は肩をすくめ、美作から離れて行った。そして窓の外に目をやり、いい天気ですねぇ、などと話題をそらしてみせる。

「あ、カラスの群れだ。うわ、スゲー鳴いてる」

窓のほうへ身を乗り出し、彼はそんなことを言う。

「なんか、不吉な感じがしますね。亡くなるかたとか、出なきゃいいですけど」

若いのに迷信じみたことを言うやつだな、と美作は思う。カラスにもいい迷惑だろう。鳴いただけで不吉とは、ずいぶんな言われようではないか。しかし美作は知っている。人は理由を欲しがる生き物なのだ。不吉には、カラスや黒猫を。あるいは死には、医者の落ち度を――。

安倍周平は、その最たる人物だったのではないかと美作は思っている。かつて彼は、死神などとよく噂されていた。あの人が担当する患者さんは、みんな亡くなってしまう。

当たり前だろうと美作は思っていた。人は誰しも死ぬものなのだ。

だが確かに、安倍周平には妙な引きがあった。それは美作の人生においてではあるが、彼が近くにいる時に限って、身近な誰かが死んでしまうのである。

美作が初めて安倍と出会ったのは高校生の頃だったが、それからほどなくして美作の父が亡くなった。もちろんその時は特に気にも留めなかったが、しかしその後病院で医師同士として再会した直後には母が、その半年後には弟が亡くなった。

そういう意味でいえば、安倍を死神と呼ぶ資格が一番あるのは、自分なのではないか。美作としては、そんなふうに思わなくもない。何しろアイツが目の前に現れるたび、死も一緒にやってくるのだ。そして、今も——。

安倍は自分に、そっと近づいてきている。美作はそのことを知っている。織絵を自らの診療所で働かせているかと思ったら、気付けば上の息子まで、アイツと係わり合いを持つようになっている。

今度は、誰の命を持っていくのか。美作はぼんやり考える。カラスの鳴き声が、小さく聞こえてくる。アーアーアー。あれは死を呼ぶ声なのか。

アイツはまた死を携えて、私の前に現れるのだろうか。

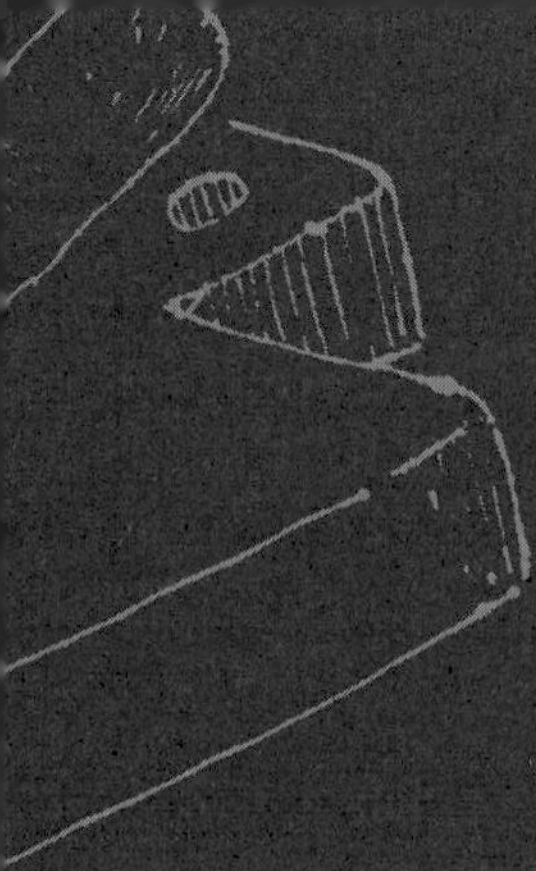

Façonnage & Apprêt

——成形＆第二次発酵——

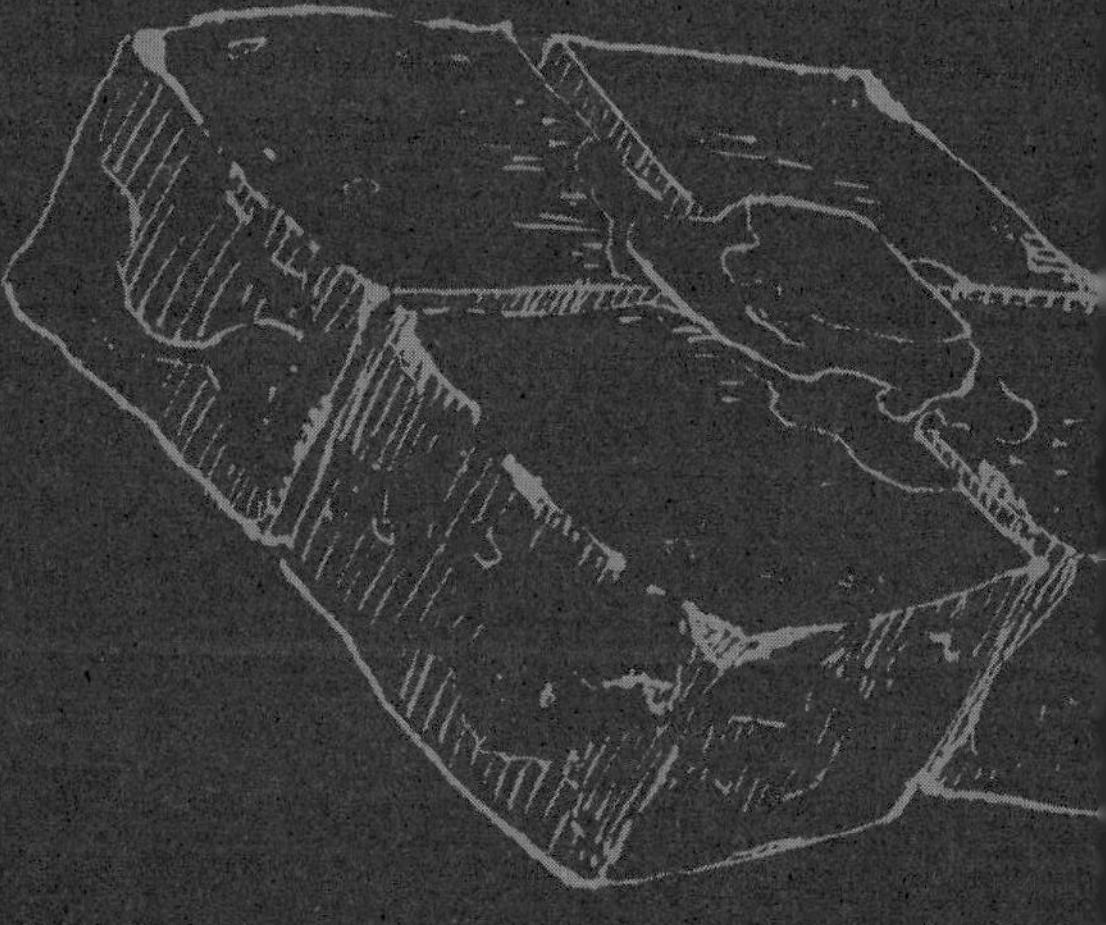

願うことだけは一人前。

水野織絵は、時おりそんなことを思う。いつまでたっても、あたしはそう。願うことだけは一人前で、けっきょく何も叶えられない、バカでのろまなダメ女。

織絵のその感覚は、子供時代にまでさかのぼる。幼い頃から彼女は、多くのことを願ってきた。テストでいい点数が取れますように。成績がよくなりますように。それでお父さんが、笑いかけてくれますように。あとはクラスの女の子たちの前で、詰まらず話せるようにもなりたかった。織絵は、女という女の目が怖かったのだ。おかげで彼女たちを前にすると、緊張のあまりうまく喋れなくなり、いつも笑われてしまっていた。バーカ、バーカ！　のろま！　バーカ！

バカは父にも言われていたから、余程なんだろうとも思っていた。だからそれも、願いになった。どうか神様、バカとものろまとも、言われなくなりますように。

それだけではない、身の程知らずな願いもあった。お医者様になれますように。お父さんの片腕として、てきぱき働けるお医者様に。あとは、お母さんになりたい。子供が泣いていたら、すぐに抱きしめてあげるような、優しいお母さん。本当はお医者様になることより、そちらの願いのほうがずっと強かった。もちろんそんなことは、父親の前では絶対口にできない事柄ではあったのだが。

だから織絵は、いつも祈るような気持ちでベッドに入っていた。どうか神様、目が覚めたら、私を賢くて、優しい人にしてください。眠っただけで何かが変わるなんて、そんな魔法みたいなことが起こるはずもないのに、幼い織絵は愚かにも願っていたのだ。お願いです、神様。バカものろまも、もう嫌なんです。

そして当然、祈りは毎朝裏切られた。朝が来るたび、織絵は絶望的な気分に襲われた。ああ、今日もあたしは、あたしのままだった。また今日も、バカでのろまな、あたしのまま。いったいいつになったら、あたしは変わることができるんだろう?

そう感じるのは、今も同じだ。唯一なることができたお母さんですら、あたしはまともにこなせていない。織絵はしばしばそう感じている。ソフィアに魔法をかけてもらって、少しはマシになった気もするが、それでもやっぱり何かがずっと足らないままだ。周りの人たちは口々に、明るくなっただとか、しっかりしてきただとか言ってはくれるが、その言葉を素直に信じることはまだできなそうだ。

例えば学校に向かうこだまのシャツの袖口に、黄色い食べこぼしのシミが残ったままだったり、あるいは洗濯ものを干し忘れて、こだまに生乾《なまがわ》きの体操服を持たせることになった時など、当事者のこだまはまるで気にしていなさそうだが、織絵はひどい脱力感に襲われ、そのまま死にたいような気分になってしまう。どうしてあたしは、こんなことすらできないの？

そういう時は、決まって泣いてしまいそうになる。あたしがお母さんで、ごめんなさい。あたしがお母さんになりたいなんて、過ぎた願いでした。本当に、本当にごめんなさい。けれど、こだまの前で泣いてはいけないと思い、どうにかこらえている。

こだまの前では、泣くんじゃないぞ。安倍にそう言われているからだ。以前勤めていた診療所がたたまれて、新しい職場を探していた頃、うちの診療所に来いよと誘ってくれた安倍は、織絵の身の上話を聞きながら、そんなことを言い出した。

「お前の涙はこだまにとって、なんのメディスンにもならん。ただの毒だ。引っ込めとけ。流すなら俺の前にしろ」

安倍は昔から、よくわからない人だった。いい人だと誉めそやす人もいれば、気味が悪いと毛嫌いする人もいた。割合としては後者が多かったが、織絵とはなんとなく馬が合っていた。似合いだと言ってくる人もいたほどだから、傍《はた》から見ても良好な関係に思えたのだろう。

でも実際のところ、織絵が惹《ひ》かれたのは美作元史だった。仕事熱心といえば聞こえはいいが、要はワーカホリックで、患者も看護師も、あるいは同業の医師たちですら、分け隔《へだ》てなく見下す最低な男。付き合ってやってもいいけど、こっちは遊びなんだからちゃんと割り切ってくれよ。そんなふうに言う美作を、けれど織絵は選んだのだ。それでこだまを授かった。

誰も祝福などしてくれなかったが、織絵は嬉しかった。これで母親になれるという、ひどく身勝手な理由ではあったが、それでも震えるほど嬉しかった。あたしのところに来てくれてありがとう。織絵は何度もお腹に手をやり、そんなふうに話しかけた。それだけでもう幸せだった。これからはあなたと一緒なのね。あたしもう、ひとりじゃなくなるのね。誰が喜んでくれなくても平気。だってあたしが、こんなに嬉しいんだもの。

その上、生まれてきたこだまは、本当に優しい子に育った。しかもいい子だ。明るくて誰にでもよく懐く。そう、あの人にだって――。

こだまと美作が会っていると知ったのは、つい最近のことだ。ブランジェリークレバヤシにこだまを迎えに行った帰り道、美作と出くわしてしまった織絵は、ようやくそのことに気が付いた。

夕暮れを背に歩いてきた美作は、逆光だったせいもあるのだろうが、ひどく疲れた顔をしているように見えた。もちろん同世代の男性たちよりは、いくらか若く見えるのかも知れないが、ひどい目の下のくまと眉間に刻まれたしわ、あとは髪にまじりはじめている白髪、そんなものを目の当たりにすると、時間の流れを感じずにはいられなかった。だから彼を見た瞬間、織絵は思ってしまったのだろう。ああ、この人でも、年は取るんだな。そんな当たり前のことに、ようやく気付いた。神だと、崇《あが》められていた彼も、本当はただの人なのだ。地を這う、ただの人なのだ。

美作を目にするなりこだまは、犬がリードをグン！　と引っ張るように、繋いでいた織絵の手を引っ張って、美作のほうへと向かおうとした。けれどすぐにハッと何かに気付いた様子で、バツが悪そうに織絵を振り返ったのだった。そして、あのね、俺、行ってもいい？　と申し訳なさそうに訊いてきた。それで織絵は理解した。

ああ、この子は、全部わかってるんだわ。彼が父親であることはもちろん、あたしがそれを、良しとしていないことまで、全部。

こだまに駆け寄られた美作は、無表情だったが不快そうではなかった。子犬に屈託なくじゃれつかれ、戸惑う大型犬のような面持ちだった。口の端が少し上がっているようにも見えたが、気のせいだろうと織絵は思った。あの人は、息子に懐かれて喜ぶような、そんな人ではない。あるいは、そんな人ではないと、思いたかったのかも知れない。自分勝手で冷たくて、人の心など持っていない男。自分を愛さなかった男など、そう思ってしまったほうが楽だから、あたしは——。

織絵がそんな話をすると、彼女は目を閉じ深く頷いた。

「わかるわ。あたしにも、似たようなところがあるもの。あたし、すぐ人のせいにしちゃうの。あたしが不幸なのも、娘を大切にできないのも、全部人のせいにして……」

彼女とは、ブランジェリークレバヤシの前で出会った。帰りの遅いこだまが、あのパン屋で美作と会っているのではないかと、不安に思って足を運んだ日のことだ。彼女は店の前をうろうろしながら、時々窓の中をのぞき込んでいた。店の中にはひと気があったが、しかし彼女は、いっこうに中へ入ろうとしない。それで織絵は、声をかけたのだ。

「あのー。何かお店に、ご用ですか？」

すると彼女はぎょっとして、あなた、誰？　と怪訝そうに言ってきた。顔色のひどく悪い、痩せた女の人だった。年は自分と同じくらいだろうか、そんなことを思いながら、織絵は彼女の不機嫌さに緊張し、あたふたと答えたのだった。あ、あの、あたしは、この店に、お世話になってる子供の、母親で……。その言葉に、彼女の不機嫌さはいくぶんなりをひそめた。あなたの子が、この店に……？　それで織絵は返したのだ。そうなんですー。もういろいろと、お世話になりっぱなしでー。すると女の表情も、少しずつ和らいでいったのだった。

「――そう、奇遇ね、あたしの子も、ここでお世話になってるの」

彼女を家に連れて帰ったのは、彼女が店に入る気はないと言い切ったことと、彼女の具合があまりよろしくなさそうだったためだ。体調はこれでもいいほうなの。彼女はそう言っていたが、織絵は首を振った。いいえ、あたしこれでも看護師なんで。具合がいいかはわからないけど、悪い場合は、わかるんです。

家に戻るとすぐにこだまも帰ってきて、織絵が連れてきた女に興味津々の様子だった。ねえ、おば……お姉さんて、誰？　こだまが訊くと、彼女は答えた。

「おばさんは、カッコウの母よ」

その答えに、こだまは興奮していた。すげー！　おばちゃん、鳴くの!?　飛ぶの!?　すると彼女は小さく笑って、今は手負いだから飛べないけど、鳴くことはできるわ、などと返し、カッコーカッコーと妙にうまく鳴いてみせていた。カッコー。

しばらくそんなふうに遊んでいると、こだまは疲れたのかそのままコトンと眠ってしまった。彼女は床に寝転がるこだまを前に、目を細くして微笑んでいた。そして言ってくれたのだ。

「この子、とても優しい子なのね。こんな子に育てるなんて、あなた、優しいお母さんなのね」

それは織絵が、ずっと欲しかった言葉だった。嬉しい言葉であるはずだった。それなのに胸が痛んで、織絵はたまらず泣いてしまった。このところ、なるべく平静を装って日々暮らしていたのに、堰《せき》を切ったように涙は溢れてしまった。

そんなこと、ないんです。あたしなんて、ぜんぜんダメなんです。あの子は、勝手に優しいだけで。あたしなんて、願うことばっかり一人前で。なんの願いも、叶えることなんてできないままで――。そしてなぜか、するすると懺悔《ざんげ》をはじめてしまったのだ。バカでのろまなあたしの、くだらない話を。

それなのに彼女は、わかるわ、と言ってくれた。あたしだって、そうだもの。言いながら彼女は、時おり爪を噛んでいた。

「あたしなんて、娘をあちこちに預けて回って、自分じゃロクに育てられなかったの。それで今は、あの店に預かってもらってる」

その指は、細くて白くて簡単に折れてしまいそうだった。

「こんな母親になるつもりで、あの子を産んだんじゃないのに。あの子のこと、ひとつも幸せにしてあげられなかった」

わかります、織絵が言うと彼女は笑った。けっきょく彼女は、そのあとすぐに帰ってしまった。門限があるから、もう行かないと。また日を改めるわ。でも、次はちゃんとあのお店に顔を出す。あの子のこと、これ以上放っておくわけにはいかないから。

あの人、もうお店に顔を出したのかしら。ブランジェリークレバヤシに居候することになった織絵は、店の面々を前にそんなことを考えていた。

ブランジェリークレバヤシの朝は早い。というより夜と繋がっている。朝の五時にお店が閉まると、暮林と弘基は一時間ほどで仕込みや配達をすませ、みんなのために朝食を用意する。普段は厨房で食べるらしいが、人数が多いからということで、その日は店のイートイン席に食事が運ばれた。

焼き立てのパンを前に、こだまとサトちゃんは手を取り合い打ち震えていた。しかしそんな中、希実は朝食もそこそこにすぐ学校へ向かってしまった。なんでも、急ぎの用事があるらしい。

食事がすむと、暮林たちも店をあとにした。俺も弘基も、夕方前には出勤しますで、夕食はまたみんなで食べましょう。お昼は、冷蔵庫のものとか、適当にやっといてください。そして手を振り行ってしまった。

以前と、店の様子はあまり変わっていない。やっぱり彼女、まだ来てないのかしら、と織絵は考える。早く、会いにくればいいのに——。

きっとあの人だって、希実ちゃんに会いたくて、仕方がないはずなのに。

＊　＊　＊

掲げられた安倍の長い腕が、弧を描くように朝の空に映える。希実にはそれが死神の大鎌のように見えて、かすかにたじろいでしまう。安倍はあくまで楽しげに、遠くの空を見詰めている。向こうの空では、カラスが群れて飛んでいるのが見える。

「ショ、ショータイムって、何をする気なんですか？　美作くんたちに、何を？」

言葉を詰まらせながら希実が訊くと、安倍は希実を見下ろし肩をすくめた。

「だから言っただろ？　美作元史に、ドカーンと破滅をお見舞いしてやるんだよ」

あまりに当たり前のように言ってくる安倍に、希実は思わず声を大きくしてしまう。

「はあっ？　なんでそんなこと？　破滅って、どういうことかわかってるんですか？」

安倍を見上げつつ希実が問いただすと、彼はフッと鼻で笑った。そしてまたカラスの群れに目を戻し、悠然と答えたのだった。

「これは、メディスンなんだよ。孝太郎にとって、いい薬になるはずなんだ」

笑みを浮かべ語る安倍に、しかし希実はわずかに息をのむ。語る彼の目には、楽しい実験を前にした子供のような、なんとも言えない奇妙な光が含まれていたのだ。嫌な怖さを感じながら、しかしそれでも希実は、強く言い返す。いい薬？　どこがですか？

彼の理屈に、のみ込まれるものかと抗《あらが》ったのだ。

「そんなことをしたって、美作くんが楽になるとはとても思えませんけど？」

するとと安倍はおかしそうに顔を歪めた。

「なるよ、楽になる。考えてもみろよ。アイツは、父親の破滅を願うほど、鬱屈したもんを腹の中に溜めてんだぜ？　こっちはそれを、吐き出させてやろうって言ってるんだ。これ以上の薬が、どこにあるんだよ？」

だが希実も引かなかった。引きたくなかったのだ。

「それのどこが薬だっていうんです？　吐き出させるだけだったら、そんなのただの毒でしかないじゃん！」

しかしそんな叫びを前に、安倍は鷹揚に微笑んでみせたのだった。ああ、そうだよ。希実ちゃん、よくわかってるじゃないか。そして、まるで何かに酔っているかのように、眩しそうに薄く目を細めた。

「薬ってのはね、いわば毒みたいなもんなんだ。健康な人間にとっては有害無益な存在でしかない。ただし、ひとたび病を患ったものには、益が生じる。その益が害に勝《まさ》るから薬と呼ばれるんだ。つまりどの薬にも、作用と副作用がある。薬を毒だという希実ちゃんは、副作用のほうばかりを気にしているだけに過ぎないんだよ」

そんなふうに得々と語る安倍に対し、希実は吐き捨てるようにして返す。

「副作用で人が死ぬことだってあるんじゃないですか？　それでもそれを、薬って呼べるんですか？」

すると安倍は、笑みを引っ込め冷たく答えた。

「人を死に至らしめる薬なんて、掃いて捨てるほどあるよ。そもそも今の孝太郎は、重い病を患っているのと一緒なんだから、それ相応のメディスンでなきゃ、効きはしないのさ。傍から見たら劇薬に見えるくらいの薬が、アイツにはちょうどいいんだ」

カラスの群れが、こちらに近づいてくる。先ほどまでは小さかった鳴き声も、少しずつ大きくなって聞こえはじめる。アーアーア。アー。安倍はそれをじっと見詰めながら続ける。

「俺は医者だからな。人を治すのが仕事なんだ。これでも一応、孝太郎を正しく導き治してやるつもりなんだよ？」

そして腰を屈めて、希実の顔をのぞき込んできた。

「だから、そんな怖い顔するなよ、希実ちゃん。俺は、いいことをしようとしてるんだ。

自分の中の善意に耳を傾けて、これが正しいことだと信じてやってるんだからさ」

その言葉に、もちろん希実は眉をひそめた。自分の中の善意に耳を傾ける。それはかつて彼が主催していたというサークルの理念ではなかったか。それで希実は、わずかに体を強張らせながら返す。

「……もしかしてそれ、善意の王国ってやつのことですか？」

そんな希実の反応に、安倍はまた目を丸くした。あれれ、希実ちゃんてば、そんなことまで調べてるの？　すごいねー、もう三十年近く前の事件なのに――。そして安倍は、微笑みながら自分の胸にそっと手を置いたのだった。

「でも、俺の中で、あの頃の理想は生きたままなんだ。自分の中の善意を王とし、善意の王国を築いていく。我ながら、悪くない発想だと思ってるよ？　何しろそうすれば、世界は誰にとっても、幸せなものになっていくはずだからね」

もちろん希実は冷ややかに返す。は？　なんですか、それ？　何しろそのサークルは、善行の名のもとに人を集め、最悪な結末に向かわせてしまった集団なのだ。

「悪くない発想だなんて、どうして言えるんですか？　その発想のせいで、暴行事件が起きたんでしょう？」

瞬間、安倍の目にわずかな光がともる。怒りにも似た光だ。しかし希実は、その視線を跳ね返すように、他の疑惑についてもぶちまけてみせる。

「しかも先生、前にも患者さんたちに遺言状を書き換えさせたりしてますよね？　それでトラブルにもなってますよね？　そんな人が、善行とか意味わかんないんですけど。先生の言ってることは、やってることとまるで逆じゃないですか！」

まくしたてるように言う希実に、安倍はしばらく無表情になった。しかしその後顔を歪め、手を叩いて笑い出したのだった。いやー、ホントよく調べてるね、希実ちゃん。ただの高校生にしておくのが、もったいないほどだよ。そしておかしそうに続けた。

「でも、それはぜーんぶ誤解だよ。こっちはただ善行を重ねようとしてるだけなのに、周りがそれをそうと受け取らないから、齟齬《そご》が生まれてしまってるだけで──」

悪びれない様子で語る安倍を、希実は遮り言い捨てる。

「人が何かをしたとして、それを善行かどうか決めるのは、自分じゃなくて周りなんじゃないですか？」

しかし安倍は、意に介さず続けたのだった。

「どうかな？　俺は人に規定される善意なんて、クソクラエだと思うけどね。そんなことくらい、自分で決められなくてどうするんだよ？　人に委《ゆだ》ねるなんてのは、単なる逃げだ、思考の放棄だ。そんなのは俺の趣味じゃない」

そうして安倍は、希実の肩に手を置き言った。

「そういうわけで、俺は孝太郎の取り引きに応じてやるつもりだ。美作のことをマスコミにリークして、ヤツを破滅に導いてやる」

安倍の表情はやはりどこか楽しげだった。カラスの声が近い。ふっと視線を空に移すと、安倍の向こうに空を旋回する黒い鳥たちの姿が見えた。アーアーアー。

「過去のことが記事になれば、アイツは医者として名声を失うだろう。でもきっと、それだけじゃ終わらない。アイツは敵も多いからね。今は手の届かないところにいるからいいが、ひとたび地上に落ちてしまえば、散々嚙みつかれもするだろう。あるいは、アイツを恨む人間たちの、いい餌《え》食《じき》となるか――」

安倍はその黒い鳥の影を背負うようにして、希実の顔をのぞき込んでくる。アーアーアー。その顔が、死神のそれのように笑っている。

「――まったく、見ものだよ。まさに、ショータイムだ」


初めて降りたその駅からは、東京タワーが見えていた。駅前の大通りも車の往来が激しく、通りに面して建っているのは、いかにもオフィスビルといった様子の高い建物ばかりだ。道行く人もスーツ姿のサラリーマンが多い。働く人々の街、といった雰囲気がそこかしこから漂ってくる。

しかし希実は、そんな街の気配に気圧されることなく、駅の柱の傍らでひとり堂々と仁王立ちしていた。孝太郎を待ち構えていたのである。

先ほどから何度電話をしても、何度メールを入れても、うんともすんとも言ってこない孝太郎に業《ごう》を煮やし、希実は孝太郎のマンションがある駅までやってきたのだ。そうして、最後通告ともいえるメールを送ってやった。

どうしても返事をしないつもりなら、こっちから美作くんの家に行くからね。もう駅まで来てるから。五分以内に返事がなかったら、本当に家まで行くからね。こっちは学校サボって来てるんだからね！　本気なんだからね！　するとさすがに返事があった。三十分後、北口で。つまりは希実の、粘り勝ちだった。

何しろ希実には、どうしても孝太郎に伝えなくてはいけないことがあったのだ。しかも不本意ながら、安倍からの伝言も預かってしまっていた。

先ほどのやりとりの末、去り際に安倍は訊いてきたのだ。そういえば希実ちゃん、孝太郎の連絡先知らない？　これ以上ここで待ってても、アイツ来そうもないしさ。直接の連絡先さえわかれば、こんなふうにアイツの行き先、当たらなくてもすむし。教えてもらえると助かるんだけど。

そんな安倍に、希実はまず皮肉で返した。診療所を手伝わせてたのに、そんなことも知らないんですか？　しかし安倍はまるで動じず、そりゃそうだよ。何が悲しくて、用もないのに野郎の連絡先なんて訊かなきゃならんのよ、などと顔をしかめた。

それで希実は、わかりませんと答えてやったのだった。安倍と孝太郎が直接連絡を取り合うなど、ろくなことにならないと希実なりに判断したからだ。携帯が見られれば、番号もメアドもわかりますけど。でも私の携帯、充電が切れちゃってるんで。

そんな希実の言い分を、安倍が本気で信じたかどうかはわからない。それでも彼は、特にその点については追及してこず、だったら希実ちゃんから言っておいてよ、と伝言を頼んできた。俺も美作を陥れる計画に乗るつもりだから、そのつもりで頼むって。また明日の朝にでも、俺ここに来るからさ。ドーキンス博士の手術日は迫ってるし、マスコミにリークすんのもここ三、四日がリミットだろ。早くしなきゃだから、明日は絶対学校に来いよ～ってさ。

安倍は不敵に笑いつつ、最後に言い置いた。だから希実ちゃん。孝太郎のこと、止めてくれるなよ？　アイツの病は根が深いんだ。俺がちゃんと治してやるんだから、余計な手出しはしないでくれよ？

希実は無言を貫いたが、しかし内心では答えていた。冗談じゃない。手も口も、いくらだって出してやる。あんたたちの計画なんて、絶対に止めてやるんだから——。

安倍が語るところの孝太郎の病については、希実もそれなりに理解していたつもりだ。孝太郎を待つ時間の中で、安倍が退屈しのぎだと言って、幼い頃の孝太郎の話をしはじめたからだ。

幼い頃の孝太郎は、小児喘息を患っていて、何度も入退院を繰り返していたそうだ。それは美作の勤める病院で、つまりは安倍の勤務先でもあった。それで安倍は、幼い頃の孝太郎と面識があったのだ。

入院を嫌がる子供が多い中、孝太郎は少々様子が違っていたという。何しろ入院さえすれば、頻繁に父に会えるようになるのだ。孝太郎の母親という人は、その当時すでに別の男性と結婚しており、その男性との生活を優先させるあまり、孝太郎については総じて二の次になっていたらしい。そんな環境にあった孝太郎にとって、父との面会が増える入院は、そう悪くもない事態だったようなのだ。

入院歴がとにかく長い孝太郎は、新しく入院してきた子供の面倒をよく見る、模範的な小児患者だったようだ。病気で学校を休みがちな割りに、成績もそれなりによかったという。

「けど、ちゃんと見てりゃ、全部透けて見えるわけだよ。父親に誉めてもらいたいっていうアイツの気持ちが、傍から見てても痛いほどにさ」

安倍に言わせると、孝太郎のすべての行動は、父親を意識したものだったという。いい成績も上手な絵も、誰かへの親切も医者や看護師への従順も、すべて父親に、よくやった、と言ってもらうための頑張りだった。

「美作にしたら、ただ表面的に声をかけていただけだろうが、けど誉められた時の孝太郎は、本当に嬉しそうだったよ。アイツ、顔をくしゃくしゃにして笑うんだ。鼻の根のとこに、ぎゅってシワ作ってさ」

しかし当の美作は、孝太郎に執着しているわけではなかった。孝太郎の容体にかかわらず、常に自分の患者を優先させていた。孝太郎がどんなに発作で苦しがっていても、仕事を優先させ、駆けつけることはしなかったという。

孝太郎が最後に大きな発作を起こしたのは、彼が九歳の頃だったそうだ。

「ひどい発作で、危うく死ぬところだったんだ。けど美作は来なかった。ちなみに母親もな。その頃にはもう、孝太郎もだいぶ状況がわかってきてて、特になんにもこぼしてなかったけどさ。でも、どんな気分だったかと思うよ。あんな時まで、親に背を向けられたままだった気分てのは——」

どうやら子供の頃死にそうな目に遭ったという孝太郎の話は、まるっきりの嘘というわけでもないようだ。それで安倍は言ったのだった。だから希実ちゃん。孝太郎のこと、止めてくれるなよ？　アイツの病は根が深いんだ。けれど希実は思ったのだ。

違うよ、安倍先生。だから、止めなきゃダメなんだよ。

そして希実は、孝太郎の訪れを待っている。やってくるあの人を、止めるためだ。振り返らない背中のことなら、希実も少しは知っているつもりだ。でも、それに石を投げるのは、違うとも思っている。

その時、ポケットの中の携帯がブブブ、ブブブ、と震えだした。孝太郎かと思って慌てて携帯を取り出すと、電話の主は斑目だった。それでも希実は、素早く電話に出る。何しろ斑目は、美作と安倍の過去の医療事故について、現在調べてくれているはずなのだ。

電話に出ると、案の定斑目はその話題について切り出した。

「――もしもし、希実ちゃん？　例の件だけど、だいたい調べがついたよ！」

孝太郎との待ち合わせまで、あと十五分ほど。希実ははやる気持ちで、携帯を耳に押し付けた。

嫌味なほどきっかり三十分後に、孝太郎はやってきた。

現れた彼は制服を着ておらず、ブルーのシャツにカーキ色のカーゴパンツをはいていた。もちろんアンジェリカも連れていない。表情もひどい仏頂面だ。出会った頃に盛んに見せていた笑顔は、もうどこかに打ち捨ててきてしまったようだ。

そのまま彼は、希実を川べりへと案内したのだが、希実がまったく知らない街を、どんどん進んでいく孝太郎は、まるで知らない男の子のように感じられた。いや、けっきょくのところ、希実は孝太郎のことを、たいして知ってはいないのかも知れないが——。

案内された川は幅が広く、水面は流れているというより、たぷたぷと上下しているように見えた。おそらく河口が近いのだろう。川ではあるが海の気配も漂っている。

話ってなんなの？ 川辺の歩道を歩きながら、切り出したのは孝太郎だった。俯きながら歩く孝太郎は、ズボンのポケットに手を突っ込んだまま、希実のほうを見ようともしない。もしかしてあの素人探偵みたいなオジさんが、また何か調べてきてくれたとか？ しかも口調に険があった。しつこく電話やメールをしたことを、もしかしたら怒っているのだろうか。

そんなことを感じつつも、しかし伝えなくてはいけないことがある希実は、端的にひとつずつ片づけていくことにする。そうだよ、そのこともあるんだけど——。そして小さく息をついて言い出した。

「でもまずは、フェアに言う。今朝、安倍先生と会ったの。あの人、美作くんのこと待ってたよ。話したいことがあったんだって」

安倍先生という単語に、孝太郎は初めて足を止め振り向いた。安倍先生が？　僕に、なんの話を？　それで希実は正直に答えた。美作くんの提案をのむって。お父さんを陥れるのに、協力するって言ってた。

希実の言葉を受け、孝太郎は意外そうに目をぱちくりとさせる。本当に？　安倍先生がそう言ったの？　喜んでいるのかその逆なのか、その表情からは読み取れない。うん、だから明日の朝、ちゃんと学校に来いって。駅前で、美作くんのこと待つつもりみたいだったよ。その報告を受けて、孝太郎は小さく頷く。そう、明日ね。そんな孝太郎を確認したのち、希実は自らの本題に取り掛かったのである。

「で、ここからは私からの話。素人探偵のオジさんが調べてきてくれたこと、話させてもらうからね？」

すると孝太郎は、顎をしゃくるようにして言ったのだった。いいよ、どうぞ。それで希実は、先ほど斑目から電話で報告を受けた情報について語りはじめた。

「まず、美作くんが言ってた、十年前の医療事故のことだけど。安倍先生が、病院を辞めたキッカケになった手術のことだよね？　安倍先生が、助手として加わってた、脳腫瘍の手術。確か、セイサイ……なんとかっていう……」

希実の問いかけに、孝太郎は頷く。

「星細胞腫の手術だよ。手術前の診断では、良性腫だろうと言われていたのが、いざ頭を開いてみたらグレード3の悪性腫だった。まあ、それはめずらしいことでもないみたいだけど。ただ、問題はそこからだった。思っていた以上に広がっていた腫瘍を、可能な限り摘出しようとしていく中で、安倍先生の処置の最中、突然の大量出血が起こった。そうして患者は、術後すぐに死亡した。遺族は手術ミスを訴えて裁判も辞さない構えだったけど、病院側は安倍先生の謝罪と辞職、あとは慰謝料をもって示談にした。表向きはそうなってる」

孝太郎の説明は斑目のものと同じで、希実は頷き小さく呟く。表向きは、ね。そして続けて、表ではないほうの話をはじめた。

「でも本当は、大量出血が起こった際に、処置をしていたのは美作先生だっていう噂があるんだよね？　そもそも執刀医は、美作先生だったってこともあるし。それに安倍先生が病院を辞めた際にも、病院から安倍先生に大金が渡ったって、経理部の人がもらしたとかで……」

そんな希実の話に、孝太郎はどこか超然と頷いた。

「ああ、そうだよ。おそらく病院としては、神と呼ばれるうちの父がミスをおかしたとするより、問題の多い安倍先生が罪をかぶってくれたほうが好都合だった。それで、執刀チームぐるみで、安倍先生を犯人に仕立て上げた。そうして当の安倍先生の口は、金で塞いだってわけだ」

滔々と語る孝太郎を前に、希実も納得していた。何しろそれも、斑目の説明通りだったのだ。しかし、斑目の調査の要《かなめ》はここからだった。話の裏には、さらなる裏があったのだ。

「でも、噂はそれだけじゃなかった。手術には安倍先生以外に、もうひとり助手がついていて、大量出血はその人が引き起こしたっていう説もある」

希実の説明に、孝太郎の表情がにわかに曇る。え？　もうひとりの助手……？　そんな彼の様子を確認した希実は、よし、と確信を深める。やっぱり美作くんは、こっちの噂は知らなかったんだ。そして勢い込んで続ける。

「ただしその噂のほうは、あんまり広まってないみたいなんだ。何しろその助手っていうのが、どっかの偉い教授の息子さんだったらしくて、病院内では下手なことが言えなかったんだって……」

実のところ、希実が斑目から話を聞けたのはそこまでだった。電話の向こうで斑目は、でもそれ以上に、重大な問題点が……！　などと、だいぶ意味深なことを言ってはいたのだが、運悪く希実の携帯の充電が切れてしまい、それ以上は聞くことが叶わなかった。

だがそれでも、希実には希実なりの切り札があった。

「でも、ミスを犯したのは、教授の息子で間違いないよ」

　何しろ今朝方、安倍本人から聞かされていたからだ。

「だって、安倍先生本人が言ってたもん。あの事故に、俺や美作には、非はなかったって。色々と勘違いして、騒いでるのはまわりだけだって――」

　そんな希実の言葉に、しかし孝太郎は眉をひそめた。安倍先生が？　それで希実は畳み掛けたのだ。そうだよ、本人がそう言ってたの。強く孝太郎に詰め寄ったのだ。

「おかしいと思わない？　それなのに安倍先生は、美作くんとの取り引きに応じたんだよ？　美作くんのお父さんの医療事故を、マスコミにリークしてやるなんて言ってる。お父さんにはなんの落ち度もないのに、嘘の証言で陥れようとしてるんだよ？」

　すると孝太郎は、少し不意を衝かれた様子で言葉を詰まらせた。そしてそのまま目をあちこちに泳がせながら、何かを考えはじめた。無理もないと希実は思った。何しろ孝太郎にとって、父の医療事故は重要な切り札だったはずだ。それが根本から崩されてしまったのである。

しかし孝太郎は、しばらく逡巡したのちに言い出したのだった。

「……安倍先生が取り引きに応じるのは、それほど不思議じゃないよ。何しろ彼も、父との付き合いが長いはずだからね。その中で父に反発や敵意を抱いていた可能性だって、十分にあり得る」

それは彼なりの、苦し紛れの反論のようにも感じられた。

「仮に、篠崎さんの話が本当だとしても……。けっきょくは安倍先生が、犯人に仕立て上げられたわけだろ？　つまり父は、安倍先生をかばいもしなかったってことだ。だから、恨んでたんだよ、安倍先生も、たぶん父を……」

けれど希実はそんな孝太郎に揺さぶりをかける。

「だとしたら美作くん、安倍先生の復讐心に利用されることになるんだよ？　なんの非もないお父さんを、嘘で陥れることになるんだよ？　本当にそれでいいの？」

孝太郎は、黙ったまま希実を見詰め返している。その目が、だんだんと虚《うつ》ろな様子になっていくのがわかる。前に見た、あの目だ。暗い淵のような、空虚な目——。そこに自分が映っているのが、希実にはわかる。同じように、どこか暗い目をした自分が、ぼんやりといるのだ。

それでも希実は、その目を睨み返しながら続ける。

「美作くんは、お父さんを追い込んだりするべきじゃない。そんなことしたって、自分が後悔するだけだよ」

歩道の向こうでは、若い母親たちが、小さな子供たちの手を引きつつ歩いている。歩けるようになって日が浅いと思しき子供たちは、歩く感覚が新鮮で仕方がないといった様子で、嬉々としながらとてとて足を動かしている。母親たちは、幸せそうにそれを見ている。まだ歩けるのー？　すごいねー。そんなやり取りを、どこか遠いもののように感じながら、希実はひとつ息をついて切り出す。

「……美作くん、知恵の輪できる？」

唐突な希実の問いかけに、孝太郎の表情がわずかに曇る。しかし希実は構わず続ける。

「じゃあ、空が青い理由は？　それなら知ってるんじゃない？」

すると孝太郎は、怪訝そうに小さく頷いてみせる。……ああ、知ってるよ。けど、それが何？　応えた孝太郎を、希実は問いただす。

「――それ、誰に教えてもらった？」

瞬間、どんよりとしていた孝太郎の目に、かすかな光がともる。それを認めた希実は、畳み掛けるように言葉を継いでいく。

「じゃあ、非ユークリッド幾何学は？　誰に習った？　美作くん、前に言ってたでしょ？　平行線も交わる可能性があるんだって。あのあと私、うちの店の人に聞いてみたの。そしたら、非ユークリッド幾何学のことじゃないかって言われた。平面じゃない世界の話を、しようとしてるんじゃないかって……。ねえ、美作くんは？　その平行線の話、誰に教えてもらった？」

問い詰められた孝太郎は、希実から視線を外し川面《かわも》に目をやる。その横顔に、戸惑いがにじんでいるのが見て取れる。希実はそんな孝太郎に対し、語気を強くして言い募る。

「誰に教えてもらったのよ？　ねえ、美作くん！」

孝太郎の口元が、わずかに震えている。希実はそんな孝太郎の腕を摑み、絞り出すように答えを口にする。

「……お父さん、なんじゃないの？」

その言葉に孝太郎は、川面を見詰めたまま、ぎゅっと唇を嚙む。

「お父さんが、美作くんに教えてくれたんでしょ？　空が青い理由も、交わるかも知れない平行線のことも——。教えてもらった時、美作くん嬉しかったんじゃないの？　だからちゃんと覚えてて、人に話したりもしたんじゃないの？」

川面は平らなまま、たぷたぷと上下し続けている。希実は孝太郎の腕を摑んだ手に、ぐっと力を込める。

「お父さんを、陥れるなんてやめなよ？　そんなことしたら美作くん、きっと苦しくなるよ……」

しかしその瞬間、孝太郎は希実の手を振り払ったのだった。うるさいっ！　そしてそう叫んだかと思うと、どこか苦しげに希実を睨みつけてきた。

「信じられないよ、篠崎さん。君が親なんてものをかばうなんて――」

唇を震わせるようにしながら、孝太郎は言い継ぐ。

「君だって母親に、ひどい目に遭わされてきたはずじゃないか……！　それなのに、どうしてそんな……！」

そんな孝太郎の言葉に、希実は眉をひそめる。え？　母親って、私の……？　すると孝太郎はハッと口をつぐみ、なんでもないよ！　とごまかした。そして再び希実を睨みつけ、言い放ったのだった。

「僕は、安倍先生と組む。計画通り父を陥れる。だから、邪魔しないでくれ……！」


急がなきゃ。

希実は知らない通りを小走りに進んでいた。何しろ時間がないのである。明日の朝になってしまえば、孝太郎と安倍は落ち合うだろう。そして顔を突き合わせ、美作医師を陥れるという、バカげた計画をねりはじめるのだ。急がなきゃ。ローファーを鳴らしながら希実は鼻息を荒くする。計画が進められないよう、こっちが先手を打ってやる！計画を阻止する策を、希実は持っていないでもなかった。安倍も孝太郎も説得できなかった以上仕方がない。若干苦手な相手ではあるが、ふたりの計画のターゲットである、美作元史に物申すしかない。

しかも幸いなことに、美作が勤める病院というのは、孝太郎の住むマンションから、そう離れていない場所にあった。美作が通勤しやすい場所に居を構えたのだろうから、当然といえば当然だが。

病院の場所は交番で教えてもらった。電車で三駅先だと告げられたが、あいにくすでに電車賃がなくなっていた希実は、三駅ぶん歩くことになった。だが都内の三駅など、急いで進めば三十分もかからない。急がなきゃ。

小走りで行く希実からは、ローファーの音のみならず、カッサカッサというビニール袋の音も響く。腕から下げられたビニール袋が、足を踏み出すたびに上下して揺れているからだ。中に入っているのはランチ用のパンだ。カッサカッサ。今日のパンは、ヒヨコマメのピカタパンと、オランジェ、あとはこだま手製のタマゴサンドだ。

夕べからブランジェリークレバヤシに身を寄せることになったこだまは、今朝早くに起き出して、タマゴサンドを作ってみせたのである。織絵の話によれば、家でも練習していたそうだ。

「あのね、病院でごはん食べるの、だいたいサンドウィッチなんだって。シュジュツで忙しいから、すぐ食べられるのが、いいんだって。だからね、俺ね、作ってあげるの」

タマゴを挟んだパンを切りながら、こだまはそんなことを言っていた。誰に宛てたパンなのかは、訊くまでもなかった。

「先生ね、サンドウィッチの中で、タマゴサンドが一番好きなんだって」

美作をどう呼べばいいのかわからなかったらしいこだまは、ブランジェリークレバヤシの面々が彼を美作先生と呼ぶのに倣《なら》って、先生に呼び名を落ち着かせたようだった。ただし父と呼ばずとも、父であることは意識しはじめているのだろう。希実にも、こっそり耳打ちしてきた。

「俺もなんだ。タマゴサンドが一番好き！　やっぱり、ちょっと似てるんだ……」

こだまは、好きな人にはパンをあげるのだ。自分で焼いたパンを渡すのだ。たぶんそこに理由はないのだ。だってあの人は親だから——。

「だから俺、うまいの作れるようになるんだ！」

急がなきゃ。

しかし知らない街というのはどこも同じ景色に見え、走れども走れども似たようなビルに出くわすばかり。そのため道行く人に、改めてまた病院の場所を訊き、そして再び走りだし、また道がわからなくなってまた別の人に病院の場所を確認する。そんなことを、希実は四、五回繰り返した。おかげでだいぶ時間をロスしてしまった。

けっきょく目的の病院に辿り着いたのは、午後の二時を回ろうかという頃だった。辿り着いた病院は、病院というより近代的なビルといった風情の十階建ての建物で、希実は少々圧倒されてしまった。安倍診療所などとは、そうとうに趣の異なる医療機関である。どこが入り口なのかすら判然としない。

それでも人が流れていくほうに進み、どうにか院内へと入り込むことができた。そして目に留まった白いナース服の看護師を捕まえ、すぐに切り出したのである。

「あの、美作先生を……！　脳外科の美作元史先生を、お願いしたいんですが……！」

息をきらした女子高生相手に、しかし看護師は丁寧に対応してくれた。ちゃんと美作に連絡を入れ、希実の名前を告げてくれた。おかげで待つこと一時間弱、だいぶ待たされた感はあったが、それでも美作は希実のもとへと現れたのだった。

「なんの用だ？　こんなところにまで押しかけてきて――」

やってきた美作は、ひどく迷惑そうな顔をした。希実はそんな美作に手を挙げて、わかってます、ときっぱり告げる。

「わかってますけど、緊急なんです。お宅の息子さんのことで、どうしても話しておきたいことが」

その言葉に美作は、眉間のしわを深くした。


まあ、出かけようと思っていたところだったから、いいがね。

美作はそんなことを言って、希実を病院の外へと連れ出した。言われてみればこの時間帯は、美作がよくブランジェリークレバヤシにやってきていた時分だ。つまり彼は仕事の合間に、店へとやってきていたのだろう。

足早に進む美作について歩いていくと、二つほど交差点を過ぎたあたりでパタリと人の往来が途絶えた。美作によれば、病院のこちら側は倉庫街になっていて、人通りが少ないのだそうだ。人目に付きたくないんですか？　と希実が訊くと、美作は当たり前だろうとあっさり返した。

「女子高生が訊ねてきたなど、何を言われるかわかったもんじゃないんだよ。こう見えて私は、悪い噂を立てられやすいタイプでね」

歩きながら美作は、希実を振り向かないまま訊いてきた。ところで、うちの息子の話というのは、上のことかね？　下のことかね？　希実はもちろん間髪《かんはつ》をいれず、上ですと端的に返す。すると美作は、だろうな、と小さく頷いた。さすがに美作も、何か感じるところはあったのかも知れない。

美作が言っていた通り、しばらく歩くと倉庫と思しき建物が並びはじめた。その前には赤いコンテナや、フォークリフトが点在している。幅の広い道が続いているというのに、しかしひと気はない。車の往来もない。倉庫のシャッターもすべて下りていて、時おり強い風だけが吹き抜けていく。

このあたりでいいか。美作がそう言い出したのは、向こうに立ち入り禁止のカラーコーンが見えてきた頃合いだった。用心深い人だな、と希実は少々呆れつつ、しかしここなら心置きなく、美作を説得できるなとも考えていた。何しろこれだけひと気がなければ、多少怒鳴っても平気そうだ。

「で、上のがいったい、どうしたって？」

切り出してきたのは美作だった。彼はどこか煩わしそうに顔を歪めつつ、腕時計に目をやり続けた。

「なるべく手短に説明してくれ。四時には手術のカンファレンスがあるんでね」

それで希実は、わかりましたと頷き、単刀直入に告げた。

「お宅の上の息子さんが、あなたを陥れようとしてます。安倍診療所の安倍医師と組んで、あなたが過去に手術ミスをしたって、マスコミにリークするつもりなんです」

　すると美作は、即座に切って捨てた。それは不可能だな。当たり前のように彼は言って、眉を上げてみせる。

「言っておくが、私はミスなどしたことがないんだ。それをリークなどできるはずがない。私を陥れようなど話にもならん」

　それだけ言って美作は、話はそれだけか？　と訊いてくる。まあ、大まかには……、と希実が返すと、ならばもう失礼すると言い置き、踵を返そうとする。どんだけせっかちなんだと憤りつつ、希実は美作の腕を摑み言い募る。

「ちょ、ちょっと、待って！　ミスがないのは、わかってます！　わかってるけど、それでもミスがあったってことにして、先生を貶《おとし》めようとしてるんですってば！」

　希実の説明に、美作は足を止め怪訝そうに眉根を寄せる。なんだ、それは？　希実は美作の腕を摑んだまま、ですからね、と順を追って説明しはじめる。

「美作先生、今度なんとかっていう有名人の手術をするんでしょ？　それでマスコミから、注目されてるんでしょ？　そのタイミングでリークすれば、名前が知れてるぶん攻撃もされやすいだろうって、美作くんや安倍先生は踏んでるんですよ！　そうすれば先生の名声も、地に堕ちるだろうって、あの人たちは……！」

しかし美作の反応は鈍《にぶ》かった。半ば呆れたような表情を浮かべ、吐き捨てるように言ったのである。

「……くだらんな。そんなことが、うまくいくはずがない。それでもやりたいというなら、やらせておけばいいんだ。君もいちいち首を突っ込むな」

そうして彼は、希実の手を振り払ったのだ。話は終わりか？ そんなことならもう帰らせてもらうぞ？ しかし希実は、振り払われたその手でもって、すぐに美作の胸ぐらを摑んでしまった。

「——くだらなくない！」

冷静さを欠いている自覚はあった。それでも言わずにはいられなかったのだ。

「わかってんの？ 美作くんは、あなたを傷つけようとしてるんだよ？ 自分の親を、傷つけようとしてるんだよ？ あなたも父親なら、どうして息子が自分にそんなことしようとしてるのか、少しは考えてみなさいよ……！」

希実の叫びを受けた美作は、無表情のまま三秒ほど黙り込む。少しは考えたということなのか。そしてすぐに彼は、冷ややかな眼差しを希実に向け返したのだった。

「……つまり、親の関心を引きたいんだろう？」

そして希実の手を再び払いのけ、不愉快そうにネクタイを直しつつ続けた。

「十八にもなろうという息子が、そんな浅薄な真似をするのはいささか信じ難くもあるが。アレはできが悪いからな。仕方のないことなのかも知れん」

あまりの美作の言い草に、希実は半ばポカンと口を開けてしまう。しかし当の美作は、ネクタイを直し終えるとさらに言葉を継いだのだった。

「そもそも、血が繋がっているからといって、親から無条件に愛情を受けられるわけはないんだ。そんなことを思うのは、子供の傲慢というものだ。君も覚えておくといい。全ての親が、無条件に子供を愛しているわけではない」

スーツの襟《えり》を正しつつ美作は語る。その表情に迷いらしきものは一切ない。それで希実も、返してしまったのである。

「……ああ、そうですか。ご立派なご指導、ありがとうございます」

これも、言わずにはいられなかったのだ。

「でもじゃあ、美作先生も覚えておいてください。子供のほうは、どんな親であろうと、無条件に親を思ってしまうものなんだって……！」

しかし美作は、まるで動じる様子もなく、フンと鼻で笑ってみせたのだった。

「なるほど、子供らしい主張だな」

そして嘲るように薄く笑い言い出したのである。

「だが、君の言っていることは、単なる自分の親への恨み言だ。悪いが、こだま周辺の人間に関しては、調べさせてもらっているんだ。だからこちらは、君の事情もある程度把握してる。確か君のご家庭も、なかなか複雑なようだったからね。つまり君は、感情をすり替えてしまっているだけなんだ。君が本当に怒鳴りつけたいのは、私ではなく君自身の親だ。無条件に親を思っているというのも、君自身の感傷に過ぎない」

微笑みながら指をさしてくる美作に、希実は毛が逆立つような怒りを感じる。だが当の彼は、悪びれる様子もなく腕時計に目を落とし、そろそろ時間だから失礼するよ、などと言い出す。そして、冷ややかに付け加えた。

「そういえば、君こそ母親と早く話し合うべきだぞ？　あの店でのうのうと暮らしながら、他人の人生に首を突っ込んでいる暇があったら、さっさと母親を捜し出し――」

だが希実は、それを遮って再び怒鳴り散らした。

「それこそ議論のすり替えでしょ!?　今はあなたと、あなたの息子の話をしてるんでしょうが！」

そして美作を睨みつけ、直されたばかりの彼のネクタイを引っ摑み言い放った。

「美作くんの気持ちをわかる気がないっていうんなら、もうそれでもいいよ。無条件に愛情を与えられないっていうんだったら、もうそれもいいよ！　仕方ない！　期待しない！　勝手にすればいい！　でも、美作くんの計画のことは、ちゃんと忠告してやったんだから、絶対にハメられるんじゃないわよ!?　父親としては最低なんだから、せめて立派な医者でいるくらいのことはしなさいよ!?　言っとくけど美作くんだって、本当にあなたを陥れてしまったりしたら、絶対に傷つくんだから……！」

言うだけ言った希実は、摑んでいたネクタイを叩きつけるようにして放す。そして呼吸を整えて、じゃあ、失礼します！　と言い捨てて歩き出した。来た道をはっきり覚えていたわけではなかったが、どうにでもなるだろうと思って希実は歩き続けた。

ひと気のない倉庫街に、希実のローファーの音が大きく響く。ガフッガフッガフッ！　腹立ち紛れに、地面を蹴りつけるようにして歩いていたせいだ。しかしひとつめの角を曲がって少し行くと、その音の中に小さな悲鳴が混じった。

「……ん？」

それで思わず足を止めると、今度はもっとはっきりとした叫び声が聞こえた。男の声だった。希実ははじかれるようにして、踵を返し走り出す。あの声はたぶん、美作の声だ。

そうして来たばかりの角を曲がると、向こうに美作の姿が見えた。美作はうずくまるようにして、地面に倒れ込んでいる。

「——美作先生っ!?」

希実は叫んで、美作の下へと駆けつける。倒れた彼は苦痛に顔を歪めながら、両手で腹を押さえていた。その手は血で真っ赤に染まっていて、よくよく見れば腹のあたりも、黒っぽいもので濡れている。ただしジャケットが濃紺だから黒っぽく見えるだけで、それもおそらく血なのだろう。希実は美作の傍らにひざまずき、彼の肩に触れ声をかける。

「み、美作先生!? どうしたんですか? い、いったいこれ……?」

すると美作は苦しげに顔を上げつつ、うめくように呟いた。……バカ、な。なぜ、戻って、来た……? その言葉に、希実は声を詰まらせつつ返す。だ、だって、悲鳴が聞こえたから……。次の瞬間、希実は何者かに背後から腕を摑まれ、ぐいっと引き上げられた。それで思わず立ち上がり、慌てて後ろを振り返るとあの男が立っていた。

「あ、あなた……!」

その男が何者なのか、希実にはすぐにわかった。あの男だ。朝の通学路で、希実たちを車で轢こうとした男。安倍診療所に立てこもって、美作への謝罪を要求していたあの男だ。おかげで希実は、とっさに状況を理解する。ああ、この人——。美作先生を、刺しちゃったんだ。何しろ男の右手には、今日もナイフが携えられていたのである。

息をのみ立ち尽くす希実を前に、男は皮肉めいた笑みをこぼす。

「また、君なんだな。どうしてこんな親子に係わり続けるんだ、君は――」

腹立たしげに彼は言って、希実を押しのけうずくまる美作の肩を摑む、そしてそのまま彼の体をまさぐりはじめる。何をしているのかと思ったら、彼は美作のジャケットの胸ポケットから、美作のものであろう携帯を取り出したのだった。そしてそれを手に、サッと美作から離れたかと思うと、いきなりその携帯を地面に叩きつけた。

男は地面に転がった美作の携帯を、執拗なまでに足で踏みつけていく。

「これで、助けは呼べなくなる。お前はここで、誰からも助けてもらえない苦しみを知るんだ」

言いながら男は、うずくまる美作を楽しそうに見下ろし続ける。

「誰からも救いの手を差し伸べられず、ひっそりと死んでいく人間の気持ちを、よく味わうといい。お前にはその義務がある。苦しむべき義務が――。亡くなった妹の気持ちを、最期によく味わうがいい」

何度も踏みつけられた美作の携帯は、完全に壊れてしまったようだった。男はそれを確認すると、希実の腕を取り歩き出した。

「――ちょっと!?　何するの!?　離してよ!　痛いでしょ!」

抵抗する希実に対し、男は声を落として囁く。

「君に危害を加える気はない。俺の目的はあくまであの男、美作元史なんだから。君だって、あの男が最低な人間だってことはわかってるだろう？　だったらこのまま、見て見ぬふりをしてしまえばいいんだ」

だが希実は強く首を振り言い返す。

「無理だよ！　あのままほっといたら死んじゃうじゃん！」

しかし男も冷たく言い捨てた。

「いいんだよ……！　そのために刺したんだ！　あの男は、自分の罪の深さを知るべきなんだ……！」

そうしてもみ合ううちに、希実は男に突き飛ばされ地面に倒れ込んだ。その瞬間、ジャケットのポケットから携帯が転げ落ちてしまった。すると男は、地面に落ちたそれを、素早く拾い上げた。そんな男の行動を前に、希実は自分の携帯も壊されてしまうのではないかとにわかに焦る。しかし男は、すぐにその携帯を希実に向かって投げてきたのである。充電切れの携帯を、壊しても仕方がないからな。そんな男の言葉に対し、希実は苦々しく返す。仕方ないでしょ、古い携帯なんだから……！　すると彼は希実を見下ろし、しばし黙り込んだ。そしてゆっくりと言い出したのだった。

「……わかったよ。そんなにいうなら、勝手にあの男を助けてやればいい」

ただしその言葉は、改心によって発せられたものではなかったようだ。

「どうせ助けも呼べず、ただ野たれ死んでいくアイツを、目の当たりにするだけなんだろうから。好きなように、あの男に付き添ってやれ。あんな男に、係わった君が悪いんだからな」

冷ややかに言う男を前に、希実はじりじりと後方へ下がっていく。そして男との距離ができると、くるりと体を翻すなり立ち上がり、美作へと向かって駆け出した。

その時強い向かい風が吹いたが、希実は上半身を前に倒し、強風に目を細めつつ前へと進んでいった。美作は広い道の真ん中で、ポツンと倒れているままだった。もしかしたら、本当にもう虫の息なのか。希実は風をかきわけるようにして走っていく。

「——美作先生！」

希実が駆けつけた時、美作は地面にうずくまり目を閉じていた。そんな様子を前に、希実は焦って声をかける。

「美作先生!?　生きてますか!?　生きてるなら、ちゃんと目を開けてください！　死んでるかと思って不安になるから、ちゃんと目は開けててください！」

そんな希実に対し、美作は忌々しそうに眉間にしわを寄せる。……瀕死の人間に、それはないだろ？　余計体力を消耗するだけだ。しかし希実も、語気を強めて言ってしまう。ちょっと、息も絶え絶えって感じで喋るの、やめてくださいよ！　本当に死んじゃうのかと思って、焦るじゃないですか……！

希実の言い草に呆れた表情を浮かべつつも、しかし美作はぽつぽつと語る。君、タオルか何か、持ってないか？　言われた希実は手提げの中からタオルを取り出す。体育の授業用のものだ。美作はそれを折りたたむように命じ、自分の腹にあてがうように言ってきた。一応、軽い、止血には、なるから……。

その上美作は、タオルを押さえろと命じてきた。自分では、力が、入らん……。そんな美作の指示に従い、希実はタオルを美作の傷口に当てる、そしてそのまま押さえつける。美作の顔が苦痛に歪み、希実は思わず手を緩めそうになるが、美作が、押さえていろと言ってくるので、息をのみながらタオルを押さえ続ける。だがタオルはしばらくすると、血で浸されたように真っ赤になってしまう。

「あ、あの……。タオル、もう血でびっちょりなんですけど……！」

顔をしかめながら希実が言うと、美作は浅く呼吸をしつつ、当たり前だ、傷は深い、などと感想をもらしてみせる。

「……今度は、誰が死ぬのかと思ったが――。私なのかも、知れんな……」

意味がわからないことを言い出す美作に、だからもうやめてよ！　と希実は声を荒らげる。そういう、死ぬ直前の人みたいな発言、ビビっちゃうからやめてってば！　あなたは、死なないんだから！　そんなこと、言わないで！

　しかし美作は口元を歪め笑う。……バカな。人は、誰しも死……。だが希実もすかさず返す。だからやめてってば！　そういうのマジで引く！　うるさい、娘だな……。美作先生こそ！　瀕死ならもっと、殊勝にしててくださいよ……！　言いながら希実は、懸命に傷口を押さえ続ける。傷口はドクッドクッと脈打っているようだ。染み出てくる血は息詰まりそうなほど温かい。希実の手も、すっかり赤く染まってしまっている。

　君も、瀕死の人間に対して、もっと口のききかたが……。もう、喋らないでください！　…………。あ、あ、あ！　やっぱウソ、喋って！　静かだと死んじゃったみたいでヤダ！　そんな希実に、美作は小さく鼻で笑ってみせたのだった。ああ、君は、本当に……面倒くさい、娘だな……。

　そんな美作に、希実は声を詰まらせながら返す。あ、あなただって、そうとう面倒くさい父親ですけどね……!?　すると美作は、わずかに開けていた目を閉じ、小さく頷いたのだった。ああ、そうだな……。

　また、強い風が吹いてくる。希実はその風に目を細めてしまう。美作の口がわずかに動いているが、ビューという強い風の音にかき消され、声が聞こえない。え？　なんですか？　美作先生!?　希実が怒鳴ると、美作はまたわずかに口を動かす。……私は、ひどい、父親だったのかも、知れん――。しかし、もちろん希実は怒鳴り返す。

「――だから、過去形とかやめてってば！」


希実が処置室から出ると、ちょうど廊下の向こうから、暮林と弘基が連れ立ってやってくる姿が見えた。開店準備中だったのであろう彼らは、コックスーツを着たままだった。おそらく慌てて出てきたのだろう。希実がいるはずの処置室を捜しているのか、あちこちの診察室や処置室を確認しながら、焦りを募らせた表情で進んでくる。

「暮林さん！　弘基！」

希実が声をかけると、ふたりはハッと希実を見やった。そしてぎょっとした様子で目を見開いたかと思うと、そのまま希実のほうへ駆けつけてきたのである。

希実の前に立ったふたりは、やはり目を見開いたまま希実の姿を凝視している。の、希実ちゃん、大丈夫か？　どっか、痛いとこは……？　言いながら暮林が、触れるように希実の肩に手を置く。弘基も愕然とした様子で、言葉を詰まらせながら訊いてくる。ケ、ケガの具合は？　つか、立ってて平気なのかよ？

そんなふたりの反応に、希実は苦笑いを浮かべる。大丈夫だよ。今は、見た目がちょっと、アレなだけで……。何しろ希実の白いブラウスには血の跡があちこちに残っていて、スカートやソックスには転んだ際の泥汚れがついているのである。

「私自身は、ぜんぜん平気なんだ。膝をちょっと擦りむいたくらいで……」

そう、希実の衣類に残されている血の跡は、ほぼ美作のものなのだ。

倉庫街で刺された美作は、しばらくして希実に言ってきた。傷口の出血は、少し落ち着いた。だから、誰か、人を呼んできてくれ。それで希実は、来た道を駆け出した。さすがひと気を避けるために来た場所だけあって、倉庫街に人の姿はなかったが、それでも病院近くに戻れば、人や車の往来があった。そして希実は、一番最初に出くわしたサラリーマンに一一九番通報を頼み込んだのだ。

幸いなことにというべきか、搬送すべき病院は目の前にあり、つまり美作は勤務先へと救急車で担ぎ込まれた。希実もそれに同乗した。後追いしてきた警察には、病院であれこれ事情を聞かれたりもしたが、希実自身も足に怪我をしていたので、早くに放免してもらえた。そしてすぐに、処置室へと案内されたのである。

「……そういうわけで、私はぜんぜん大丈夫なんだ」

笑いながら希実が言うと、暮林と弘基は、はーっと大きく息をつき首を前に倒した。

そんなふたりの様子を前に、希実は少々バツが悪く返す。あ、あの……。なんか、ごめんね？　お店の準備中なのに、こんなとこまで来てもらって……。

すると弘基が顔を上げ、希実の頭をがしっと摑んできた。そしてそのまま、希実を揺さぶるようにして、まくしたてるように言い出したのである。

「本当だよ！　少しはこっちの身にもなってみろっつーの！　警察だの病院だの……！心臓が止まるかと思ったじゃねーか！　バカヤロウ！」

そんな弘基の言葉に、暮林も続いたのだった。そうやで、希実ちゃん。まあ、よくこんな……。そして肩に置いていた手をぽんぽんとやり、希実の顔をのぞき込んできた。

「――怖かったやろ？　よう頑張ったな？」

暮林の言葉に、希実は思わず口をつぐんでしまう。怖かった？

言われてみれば確かに、怖かったような気がする。何しろ美作が、死んでしまうかも知れないと思ったのだ。流れ出る血は温かで、驚くほど温かで、こんなものがこれ以上溢れ出したら、人などすぐに冷たくなって、死んでしまうと思ったのだ。手がどんどん血に染まって、その反対に美作の顔がみるみる青白くなっていって、息が詰まりそうだった。胸に何かがつっかえているような、嫌な違和感がずっとあった。

あれはたぶん、怖かったからなんだろう。たぶんひどく、怖かったのだ。

「……もう、大丈夫やでな」

暮林の手が、柔らかく肩を叩く。希実はそこでようやく、ちゃんと呼吸ができたような気がした。そっか、もう、大丈夫か。呟くように希実が言うと、暮林も弘基も、口々に言った。ああ、大丈夫やで。おう、もう大丈夫だ。

彼の声が聞こえてきたのは、そんなふうに希実がひと息ついた頃合いだった。

「おーやおや、希実ちゃん。みなさんも。こんなところで何アブラ売ってんですか？」

楽しげなその声に、希実たちはハッと振り返る。するとそこには、見えない大鎌を持った死神が、悠然と微笑み立っていた。あ、安倍先生……。戦慄する希実を前に、安倍は両腕をパッと広げ告げたのだった。

「もうじき、ショーがはじまるんですよ？　観客は多いほうがいいんですから、みなさんお誘いあわせの上、美作がいる手術室にお集まりください」

安倍は院内を勝手知ったるといった様子で進んで行った。もともと安倍は、この病院の医師であったからかも知れない。美作が手術を受けているという手術室前にも、迷わずすぐに辿り着いた。

その道中で、安倍は楽しげに言っていた。容体は、予断を許さない状況らしいよ。どうやら安倍には、院内に知り合いがいるようだ。何しろ美作の容体について、それなりに把握しているふうなのだ。大動脈いってるっぽかったから、もしかしたらもしかしちゃうかもな～。そしてそんな安倍を、希実は問いただした。

「もしかしてこれって、安倍先生の差し金なの？」

何しろ美作を刺したあの男は、かつて安倍に情《なさ》けをかけられた人物なのである。あの時は単に逃がしただけに思えたが、深読みすればどこかで繋がっていた可能性も考えられる。しかも安倍は絶妙なこのタイミングで病院に現れてみせた。それで希実は疑念を抱いたのだ。あの男に美作を刺させたのは、安倍なのではないか――？

しかし安倍は、それについてはきっぱり否定した。まさか、今回のことは偶然だよ。だが、と鼻で笑って付け加えもした。どちらかといえば、美作が自分でまいた種だろ。そうして安倍は、また両腕を広げ朗々と言い放ったのである。しかしおかげで、見事な花が咲いたもんじゃないか……！　ショーの幕開けを飾るのに、なんとも相応しい展開だよ！　まさにアメージング！

そんな安倍の後ろで、弘基は呆れ顔で希実に耳打ちしてきた。大丈夫なのか？　このオッサン。いっそ医者に診てもらったほうが……。それには希実も、おおむね同意だった。しかしながら遺憾なことに、当の安倍が医者なのである。嬉々として進んでいく安倍の背中を見詰めつつ、希実は思う。それにしても、この人、何をしようとしてるんだろう？

何しろ希実には、安倍が手術室に向かっている理由も、ショータイムとはいったいなんであるのかも、まるで見当もつかなかったのである。それでも彼に同行したのは、暮林が行こうと言い出したからだ。

「ショーなんやろ？　それなら、見てやらんと」

その言葉に、希実も弘基も従ったのだ。

辿り着いた手術室の前に、ひと気はなかった。大きなすりガラスでできた自動ドアの上には、手術中という赤い色のランプが灯っている。それはつまり美作の手術を指しているのだろうと思われた。

安倍はあたりを確認したのち、よしよし、としたり顔で頷いている。そして腕時計に目を落としつつ、そろそろだなぁ、などと楽しげに口にしたのである。そろそろって？　怪訝に思って希実が訊くと、安倍は唇の前に指を立て、シーっと小さく囁いた。そしてひとつウィンクしてみせたかと思うと、ゆっくりとカウントをはじめたのである。ワン、ツー、スリー……。

ドーン！　と安倍が声をあげたのと、孝太郎がエレベーターから駆け出してきたのは、ほぼ同時だった。そのタイミングのよさに、希実は思わず目をむいてしまう。え？　今の……？　すると安倍は、希実たちの顔を見回し、囁くように言ったのである。

「さあ、イッツ、ショータイム……！」

やってきた孝太郎は、迷わず安倍の下に向かってきた。ここまで走ってきたらしく、肩で息をしている。表情もひどく険しい。しかも希実たちを一顧《いっこ》だにしない。彼は真っ直ぐに、安倍だけを睨みつけている。

「……父に、何をした？」

低い声で訊く孝太郎に、安倍は鷹揚ぶった笑顔で答える。

「何も。美作がここで生死の境をさまよっているのは、すべてヤツが自分でまいた種だ。人生ってのは面白いね。かつての悪行が、ちゃんと悪行で返ってくるんだから」

そして安倍は、見下ろした孝太郎の頭に手をやり、満足そうに微笑んだのだった。

「しかもアイツは、お前という種までまいた。そこに破滅の布石《ふせき》があるとは、人生の奥深さだと思わないか？　人間て生き物は、実に興味深いよ」

その説明に、孝太郎は安倍の手を払いのける。しかし当の安倍はまるで気にする様子もなく、そうそう、とズボンのポケットをまさぐりだす。

「過去の医療事故について、リークできそうな雑誌記者を当たってきたんだよ」

言いながら安倍は、数枚の名刺をポケットから取り出し、トランプのババ抜きでもするかのように、孝太郎に向かって示してみせる。

「なんと！　記事にしたいって人間がこんなにも！　何せ今をときめく美作医師の不正だからな。しかも今回の事件っていうオマケつきときてる。不正プラス、患者に恨まれ刺されたとなりゃ、立派な悪徳医師のできあがりだ。持ち上げた人間を、その後に叩き落とすマスコミの手法には、おあつらえ向きな人間なんだろうな」

安倍は名刺に目をやりながら、楽しそうに続ける。

「博士の手術日まで日もないから、早く目ぼしい記者に会ったほうがいい。あ、お前の証言もつけたらいいんじゃない？　マスコミって好きじゃん？　骨肉《こつにく》の争い的なの」

好き勝手なことを言い続ける安倍に、希実は思わず口を挟みそうになる。アンタね……！　しかしそれを暮林がそっと制する。まあまあ、希実ちゃん。そして小さく耳打ちしてきたのである。……観客は、お静かにやで。それで希実は不承不承、言葉をのみ込み安倍と孝太郎を見守ることにしたのだった。それにしても、ショーとか観客とか、ホントいったいなんなのよ？

「俺は、この雑誌なんかがいいと思うんだけどー。表紙がグラビアアイドルだしー」

笑顔の安倍に対し、しかし孝太郎は険を含んだ表情を浮かべたままだ。しかも何を言うでもなく、じっと黙り込んでいる。そんな孝太郎の様子に、少しの違和感を覚える。何しろ安倍の誘いに対し、まったくリアクションする気配がないのだ。

　安倍も、そんな孝太郎の態度に気付いたようで、ん？　と首を傾げたかと思うと、怪訝そうに孝太郎の顔をのぞき込む。あれあれ？　孝太郎、なんかノリ悪くないか？　そして名刺を持った手を、孝太郎の肩にポンと乗せ低く笑った。

「――そっか。もしかして、お前も気付いちゃったか？」

　安倍の言葉に、孝太郎は眉間のしわを深くし、ようやく小さく言葉を発する。なんのこと……？　すると安倍は、愉快そうに孝太郎の肩をバンバン叩き言ったのだった。

「決まってるじゃないか。美作を、もっと完膚《かんぷ》なきまでに、破滅させる方法だよ。二度と立ち上がれないほどに、叩きのめす秘策だよ」

　つまり死神が、大鎌を振り上げたのである。安倍は孝太郎の肩から手を放し、まるで舞台にでも立っているかのように、声高に語り出す。

「俺も雲隠れしてる間、だいぶヒマを持て余しちゃってね。美作の現状を、ちょっと調べてみたんだよ。そしたらアイツ、面白いことになってんのなぁ？　孝太郎も気付いてたんだろ？　一緒に暮らしてんだから、当然といえば当然だけど……」

　安倍のその言葉に、孝太郎の目がわずかに揺らぐ。しかし安倍は、そんな孝太郎をいたぶるように、笑顔で滔々と語り続ける。

「美作のヤツ、昔は可能な限り手術を引き受けてたんだ。自分でなければできない手術だという、陶酔めいたものがあったのかも知れん。まるでとりつかれたように手術に臨んでいた。それが、このところのアイツはどうだ？　手がける手術件数が、めっきり減ってるそうじゃないか？　まったく美作らしからぬ行動だよ」

わざとらしく眉をひそめる安倍に対し、孝太郎はぎごちなく弁解をする。それは、たぶん……。父も、年をとったということなんでしょう。あの人はもう、外科医としてのピークを、過ぎてるんです。だから昔のようには、もう……。だが安倍は、いやいや、とおかしそうに首を振り吐き捨てる。

「美作って男は、自分の限界をやすやすと受け入れたりしない。知ってるか？　アイツは手術のシミュレーションを、執拗といっていいほどに繰り返す男なんだ。研修医時代からずっとらしい。俺と働いていた時もそうだったし、たぶん今も変わっちゃいないだろう。アイツは、感覚で手術手順を覚え込んでしまうまで、しつこいほどに模擬手術を重ね続ける」

言いながら安倍は、手術室のドアに顔を向ける。

「つまりアイツは、神が与えたもう結果ではなく、自分の手で結果を摑みにいくのさ。

神に手が届いてしまうほどの努力を、日々重ねていたといってもいい。アイツの手術にミスがないのは、けっきょくのところそのせいなんだよ」

安倍の言葉に、孝太郎はやはり黙り込んでしまっている。黙り込んで、じっと手術室のドアを見据えている。しかしいっぽうの安倍は、そんな孝太郎を不敵な笑みでもって振り返る。いよいよ大鎌を、孝太郎の首にあてがったというところなのか。

「だから、おかしいと思ったんだ。あの美作が手術件数をこれほど減らすなんて……。余程の何かが、起こってるんじゃないかってね。それでちょいと調べてみたら、わかっちゃったんだな、コレが」

死神は、大鎌の刃を、ゆっくりと孝太郎の喉元に押し付けていくようだ。

「美作は、目を悪くしてるんだな？　網膜色素変性症。アイツの親父さんも、同じ病気だったからピンときたんだ。徐々に視力が落ちていって、最悪の場合失明もあり得る病気だ。外科医にしたら、命とりな病ともいえる。脳外科医なんつったら、尚のこと――」

言いながら安倍は、孝太郎に視線を送る。孝太郎は険しい表情を浮かべたまま、やはり口を閉ざしている。だが安倍が畳み掛けるように続ける。

「まあ、家族に気付かれるくらいなら、症状もそうとう進行していると考えていいだろうな。あれは視野狭窄《きょうさく》になって、つまずいたり人にぶつかったりしやすくなるからなぁ。特に暗がりだと症状が顕著になる。そういうことなんだろ？　孝太郎」

しかし孝太郎は、返事をしない。俯いたままじっと黙り込んでいる。そんな孝太郎を見かねてなのか、弘基が疑問を口にする。

「……つーかよ。そんな状態で、手術なんかして大丈夫なのかよ？　それこそ、ミスとか起きるんじゃねーの？」

すると安倍は、そこなんだよ、と白い歯をこぼしたのだった。

「美作は今でも、執拗にシミュレーションを繰り返し、手術に臨んでいるんだろう。そしてそれで、どうにかなってしまってる。ただし、そうとう際どいところで手術を行っているのは確かだ。まあ、脳外科の手術なんてどれも際どいもんだが……」

そして安倍は、おかしそうに肩を揺らし笑い出したのだった。

「だがミスでも犯して、目の病気のことが世間に知れたら、どうなると思う？　遺族に訴えを起こされるどころか、逮捕起訴される恐れだって十分にあるんだぜ？　しかも万が一、ドーキンス博士の手術でそんなミスをしようものなら――」

安倍は両腕を広げ、満面の笑みで孝太郎のほうを向いてみせる。

「――それこそ、本当の破滅ってヤツだ」

そうして安倍は、孝太郎の肩に再び手を置き、彼の耳元で囁くように続ける。

「マスコミにリークするのは、アイツが手術ミスをしたあとか、あるいはドーキンス博士の手術後にしたほうがいい。仮にドーキンス博士の手術が成功したとしても、あの目の状態で、手術を請け負ったとなれば、世間も黙っちゃいないだろう。手術の陶酔にとり憑かれた医師として世界中に名を広めることになるかも知れん。そのほうが、美作のダメージはでかい。お前もそれに気付いたんだろ？」

その時希実は、孝太郎がぎゅっと手を握り締めていることに気付いた。歯を食いしばったような横顔にも、焦りの色がにじんでいる。そんな孝太郎に対し、安倍は半笑いで畳み掛ける。

「だいたい、十年前の医療事故なんて、それほどのダメージにはならんよ。マスコミが一瞬騒いだとしても、すぐに裏は取れちまう。そもそも美作は、ミスなんてしてないんだしな。そうなったら、またアイツの威信は復活しちまう。そんなことじゃ、アイツを陥れることにはならない。だからアイツには、もっと手術をさせたほうがいいんだ。世間の注目を集めるような手術なら、絶対にやらせたほうがいい」

そんな安倍の物言いに、希実は、え？　と眉根を寄せる。手術を、させたほうがいい？　希実の傍らの弘基も、怪訝そうに口を挟む。は？　なんだよそれ？　孝太郎は確か、その博士の手術を、親父にはやらせないって言ってたんじゃ……？

そんな希実たちの疑問を前に、安倍もどこかわざとらしいような怪訝顔で、うーん？と腕組みをしてみせる。

「……あれぇ？　言われてみればぁ、確かにそうだなぁ。ドーキンス博士の手術は、やらせたほうがいいはずなのに、なーんで孝太郎は、過去の医療事故のほうに話題を持っていったんだ？」

その言葉に、一同の視線が孝太郎に集中する。孝太郎は口を結んだまま、俯いてみなの視線を受けている。美作くん？　希実が声をかけても、じっと黙って唇を噛むばかり。

暮林がポンと手を打ったのは、ちょうどそんなタイミングだった。彼は、おお、と声を上げ、なるほどわかった、そういうことか、などとひとり納得しはじめた。

え？　暮林さん……？　なんだよ、クレさん。何がわかったんだよ？　希実や弘基が首を傾げると、暮林はにこにこと、いつもの太平楽な笑みを浮かべる。そうして孝太郎に顔を向けたかと思うと、やはり笑顔で続けたのだった。

「――救いたかったんやろ？」

「……え？」

「君はお父さんを、破滅させたいんやなく、救いたかったんやろ？」

暮林のその言葉に、希実と弘基は目を丸くする。へっ⁉ 何？ それ……。そして当の孝太郎も、戸惑った様子で目を見開いていた。

「……僕、が……？」

驚いたような、戸惑ったような表情を浮かべ、孝太郎は言葉を詰まらせる。

「僕が、父を……？」

絞り出すように言いながら、孝太郎は混乱した様子で頭に手をやる。僕は……。僕は……？ まるで小さな子供のように、どうしようもなく所在なさげに、細い肩を落としている。僕は、父を……？

ピンク色のナース服を着た看護師が駆けてきたのは、そんなタイミングだった。彼女はひどく慌てた様子で、希実たちに向かい叫んだのだった。

「美作先生のご家族のかた、いらっしゃいませんか⁉」

その呼びかけに、孝太郎がハッと顔を上げる。はい、僕ですが……。すると看護師は険しい表情を浮かべたまま、息を切らし続ける。

「お父様の出血がひどくて、血液が足りない状態なんです！ 輸血できそうなかたがいらっしゃったら、お願いしたくて――！ 一刻を争うんです！ どなたか血を……！」

そんな看護師の説明に、しかし孝太郎は表情を凍りつかせる。

「僕……、父親とは血液型が違うんです。父はＡＢで、僕はＢだから……」

その結果を受け、看護師は希実たちに顔を向ける。では、どなたか他に、ＡＢ型のかたは……!? しかし希実も暮林も弘基も首を振る。す、すみません。私、Ａ型で。俺は、Ｏで。俺、Ａなんだよな……。そんな中、安倍がスッと手を挙げた。

「安倍だけに、俺はＡＢ型だが？」

余計なひと言を挟み込みつつ、悠然と言い放つ。看護師は安倍に向かい、では、輸血のほうお願いできますか!? と声をかけてくる。しかし安倍は眉を上げつつ、どうしましょうかねぇ、などと首を傾げてみせる。俺の血を、美作にねぇ。

そんな安倍の態度に、希実は噛みつく。アンタねぇ！ 緊急事態なんだから、血くらい分けてやりなさいよ！ しかし安倍はのらりくらりとそれをかわす。えーでもー、俺ー、注射とか怖いしー。医者が嘘ついてんじゃないわよ！ 嘘じゃないもーん。注射は看護師さん任せだもーん。もう！ アンタって人は……！

孝太郎が安倍の腕を摑んだのは、その瞬間だった。

「――安倍先生」

安倍は片方の眉だけ上げて返す。

「何だよ？」

すると孝太郎は、そのままゆっくりと頭を下げたのだった。

「……お願い、します」

その声は、少し、震えていた。

「輸血、してやってください……。父を、助けてください……！　お願いします……！　お願いします！」

そうして孝太郎は堰を切ったように言い出した。お願いします！　助けてください！　手術室前の廊下に、孝太郎の切実な声が響く。お願いします！　まるで子供の泣き声のようだなと希実は思う。お願いします！　助けてください……。父を……。お願いします……。

安倍がぱっと腕を広げたのは、孝太郎の声が弱くなってきた頃合いだった。彼は真顔で希実たちに視線を送ると、ハイッと短く声をあげ、満面の笑みを浮かべてみせた。

「イッツ、ミラコー！」

おそらく、ミラクルと言ったのだろう。

「以上、安倍周平によるショートショーでした！　みなさま、ご清聴、ありがとうございましたー！」

高らかに語る安倍を前に、希実はぽかんと口を開けてしまう。え？　は？　ショートショーって……？　もちろんというべきか、弘基も怪訝そうに顔をしかめている。ご清聴って？　んだよ？　それ。何？　どういうこと？

そんなふたりの傍らで、暮林は小さく笑ってみせる。まあ、種も仕掛けもあったってことや。第一、ここの看護師さんの制服は、白やで？　希実と弘基が、あっ！　と叫んだのは、その三秒ほどのちのことだ。

呆然とする希実たちを前に、安倍もウィンクで決めてくる。まあ、そういうことだ。ちなみに俺はO型だしな、安倍だけど。そうして安倍は不敵に笑い、孝太郎の頭に手をやり、くちゃくちゃくちゃっと撫で回したのだった。

「つーわけで、美作の血は足りてるよ。アイツは死なん。お前らにはまだ、時間がある。諍《いさか》うのも憎み合うのも、わかり合うのも、十分なほどにな」

その時、手術中という赤い色のランプが消えた。孝太郎はそのランプを見上げたまま、ぼんやりとその場に立ち尽くしていた。すりガラスの向こうに、人影が見えてくる。美作を乗せたストレッチャーが、おそらく運ばれてくるのだろう。孝太郎は、そのすりガラスをじっと見詰めている。父がやってくるのを、じっと待っている。

自動ドアが開いた瞬間、彼は絞り出すように叫んだ。——お父さん！　そしてそのまま、美作が乗せられたストレッチャーに向かい、吸い込まれるように駆け出した。

327

すると安倍は小さく笑い、指をならしてみせた。

パチン。

まるで魔法使いのような仕草で、彼はそうしてみせたのだった。


希実が美作の見舞いに行けたのは、それから三日後のことだ。美作の面会謝絶が解けたと安倍から連絡を受けたブランジェリークレバヤシの面々は、それならばと希実にパンを持たせたのである。

「俺らは店の準備があるから行けねーけど、オメーはヒマだろ？　行ってこいや」

「病院食ばっかりで、口寂しいところやろうし。パンを持ってけば喜ばれるで？」

それで放課後、希実は美作が勤務する、もとい入院する病院へ向かったのだった。でも刺されたのはお腹だし、胃が切られてたらパンなんて食べられないんじゃ……？　そんな疑問を感じつつ、希実は病院のある駅に降りたのだが、しかしそれはすぐにいらぬ心配と化した。何しろ駅で、安倍と出くわしてしまったのである。

「おおっと！　希実ちゃん！　ここで出会えるなんてデスティニー！　美作の見舞いだろ？　一緒に行こうぜ。お、パン持ってきてる。俺ももらっていい？」

たとえ美作の口に入らずとも、この巨人の口に収めてしまえばいいだけの話だ。そうして希実たちは、つれだって病院へと歩きはじめた。

「女子高生とこうして歩けるなんて、俺の人生も捨てたもんじゃないなぁ〜」

希実の肩に手を回そうとしつつ、安倍はそんなことを言ってくる。もちろん希実は、そのたび安倍の手を払いのける。ペチン！　だったらその人生、早く捨ててください。バチン！　例の病院での騒動以来、希実の中で若干名誉を回復した安倍ではあったが、しかしこうして改めて傍に寄られると、だいぶうっとうしい。これ以上触ろうとしたら、警察呼びますよ？　そして希実は、印籠《いんろう》のごとくポケットから携帯を取り出す。

「——新しいの、買ってもらったから！　もういつでも一一〇番できるんです！」

そう、美作救助の一件により、希実は暮林と弘基から、新しい携帯を贈られたのである。ちょ、見てくださいよ！　ほら、指で、すいーって、すいーって！　すごくないですか？　すいーって！　興奮気味に言う希実に、安倍は伸ばしていた手を引っ込める。

「……希実ちゃんてさ、意外とかわいいところあるよね」

思わぬ安倍の言葉に、希実は、え？　とたじろぐ。すると彼は満面の笑みで、ころっころの犬ころみたい、と付け加えたのだった。

病室を訪れた安倍と希実を前に、美作はあからさまに嫌そうな顔をしてみせた。出たな、死神。何をしにきた？　鼻から管を通したままの状態であるにもかかわらず、しっかりとした声で言ってきたのである。

「私を刺したあの男……。お前、以前、情けをかけて逃がしたそうじゃないか……。そのおかげで、私がこんな目に……。やっぱりお前は死神……」

うめくように言う美作に、しかし安倍は動じることなく、ワケないだろ、そもそもの原因を作ったのはお前なんだから、こんなのただの因果応報だよ、などと言って、ベッド脇の丸椅子に腰をおろす。まあ、いいじゃん。けっきょく自首してきたっていうんだし。かわいいもんじゃん。ほら、希実ちゃんも座った座った。そして希実の手からパン屋の袋を取り上げて、早速中身を物色しはじめたのである。

「しかし、お前の口の悪さと不機嫌ヅラは、昔っからだからな。初めて会った時も、そんな顔をしてたな」

よくよく聞けば、ふたりは高校時代からの知り合いなのだという。

「なんか気付くと、いつも美作と一緒にいたんだよなー。ま、縁があったんだろうな」

笑顔で言う安倍に対し、美作は忌々しそうに返す。

「……お前が、付きまとっていただけだろう？」

そんな美作に対し、安倍も反論してみせる。そんなことないだろ！　お前だって休み時間、俺を追ってきたじゃないか！　それは、お前が、購買のパンを、買い占めるから……。買い占めてなんてないよ！　タマゴサンドばかり、三つも四つも、買ってたじゃないか……。仕方ないだろ、好きなんだから！　出遅れたヤツは、ハムサンドでも食ってりゃいいんだ！

　言いながら安倍は、ブランジェリークレバヤシの紙袋の中に、やはりタマゴサンドを見つけたらしい。お～！　噂をすれば～！　などと言いながら、嬉々としてそれを手に取り袋を破りはじめる。そんな安倍を前に、希実は思わず言ってしまう。あのそれ、美作先生へのお見舞いなんですけど……？　すると美作は、ハッと目を見開き、弱々しく安倍へと手を伸ばしはじめる。安倍、それは、俺の……。

　しかし安倍は、悠然とタマゴサンドを頬張りはじめる。うるせーよ。腹切られたヤツが、食い意地出してんじゃねーって。だが美作も譲らず手を伸ばし続ける。冷蔵庫に、入れておけ。嫌だね、もうツバつけたもん。俺のだ、それは……。お前ね、天下の天才脳外科医が、みみっちいよ？　なんというか、スケールの小さい修羅場だ。

　けっきょく安倍は不承不承といった様子で、二個入りのタマゴサンドのうち、ひとつを冷蔵庫の中に仕舞った。よし。これで、恨みっこなしだぞ？　それに美作も、納得してしまっていた。……よし、わかった。しかもかすかに、笑みさえ浮かべていた。そしてそんな美作の様子を確認した安倍は、冷蔵庫の扉を閉めつつ突如吹き出したのだった。

「その顔で思い出したっ！　ちょっと聞いてよ、希実ちゃん。コイツったらね……」

そうして安倍は、肩を揺らして言い出したのである。なんでも安倍は、高三の春に編入してきた転校生だったらしい。そしてそんな彼は、転校以来毎日のようにタマゴサンドの買い占めを図るようになったのだという。

そしてそのことに、憤懣《ふんまん》やる方ない思いを抱えていたのが美作で、彼はある時チャイムが鳴るなり、教室を飛び出し購買に向かったのだそうだ。そして安倍に先んじてタマゴサンドを買い占めたのだという。安倍は当時を思い出すようにして、笑いながら語る。

「そんで美作、笑ったんだよ。遅れてきた俺を見て、鬼の首とったみたいな偉っそうな笑顔で——。あの時の美作の笑顔に、俺はどれだけ笑わせてもらったか知れないよ。何せ校内で一、二を争う秀才が、タマゴサンドでドヤ顔なんだぜ？」

言いながら安倍は、涙を拭っている。当時の美作の様子が、よほどおかしくてたまらないらしい。いっぽう美作のほうはといえば、ベッドの上で苦虫を嚙み潰したような表情を浮かべている。お前、何を、俺だけ笑いものみたいに……。うめくようにそう言って、希実に顔を向ける。

「言っておくが、この男のほうが余程だったんだぞ？　何しろこの男は、転校初日の挨拶で、将来の夢は魔法使いです、などと宣言してみせたんだからな。あの時の、教室の静まりようといったらなかった」

魔法使い？　希実が思わず訊き返すと、美作は苦い顔で頷いてみせる。そうだ、魔法使いだ。もちろん私は、こんな転校生とは係わり合いになるものかと思ったよ。それなのに……。そんな言葉に、安倍が言葉を続ける。運命的にも俺たち、隣の席になっちゃったんだよな～？　顔をしかめる美作をよそに、安倍はずいぶんと楽しげだ。そしてかれこれ三十年。未だ腐れ縁が続いてるってわけだ。

ふたりの話を聞きながら、希実は軽く既視感を覚える。春の転校生の珍妙な登場。こちらに来るなと願うのに、なぜか隣の席になって、腐れ縁が――。三十年も？　そこでぞわっと寒気を感じてしまう。しばらくは仕方ないにしても、三十年は、ちょっとな。

しかしそんな希実をよそに、安倍と美作はあれこれと言い合う。でも美作、なかなか相手にしてくれなかったよな？　当たり前だ……！　授業中に魔法陣など描いているヤツと、誰が仲良くしようなどと思う？　だから初めて笑ってくれた時は嬉しかったよ。まあ、タマゴサンドを買い占めた、ドヤ顔ではあったけどさ～。

安倍と美作は、それからも言い合いをするように、しかしどこか楽しげに話を続けていた。そういや、お前さ。今回死にそうになったわけじゃん？　ああ、まあそうだが？　三途《さんず》の川とか行けたわけ？　何をバカなことを……。いやいやいや、なんか見るって言うじゃん？　まあ、光の渦のような……。おお、やっぱドーパミン効果か？　だろうな。誰かの声とか、聞こえた？　あ？　ああ、それは、多少は……。

大人になっても、こんなふうに友だちと笑いあったりできるんだな、と希実はぼんやりと思う。

そんな中、安倍が笑顔で問いかけた。

「――そういや、親父さんとは話せたか？」

「ん？　父と？」

「……ああ。神様とだったら、話してくれる人だったんだろう？」

その言葉に、美作は一瞬虚を衝かれたような顔をした。しかしすぐに、苦い笑顔を見せたのだった。いいや、残念ながら……。そして遠くを見詰めつつ、呟くように付け足した。……俺はまだ、人間だったようだ。

すると安倍は、破顔したのだった。そりゃいい。だったら、息子のほうとは語らえそうじゃないか。その言葉に、美作も小さく頷いた。

「そうだな、息子となら――。まだ話すことは、できるのかもな」

希実ちゃんは、将来何になりたいの？

病院からの帰り道、安倍はそんなことを訊いてきた。今、高三でしょ？　なんかヴィジョンはあったりすんの？

それで希実は、公認会計士か税理士です、と返した。奨学金で国立大行って、在学中に資格取って、手堅い会社に就職して、まあとにかく安定した人生を生きたいかなぁ。するとと安倍は、そうか！　じゃあ、夢に向かってレッツラゴーだな！　などと真顔で言った。オジさんというのは、希実のような進路希望を耳にすると、夢がないだの世知《せち》辛《がら》いだの言うことが多いのに、安倍はあっさりそれを夢と称してしまった。

安倍先生の夢は、魔法使いだったんですね。希実が言うと、安倍は笑った。ああ、そうなんだよ。素敵な夢だろ？　そして胸を張って言ったのだった。

「夢はちゃんと叶うから、信じて進めばいいんだよ」

どういう意味ですか？　と希実が訊くと、彼は当たり前のように答えた。

「――ほら俺、ちゃんと魔法使いになれてるだろ？」

得意げに言ってくる安倍を横目に、希実は小さく笑って返した。そうですね。笑ってはいたが、けっこう本気だった。確かに先生、ちゃんと魔法使いでした。

そしてその翌日、彼は実に魔法使いらしく、忽然《こつぜん》と姿を消したのだった。

パチン。

美作医師刺傷騒動の後、もしかすると孝太郎は、もう学校に来なくなってしまうのではないかと希実は危惧《きぐ》していた。しかしそれは杞憂《きゆう》に終わった。何しろ騒動の翌週、孝太郎は何事もなかったかのように登校してきたのだ。

「おっはよ～」

いつも通りの笑顔で現れた彼は、おはよ～、今日は元気そうじゃん、などと明るく声をかけてくるクラスメイトたちの間を縫うようにしながら、やだな～、僕はいつだって元気だよ～と、軽口を叩きつつ自らの席へとやってきた。

しかしそうして笑顔で席に着いた孝太郎は、すぐにしおしお背中を丸めはじめ、隣の席でむすっと参考書を読む希実に対し、消え入りそうな声で言ってきたのだった。お、おはよう、篠崎さん。……ごめんなさい、篠崎さん。希実が一瞥をくれると、孝太郎はびくっと体を強張らせる。わ、わかり合おう、話し合おう。ダ、ダメかな？

希実が参考書から顔を上げると、クラスメイトたちの興味は、すでに孝太郎から離れていた。それで希実は、小さく返したのだった。いいよ、話しなよ。弁解の余地くらいあげるから。

登校の理由について、孝太郎はまずこんな説明をしてみせた。

「まず篠崎さんに謝らなきゃと思って。父にもそうしろって言われたし……」

孝太郎の話によると、美作医師は今回の事件を機に、しばらく療養に入るとのことだった。目の病気のことも今後のことも、少し考えるって言ってたよ。そんな孝太郎に対し、希実は少し驚いて言ってしまった。てことは美作くん、お父さんと喋ったの？　すると孝太郎は、苦笑いを浮かべ頷いた。ああ、うん、まあね。なんていうか、だいぶ話しづらいけど、一応はね。

クラスメイトたちは、それぞれ賑やかに話を続けている。だから希実と孝太郎の会話も、その声の中に紛れることができる。孝太郎は今回の顚末について、ぽつりぽつりと語り出す。

「父を救いたかったなんて、そんなきれいな気持ちで、僕は今回の騒動を起こしたわけじゃないんだ」

ぎゅっと背中を丸めながら、孝太郎は絞り出すようにそう口にした。

「父を陥れようと、僕はちゃんと思ってたんだよ」

出発点は、やはりそこだったらしい。なんでも孝太郎は、かねてより父の知り合いたちから、それとなく医療事故の噂について匂わされていたそうなのだ。敵の多い人だかられね、どうしてもそういう話は耳に入ってきて……。それで孝太郎は、あれこれと調べはじめ、安倍の存在に辿り着いたというわけだ。

「それで、安倍先生の懐《ふところ》に入り込もうと画策している間に、父が目の病を患っていると気付いて……。ドーキンス博士の執刀を、引き受けたことも知って……」

父親の不正を世間に明かし、彼を貶めようとしていた孝太郎は、しかしそのふたつの事実を前に、なぜか途方に暮れてしまったそうだ。目の病気のことも、失敗が許されない手術についても、父親の寝首をかくチャンスであるはずなのに、そんなふうには思えなかったのだという。

「むしろ、過去の不正をリークすれば、ドーキンス博士の手術は辞退させられるんじゃないかって……。そんな考えが、頭を過ぎっちゃって……」

力ない表情で、孝太郎は俯く。希実はそんな彼の横顔をチラリと目に留め、前を向き直す。クラスメイトはいくつかの群れを作って、楽しげに話に興じている。本当に楽しいのかどうかは別として、表面的にはそう見える。

そんな光景を前に、孝太郎はくぐもったような声で続ける。あんな父親、破滅すればいいって、ずっと思ってたんだ。情けないけど、本気だった。医者としての地位や名誉も、全部ダメになればいいって――。でも、ヘンなんだよね……。その逆のことも、やっぱりどこかで、考えてて……。なんかもう、自分がどうしたいのか、わからなくなっていって……。膝の上に置かれた孝太郎の手は、ぎゅっと握り締められている。そして彼は、神妙な面持ちで続ける。だからね、篠崎さん……。絞り出すように、ゆっくりと言葉を継ぐ。

「……もしかしたら僕は、どうしようもないことを、やり遂《と》げてしまってたかも知れないんだ」

女子生徒たちが、黒板の前で何やら楽しげに声をあげている。はじけるような笑い声は、しかし孝太郎には届いていないようだ。遠いな、と希実は思う。こんなに近いのに、この距離感たるや。

「篠崎さんや安倍先生や、お店の人たちがいてくれなかったら……。僕は違う気持ちのほうに、のみ込まれてたかも知れない」

言い切ってうなだれる孝太郎に、希実は小さく息をつく。孝太郎は細い声で、ごめんね、と呟いている。ごめんね、いろいろ迷惑かけて……。でも、ありがとう……。

そんな孝太郎を横目に、希実はそっけなく訊く。……アンジェリカは？　最近見かけないけど、元気にしてるの？　すると孝太郎はハッと顔を上げ、も、もちろんだよ！　と鞄から素早く彼女を取り出す。アンジェリカは、今日も元気だよ。

それで希実は、アンジェリカに手を伸ばす。ちょっと貸してよ。そんなふうに軽く言って、孝太郎の手から取りあげた。孝太郎は少々驚いた様子で、そんな希実を見詰めている。久しぶりに手にしてみたアンジェリカは、改めて持ってみるとやはり重い。この人、こんなもの、毎日鞄に仕込んでるんだよな……。そう思うと、少し笑えてくる。まったくシャイボーイも骨が折れることだ。

希実は左手にアンジェリカを装着し、その顔を孝太郎に向けてみる。孝太郎はきょとんとしたまま、希実とアンジェリカを交互に見ている。そんな豆鉄砲を食ったような孝太郎に、アンジェリカが頭をカクカクさせつつ告げる。

「……チョットワカルヨ。美作クンノ、ソウイウ気持チ」

「へ？」

「ダカラ、ソンナ、メソメソスンナヨ」

要は希実が、喋ったわけだが。しかも完全に口は動いてしまっていたのだが。しかし孝太郎は表情を崩し、篠崎さん！　と少し泣き出しそうな顔をしてみせた。そんな孝太郎を前に、希実は慌ててたしなめる。大きい声出さないでよ、教室なんだから！　そして机の横にひっかけておいたビニール袋を、孝太郎に差し出してやったのだった。

「これ、お昼のパン。うちの店の人が、今日から美作くん、たぶん登校するから持ってけって……」

その言葉に、孝太郎はさらに表情を崩す。お店の人〜！　そしてビニール袋を受け取り、スンと鼻をすすってみせる。篠崎さん、これ、あったかいよ……。すごい、いい匂い……。あったかい……。ありがとう、篠崎さん、お店の人……。

美作医師刺傷騒動の一件以来、ブランジェリークレバヤシでは孝太郎のことがしばしば話題にのぼっていた。一番の疑問は、なぜ孝太郎がわざわざ希実のもとに転校してきたのか、という点だった。

「どうも腑に落ちねーんだよな。安倍先生に近づこうっていうだけなら、別にわざわざ希実の学校に転校することねーじゃん？　希実経由で安倍先生に近づくってのも、なんか回りくどいしよ」

そんな弘基の疑問に、希実も暮林も確かにと首を傾げた。やっぱり本当の目的は、こだまやったとか？　けどアイツ、けっきょくこだまとは接触ナシじゃん。それやったら、希実ちゃんに一目ぼれしたとか？　ななな、ないよ、それはない！　そうだよ、クレさん！　そりゃねーよ！　ちょっと、あんたが否定するとこじゃないでしょ!?

するといつの間にかやってきていたらしいこだまが、一同のやりとりの中にひょこんと首を突っ込んできたのだった。そんなの、決まってんじゃん！　どうやら一連の話を、すっかり聞いていたようだった。

「――きっとみんなと仲良くしたくて、転校してきたんだよ！」

得意げに言うこだまを前に、そんなバカな、と希実は思った。暮林や弘基も、苦笑いを浮かべていた。そ、そっかぁ、仲良く、なぁ。そういう考えかたも、あるのかも知れんなぁ。まあ、こだまらしいけど。そうやな、仲良くは大事やもんな。

しかし、こうしてブランジェリークレバヤシのパンを前に、嬉々とする孝太郎を見ていると、こだまの推察もあながち間違ってはいないのではないかと思えてくる。孝太郎はビニール袋の中に顔を突っ込み、いい匂い、と鼻をくんくんさせている。その光景は、教室の賑やかさにもよく馴染んでいるように見える。そんな孝太郎を横目に、希実は小さく笑ってしまう。

三十年はごめんだが、高校生の間くらいは、腐れ縁があってもいいのかもな。


安倍の魔法は、他にも仕掛けられていた。その代表格がサトちゃんだろう。

彼女の仕掛けが明かされたのは、希実が美作親子の間で奔走《ほんそう》している最中のことだったらしい。

ことの発端はソフィアの登場だった。診療所襲撃により、織絵やこだまがブランジェリークレバヤシに避難したと聞きつけたソフィアは、陣中見舞いと称し早々に店へと顔を出したのだ。そうしてサトちゃんとの初対面を果たしたソフィアは、出勤してきた暮林と弘基を捕まえ、声をひそめて確認してきた。

「……ねえねえ。あのサトちゃんて子、本当にオンナなの？」

その言葉に、暮林と弘基はしばらく黙り込み、それぞれ考え込んだそうだ。そしてお互い、少なからず首をひねるポイントを見つけたらしい。それもそのはずだ。何しろサトちゃんという人は、弘基や希実をしのぐほどの上背《うわぜい》があり、しかもやたら広い肩幅の持主でもある。そして決して喋らない。声を発するということをしない。

「もしかして、ソフィアさんの仲間的な？」

弘基がそんな疑問を口にすると、しかしソフィアは鋭く返したそうだ。それは違うわ！　あの人、心が女じゃないもの！　その証拠に見てごらんなさいよ！　クレさんや弘基くんを前にしても、あの子まったく動揺しないじゃない！　その弁に関しては、暮林も弘基もピンとこなかったらしいが、しかしその後にやってきた多賀田によって、ソフィアの訴えは証明された。

多賀田が店を訪れたのは、白い粉についての報告のためだったそうだ。診療所がヤクザ者に襲撃されたと知った多賀田は、すぐに関係者と接触し話をつけてくれたのだという。

「然《しか》るべき手は打ったから、安倍医師やその周辺に危害が及ぶことはもうない」

その然るべき手とは、いったいどんなものだったのか。のちに話を聞いた希実としては、そのあたりがどうも不思議だったが、弘基によれば、深く追及すんじゃねぇよ、とのことだった。んな怖ぇーことは、怖ぇー人たちに任せときゃいいんだよ。

とにかくそうして薬の一件を落ち着かせてくれた多賀田は、弘基から焼き立てアツアツのクロワッサンを用意された。そしてそれを、彼はソフィアが淹れたコーヒーと共に、優雅にサクサクやっていたのである。

サトちゃんが二階から降りてきたのは、ちょうどそんな頃合いだったそうだ。コーヒーをご所望だったらしいサトちゃんは、厨房を通り過ぎ店へと姿を現した。そして多賀田は、そんなサトちゃんを目にするなり、血相を変え彼女を取り押さえた。

多賀田によると、一見しただけでは確証が持てなかったが、頭の中で彼女を痩せさせ化粧を落とさせ、髪を金髪にし、耐え難い不幸を与えてみたところ、捜していた人物と外見が一致したのだそうだ。

「――お前、柴山悟だな？」

それは、売人から薬を奪って逃げたという、キレた若者の名前だった。つまり看護師サトちゃんは、前科二犯の悟だったというわけだ。

正体を明かされたサトちゃんは、しかしすぐに口を割ったそうだ。

「……そうです。俺が、柴山悟です」

声はしゃがれたハスキーボイスで、女性のそれとは明らかに違っていたという。そのサトちゃんは、すぐに自分の罪について白状しはじめた。

「安倍先生は悪くありません。全部俺がやったことで、全部俺が悪い……」

彼女、もとい彼の話の要点は、どうもそこにあるようだった。安倍先生は、悪くない。あまりにすらすらと罪を白状してみせたのは、安倍をかばう気持ちが強かったからなのかも知れない。

彼の経歴は、暮林たちが承知しているのと、ほぼ違わなかったようだ。前科二犯。罪状はどちらも違法薬物がらみ。

「俺は、最低の人間でした。親からも、周りからもそう言われてましたし、自分でもそう思ってました。薬やってる時だけが楽で、それ以外はだいたいクソみたいな感じで。いつからそうなったんだろ？　十代の半ば頃には、もう終わってましたね」

苦笑いしながら、サトちゃんは言っていたそうだ。

「最低の人生だってわかってても、そこから抜け出す気もなかったし、抜け出せる気もしなかったし……。捕まって刑務所に入ったところで、やっぱり変わることなんてできなくて……。出所したらすぐに、暮らしがドン詰まって……。もう、死んでもいいやと思って、売人を襲ったんです」

そして当然と言うべきか、薬を盗みに向かったサトちゃんは、去り際に銃弾を一発お見舞いされた。肩を撃ち抜かれ、命からがらでその場を逃げ果せたのだという。けれど単独犯であった彼には、もちろん助けを乞える仲間などおらず、路地裏で行き倒れてしまった。それがあの、歓楽街の袋小路だった。

夜明け近くだったそうだ。サトちゃんは白い粉を腹に隠したまま、ビルの壁にもたれ掛かってお迎えを待っていた。死ぬものとばかり思っていたそうだ。仮に助かったとしても、組織に狙われ遅かれ早かれ殺されるだろう。息も絶え絶えに、そんなことを考えていたのだという。俺なんかもう、死んでもいい。そのほうがむしろ、楽になる。

するとそんなサトちゃんの目の前に、ひとりの背の高い男が現れた。死神かと思ったら、彼は自らを魔法使いだと名乗ったのだそうだ。そうして彼は当たり前のように、サトちゃんを担ぎ上げ診療所へと連れていった。

「俺なんかに係わったら、ヤバイことになるよって言っても、安倍先生は聞く耳をもたないんだ。俺は魔法使いだから大丈夫だって、その一点張りで……」

そうして一命を取り留めたサトちゃんに対し、安倍は大真面目な様子でもって、ナース服を渡してきたのだという。シンデレラにも、舞踏会用のドレスが用意されていただろう？　だからお前にはこれをやる。いいか？　今日からお前は看護師だ。看護師サトちゃんだ。そんなふうに言って、指を鳴らしてみせたらしい。パチン。

お、お前、それで納得したのかよ？　弘基などはそう呆れ返ったそうだが、サトちゃんはしかつめらしく頷いたそうだ。

「ああ。あれはたぶん、生まれ変わりの呪文だったんだよ——」

そうして柴山悟は、サトちゃんになった。毎日決まった時間に起きて、安倍と朝食をとる。そうして昼間は織絵の補助的な仕事をこなし、夜は看護師然として振る舞う。

「……まともに働いたのは、これが生まれて初めてだったんだ。それまでは、自分がそんなことできるなんて、思ってもなかったから……」

厳密には看護師の仕事はしていなかったが、それでも患者さんたちはサトちゃんサトちゃんと慕《した》ってくれたそうだ。時には病気の相談をされたり、家族の愚痴をこぼされたりもした。注射を怖がる男の子には、頭をちゃんと撫でてやった。何人かの少年には、プロレス技を教えてやった。足を痛めたご老人に手を貸すと、ありがとうと言ってもらえた。そして夜はくたくたになって、すとんと深い眠りに落ちた。

「最初の頃は、診療所を出たら組織の連中に見つかるかも知れないと思って、ただ安倍先生に従ってただけだけど……。でも、だんだん何かが変わっていって……」

安倍はよく、サトちゃんに言っていたそうだ。サトちゃんは、陰ひなたなく働くから大丈夫だよ。そしてサトちゃんは、その言葉に従うように、陰ひなたなく働いた。

「俺、人に大丈夫だなんて、言ってもらえたことなかったから……。自分でも、自分が大丈夫なんて、思ったことなかったし……。でも、不思議なんだけど、あの人に言われると、そうなのかも知れないって、思えるようになって……」

サトちゃんは、写真に写っていた柴山悟とは別人のような、穏やかな微笑みを浮かべ言ったそうだ。

そんなサトちゃんは、やはり魔法のようにパッと消えていなくなった。安倍の二度目の失踪と同時だったから、おそらく彼についていったのだろう。ナース服は部屋に残されていたから、また別のサトちゃんとなって、安倍のもとで働いているはずと暮林は言っていた。あの子は、よう働く子やで、確かにきっと大丈夫や。

サトちゃんの事情を知るに至ったソフィアは、安倍への印象をだいぶ変えたようだ。

「……もしかして、あれはあれで、いい人だったのかしらぁ？」

五股をかけられていたお姉様がたは、みなさん新しい恋人を作ったらしい。ソフィアいわく、電光石火の立ち直りだったそうだ。最近の若い子は、慎みがなくてヤんなっちゃう！　そんなふうにソフィアは頬をふくらませていた。

いっぽう、安倍に心酔していたお達者クラブの面々はといえば、みなさんソフィアのお店へと通う先を戻したようだ。

「なんかあの診療所、よくない噂が立っちゃったでしょ～？　それでみんな、手のひら返しよ。前は安倍先生安倍先生って、しつこいくらい言ってたのにぃ」

悪い噂というのは、安倍に遺産を奪われそうになっている、例の資産家一族が流したもののようだった。安倍の過去について調べ上げたらしい彼らは、安倍がかつても患者の遺言書を書き換えさせていたこと、そののちに患者が亡くなっていたことを知り得たらしく、その情報を診療所の患者たちにあの手この手でバラまいたらしい。

例えば、診療所周辺にビラを貼ってみたり、患者のお宅にチラシを投げ込んでみたりと、比較的安直な手段ではあったが、しかし効果はてきめんに表れた。何しろすぐに、診療所へと問い合わせが殺到しはじめたのだ。

問い合わせの内容は、主に診察内容と処方された薬についてだったという。あの男の診断は、本当に正しかったのかね？　別の病院に行ったら、違う病名を告げられましたけど、それって診断ミスなんじゃないですか？　処方された薬が効かないけど、誤診じゃないの？　祖父が亡くなったのは、そちらの過失のせいなんじゃないですかね？　うちの夫、そちらに通いはじめてから、しばらくして亡くなったんですけど……。何かしたんじゃないでしょうね？

　こういう時、患者さんは、疑心暗鬼になられるものですからねー。織絵はそう笑っていたが、しかし問い合わせの量は相当なものだった。ビラの内容が、少々過激だったのもその理由のひとつだろう。希実も一度、それを目にしたことがある。そこには安倍の誹謗中傷《ひぼうちゅうしょう》に等しいことが書かれていた。いや、書かれていたような気がしてしまった。

　患者の遺言を書き換えさせる死神医者！　催眠で人を惑わす！　大学時代は教祖だった!?　ビラにはそんな文字が記されていたが、よくよく考えれば、どれもそれなりの真実ではあるのだった。希実ももし安倍を知らないままだったら、ビラの内容を額面通り受け取ったことだろう。

　お達者クラブのご老人がたなどは、安倍を悪魔と呼ばわっているそうだ。無理もない。彼らは遺言を書き換えさせられた張本人たちなのだ。わしらを殺して、遺産をせしめるつもりだったんだよ。まったく怖い男だ。まあ、どこか怪しいとは思っていたがね。ああ、胡散臭い男だったよ。効かない薬ばっかり、寄こしてきたしなぁ。

　そしてついには診療所に、石が投げ込まれるようになった。もしかしたら安倍は、このことを予感していたのかも知れない。善意の王国が裏返ってしまう瞬間を、感じ取っていた可能性は多分にある。

ちなみに遺産騒動の顚末については、斑目が明かしてくれた。頼まれてた調査の残り分。この前は、電話が途中で切れちゃったから……。イートイン席でパンをかじりながら、斑目はそんな説明をし、残り分とやらの報告をはじめたのだった。

「あの安倍って人は、本気で善意の王国を作ろうとしてたんじゃないかと思うんだ」

手に入れた情報を前に、斑目はそんなことを言い出した。なんでも斑目が調べたところによると、安倍は患者に遺言状の書き換えはさせるし、遺産は絶対に放棄しないと患者が亡くなるまで言い張るが、けっきょく患者が死去してしまえば、あっさりそれを放棄してしまうそうなのだ。

「放棄するまでの間、何をされても絶対に親族側に譲らないから、そうとう悪い尾ひれをつけられて噂が流されてるみたいなんだけど——。でも俺が調べた中では、一件も相続なんてしてなかったんだよね。ビタ一文もらってない」

つまり安倍の目的は、財産を譲りたいという患者の希望を、ただ受け入れることだけにあったのではないか、と斑目は推理していた。遺言状の書き換えを行った患者のほとんどが、家族や親族との間で資産をめぐるトラブルを起こしていたというのも、その理由のひとつのようだ。

「お金ってあるに越したことはないけど、でもあり過ぎると人間を変えちゃうからね。財産を譲ろうとした患者さんたちにとって、お金はほとんど忌《い》むべきものになり果てていたのかも知れない。安倍医師はその思いを、ただ受け止めようとしていただけなのかも――」

そんな斑目の説明に、希実も安倍の言葉を思い出していた。金の世で生きてきた人間てのは、最後まで金で何かを示そうとするもんなんだよ。最後の主張を、俺はしかと受け止めてやりたいのさ。言われた時はひどい自己弁護だと思ったが、もしかしたらあれは、単なる彼の本音だったのかも知れない。

ちなみに斑目が電話で言いそびれたという、医療事故に関する重大な問題点というのも、安倍自身が口にしていた内容とほぼ同じだった。

「あんな事故程度のことだったら、ちょっと調べればすぐ美作医師に過失はないってわかるはずだからね。安倍医師がそのことに気付かないわけがない。まあつまりあれも、美作少年を誘導するための方便だったんだろうね」

そして斑目は肩をすくめて呟いた。しかし、これが彼の真意だったら、さぞ生きづらいことだろうね。善意なんてものは、実は悪意よりも理解されがたいし、煙たがられることも多いからね。

その言葉を前に、希実も小さく頷いた。そうかも知れないね。しかし同時に思ってもいた。それでも安倍先生は、きっとあのままでいくんだろうな。

何しろ彼は、けっこう本気で祈っているのだ。

みんなが幸せになればいいと、おそらく心から、願っているのだ。


その話を聞いたのは、希実が安倍とふたりで美作を見舞った帰り道でのことだ。

魔法使いが、どうしてお医者さんもやってるんですか？　希実がそんなことを訊くと、安倍は親指を立てて返してきた。ナイスクエスチョン！　そして両腕を広げ、空をあおぎ言い出した。ここだけの話、それは、魔術と医術が似ているからなんだな。自信満々で応える安倍に、希実はつい疑問符で返してしまう。へ？　そうですか？　似てますか？

すると安倍は、両手を挙げて大げさに首を振ってみせたのだった。ああ、これだから素人は！　似てるじゃないか、人を治すところなんか特に！　そうして彼は、例えば、と朗々と語り出したのである。

「メディスン、という言葉があるだろう。これは英語で薬という意味だ。しかしそこには、魔法という意味も含まれている。おそらく先人たちにとって、人を治していく薬という存在は、魔法のように感じられたんだろうな」

へえ、そうなんですか。希実が返すと、ああ、そうだ。安倍は満足げに頷いた。そして遠くを見渡すように、前を見据えながら言ったのだった。

「そして魔法というものには、諸刃の剣のような側面がある。つまり、人を幸せにもするが不幸にもしてしまうんだ。そこらへんは、薬も同じなんだよ。いい作用だけがあるわけじゃない。時には人を殺す毒にもなる。だから魔法使いも医者も、心を強く清く正しく保たなきゃならん」

ちなみにその心得は、安倍の祖父から授けられた言葉なのだという。彼はその言葉を旗印に、魔法使い、もとい医師になった。

「人っていうのはさ、言葉に導かれる側面が強い生きものなんだよ。まあ、俺もご多分にもれずというやつだ。ジイさんの言葉で、俺の八割はできてるね」

ただし、最初は医師ではなく、純粋に魔法使いを志していたそうだ。それが例の、大学時代のエピソードに繋がるらしい。善意の王国というやつだ。

「あの時は、まあ単純に……。みんながハッピーになればいいと思って、はじめたんだ。しかも最初は、それでうまくいっていた。集まった連中も、みんな生きやすくなったと言ってたしね」

しかし、途中から理念と理想が暴走をはじめたのだという。善意は独善と化し、強さは傲慢に、清さは偏狭に、正しさは暴力の口実にすり替わっていった。

「人が増えていくうちに、だんだんとそんなことになっていっちまって。あれはいったい、なんだったんだろうなぁ？　でもさ、ホントいいヤツらだったんだぜ？　みんな――」

それで彼は、仲間から手を放したのだ。逃げたんだよ、というのは安倍自身の弁だ。

「もしかすると、希実ちゃんの言っていた通りなのかもな。善意というのは、人に委ねられ、かたどられていくものなのかも知れん」

そうして安倍は、小さく息をついた。だからまあ、俺のやりかたは、けっきょくいつもはじかれちまうのかもな。いつもどこかで、積み上げたものは崩れ去ってしまうし。

希実はそんな安倍を見上げながら、なんとなく思った。背の高いこの人には、たくさんのものが、見え過ぎるのかも知れない。すると安倍は、そのままさらに高い空を見上げて呟くように言ったのだった。

「俺はさ、みんなが幸せになればいいと思ってんだよ。ただそれだけのことなんだけど――。それがむずかしい」

そんな安倍に、希実は返した。でしょうね。幸せの基準なんて人それぞれだし。すると安倍は、大げさにぎょっと目をむいてみせた。なんだよなんだよ、現代っ子は達観してるなぁ～。しかし希実は、そんな安倍を見上げて訊ねた。でも、美作親子には、ちゃんと魔法がかかったんじゃないですか？

その言葉に、安倍は少し目を丸くして希実を見下ろしてきた。マジ？　それ、マジで言ってる？　そんな安倍に対し、思ってますよ、と返すと、彼は俄然気をよくした様子で言ってきたのだった。

「よ～し！　じゃあ希実ちゃんにも、とっておきの魔法をかけてあげよう！」

その言葉に、希実は思わず後ずさった。一応悪い人ではないと思うには至ったが、やはりよくない噂も頭に残っている。いや、私はいいです！　魔法とか、間に合ってます！　しかも相手は無駄にノリがいい男、安倍なのである。彼は肩を揺らしながら、どうしてさ？　どうしてさ？　などと言いつつ希実に迫ってくる。

だ、だって、催眠かけたり、するんでしょ!?　希実がとっさにそう叫ぶと、安倍はふるふると首を振った。そんなことしないよ。昔はやってたけど、今はしない。その返答に、希実も勢い息巻く。やっぱりやってたんじゃん！　だから、軽ーくだよ、ごく軽ーくね。

そうして安倍は、希実の目の前でパチンと指を鳴らしたのだった。

「……君はきっと、幸せになる」

「え?」

「大丈夫。君ならちゃんと、乗り越えられる」

人は言葉に導かれると、彼は言った。

そして最後に、その言葉をくれたのだ。

＊＊＊

あの人ったら、最後は本当の魔法使いみたいだった。

安倍の去り際について、織絵はそんなふうに思っている。実は安倍は姿を消す前、織絵の前に現れたのだ。厳密には、織絵と、こだまと、サトちゃんの前に現れた。

「これから俺は、この街を出ようと思う。申し訳ないが、診療所もたたむことになる。まあ、新天地でも診療所はやろうと思ってるけど。だからふたりには、選んで欲しい。俺についてくるか、こっちに留まるか――」

それでサトちゃんは前者を、織絵は後者を選んだというわけだ。お名残《なごり》惜《お》しいですけど、こだまの学校のこともありますし。織絵が答えると、安倍は目を細くした。母親になって、織ちゃんは強くなったな。しかし織絵は疑問に思ってしまった。そうかしら？何しろ彼女は、今でもしょっちゅう泣きそうになっているのだ。

それでも安倍は言ったのだった。ああ、強くなったよ。きっとこれから、もっと強くなるよ。次会う時は、きっと肝っ玉母ちゃんだ。だったら、そうなれるかも知れない。織絵はひそかにそう思った。何しろ安倍の言葉には、妙な引きがあるのだ。

織絵がこだまを身ごもった時、誰も祝福などしてくれなかった。しかし正確にいえば、ひとりだけ一緒に喜んでくれた人はいたのだ。それが安倍だ。彼は織絵の妊娠を知ると、そっか、美作の子かぁ、と笑顔でお腹を撫でてくれた。

「よかったじゃん！　美作の子なら、きっと大丈夫だよ！　とびっきり優しい、いい子になる」

しかし織絵は思ってしまった。それは、どうかしら？　優秀な子供には、なるかも知れない。でも、優しいは、どうかしら？　そりゃあ、そうなってくれればいいけど。でも、あの人もあたしも、優しいからはだいぶ遠いから——。しかし実際、こだまは優しい子になった。周平さんには、わかっていたんだろうか。織絵は時々考えていたほどだ。こだまがどんな子供に育つのか、あの人には見えていたのかしら。あるいは彼の何気ない言葉が、こだまを導いてくれたのかしら。

また会おう。最後に安倍はそう言った。だからたぶんその言葉も、ちゃんといつか果たされるのだろう。こだまはずいぶんと寂しそうだったが、その約束があるならと、鼻をスンスンいわせながら、安倍と指切りを交わしていた。サトちゃんとも同様だ。サトちゃんとは最後に脇固めを掛け合い、それをサヨナラの代わりにしていた。

それでもやはりしばらくは、こだまも寂しそうだった。それで織絵は切り出したのだった。サンドウィッチ作って、先生のお見舞いに行こうかー？　言われたこだまのほうは、目を真ん丸にして驚いた後、行ーくっ！　行ーくっ！　と雄《お》たけびをあげて喜んでいた。

お見舞いには希実も誘った。希実ちゃんも一緒にと、こだまがせがんだのだ。きっと希実から、兄の話でも聞き出したいのだろう。どうやらこだまは、去年、美作の家に行った際、孝太郎と対面したらしい。そこで彼から、父親についてあれこれ聞いたようだ。こだまがあっさり美作に懐いたのは、そんな経緯があったからなのだろう。

いっぽう希実は、病院への道すがら、安倍の話題をちらほらとのぼらせていた。聞けば最後に会った時、妙に意味深なことを言われたらしい。それで織絵は言い添えた。あの人の言葉は、あんがい叶えられていきますからー、大切に覚えておくといいですよー。

すると希実は、飴玉を飲み込んでしまったような顔をしていた。いったい何を言われたというのか。

病院での美作は、こだまにめいっぱい懐かれて、だいぶ困惑している様子だった。フェルマーの話して！　あれは長い。じゃあシーシュポスの話！　あれは暗いな。じゃあ、プロクルーステースのベッド！　もっと暗い。嬉々としているこだまのいっぽう、美作はだいぶ不快そうだ。しかし織絵は知っている。美作の不快な表情というのは、こんなものではないはずなのだ。話しかけられてちゃんと返事をしているのは、彼なりに相手と向き合っている証拠ともいえる。だからつまり美作は、こだまに対してもそれ相応の誠意でもって、接していたということだ。

こだまを前に、美作は時おり笑顔に似た表情を浮かべる。そんな光景を前に、織絵はぼんやりと考える。こうやって子供の力を借りて、この人も親になっていくのかも知れない。慣れない笑顔を覚えて、不慣れな愛情を身に着けていくのかも知れない。それは、あたしも同じだけれど——。

織絵は今でも、時おりちゃんと泣きたくなる。何しろ今も、バカでのろまなままなのだ。織絵は毎日、温かい食事と清潔な着替えと柔らかなベッドを、こだまに用意したいと思っている。でもうまくはいかない。失敗もよくする。疲れ切って、何もできない日だってある。そういう日は必ず、泣いてしまいたくなる。

それでも、少しはよくなってきているようにも思う。何しろ安倍も言ってくれていた。強くなったと、これからもっと強くなると。そういう意味では、親というものに、少しは近づけているのかも知れない。だからあの人も、自分ばかりを責めることはないのにと織絵は思う。カッコウの母と、名乗った彼女のことだ。

あれから織絵は、カッコウについてあれこれ調べた。彼女が言っていたのは、托卵《たくらん》というやつのことだろう。カッコウは自分の卵を、他の鳥の巣に産み付けて、わが子の子育てを他の鳥に委ねてしまうのだ。

でもそれは、カッコウが卑怯な鳥だからじゃない。そのことを、彼女は知っているだろうか？

カッコウは、他の鳥よりも体温が低い。だから自分では、卵を孵《かえ》すことができないのだ。だから他の鳥に、自分の卵を――。

生きて欲しくてカッコウは、誰かに卵を託すのだ。

また彼女に会えたら、そのことを伝えなくては、と織絵は思っている。でも彼女とは、以前会ったきり、会えていない。たぶん希実にも、会わないままでいるのだろうと思う。何しろ彼女が現れたという話を聞かないし、希実に変わった様子もない。

彼女は今どこで、何をしているんだろう？　そう思うと、胸の奥がジンと痛くなる。早く、会いにきてあげればいいのに。あの人だって、きっと希実ちゃんに会いたいだろうに——。

織絵は願っている。何しろ織絵は、願うことだけは一人前なのだ。いい母親に、なりたい。いい親に、なりたい。美作だって、心のどこかでは、祈っているのかも知れない。

彼女だって、願っているはずだ。いい、母親に——。

それを願わない母親など、恐らくこの世界にいないはずだから。

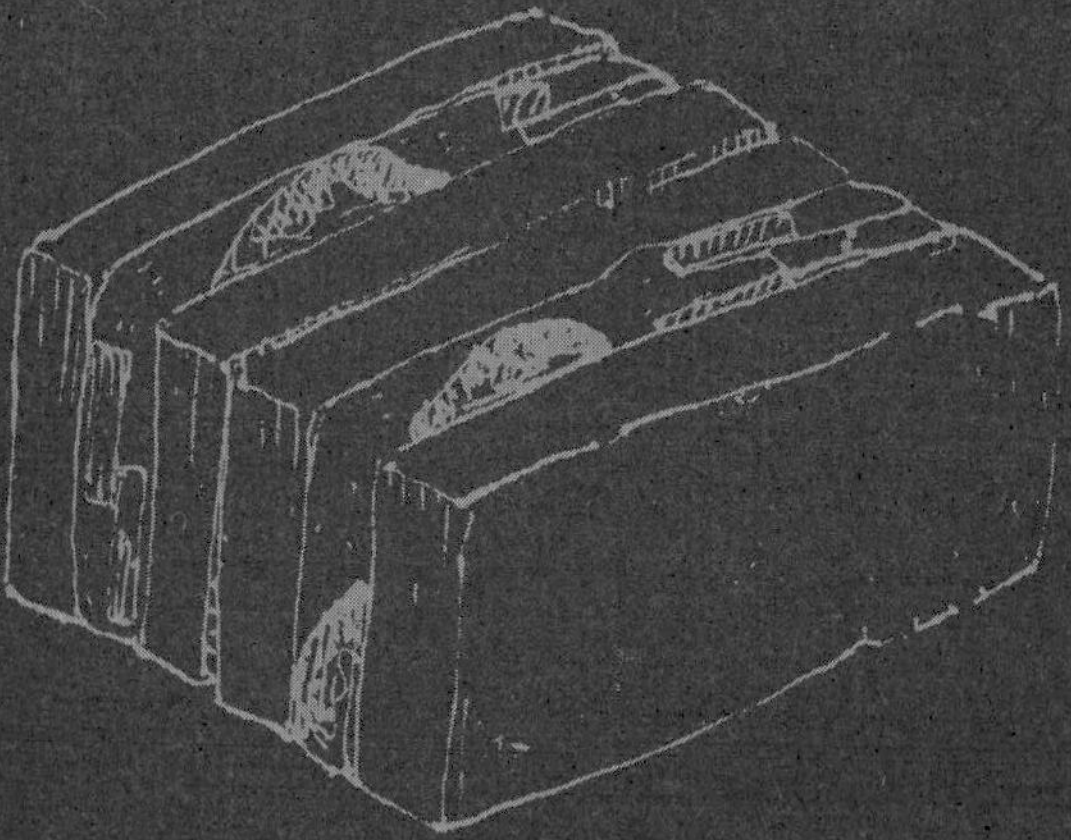

Cuisson

——焼成——

暮林陽介は、このところにわかに鳥の生態について詳しくなった。

鳥といっても、カッコウとその周辺、たとえばオオヨシキリや、ホオジロ、モズ、オナガなどの限られた種類だけではあるが、しかしたいていのことには答えられるようになった。たとえばカッコウは、鳥綱カッコウ目カッコウ科。ユーラシア大陸やアフリカに分布し、日本には五月頃渡ってくる夏鳥で、体長は約三十五センチ前後。鳩《はと》より少し大きいくらいで、生態の特徴的な点といえば、托卵をするという点だろう。そして托卵される側が、オオヨシキリ以下ということになる。

教えてくれたのは、大学時代の友人である田中《たなか》だ。知り合いの子供に訊かれて、ちょっと気になっとってなぁ。暮林が電話で何気なくそんな話をした翌日、大量の文献がメールで送りつけられたのである。中にはどこの言語かもわからないものも交じっていた。まめで義理堅い男なのだ。

それで暮林は、添付されていた何枚かの写真をこだまに見せてやった。写真の多くは托卵されたヒナと、それに餌を与える仮親という構図のもので、こだまはそのどれにも感嘆の声をあげていた。すげー！　ヒナのほうが親よりでっけぇ！　そして不思議そうに訊いてきた。親は、自分の子供じゃないって、気付かないの？　こだまがそう言うのも当然だった。何しろヒナは、仮親の倍の大きさだったりもするのだ。しかも羽の色も違えば、体格もまるで違う。ただし暮林には文献という後ろ盾がある。だからすらすら答えることができた。

「気付かん場合も多いが、中には気付く親鳥もおるようや。卵の段階でわかることもあって、そういう時は巣から卵を落としてしまうらしい」

暮林の説明に、こだまは、えー、と顔をしかめた。自然界の摂理というのは、子供には得てして残酷に映るものなのだろう。そうしてこだまは少し釈然としない様子で、暮林を見上げ訊いてきたのだった。じゃあ、クレさんだったらどうする？　問われた暮林は眉を上げる。どうするって、なにがや？　するとこだまは、どこか不安げに続けたのだ。

「本当の子供じゃなかったら、クレさんもヒナを、自分の巣から落としちゃう？」

その時、胸がドクンと音をたてた。

希実が孝太郎を引きつれて、この世の終わりのような顔をして帰宅したのは、五月も終わろうかという頃だった。何事かと暮林は慌てたが、それほどの大事ではなかったようだ。

「……文化祭委員を、押し付けられちゃった」

消え入りそうな声で言ったのち、希実はイートイン席のテーブルに突っ伏した。暮林にとっては取るに足らない事柄でも、希実にはかなりの一大事であるらしい。受験勉強あるのに！　美作くんの一件のせいで、成績下がり気味なのに！　文化祭なんて、今まで高みの見物だったのに！　そんな希実の傍らで、孝太郎もアンジェリカ共々、暮林と弘基に訴えてきた。そういうわけなんで！　アノ！　文化祭の出し物、手伝ッテ下サイ！　お願いします！　オ願イシマス！　聞けば孝太郎も、希実と同じく文化祭委員に任命されてしまったそうだ。

「学年内のくじ引きで、僕らのクラスは模擬店を開くことに決まってて。それをパン屋喫茶にしようって、クラスの女子たちが半ば強引に決めちゃったんです。それで篠崎さんが、唯一パンを監修できるだろうってことで、委員に選出されて……」

そんな孝太郎の説明に、弘基は眉根を寄せて低くうなった。パン屋喫茶……。何それ、最高じゃん！　最近の女子高生はセンスいいな！　しかしクラスの女子たちには相応の思惑があったようだ。その点についても孝太郎が説明した。

「去年、篠崎さんが三木涼香さんとケンカした時、おふたりは保護者として、学校にいらしたんですよね？　その姿を、一部の女子が目撃したようなんです。そして彼女たちは、この店に足を運ぶチャンスを、虎視眈々《こしたんたん》と狙っていたようで……」

つまりパン屋喫茶の動機は、それなりに不純であるということだ。んだよそれ？　店に来てーなら、パン買いに来りゃいいじゃねーか。弘基がそう言うと、希実が恨みがましく言い返した。営業時間が夜だから、みんな来たくても来られないんだって！　そのせいで、私が文化祭委員なんかに……！　弘基、責任取りなさいよ！

そして弘基は、あっさりと責任を取ったのである。

「おお、望むところだよ！　お前らのクラスメイトに、パンの作りかた教えりゃいいんだろ？　パン作りの技術と知識の継承は、ブランジェの務めだかんな。なんならクラス全員教えてやったってかまわねーよ！　なあ!?　クレさん」

そして暮林も、頷いたのだった。ああ、ええんやないか。すると希実は、ホッとしたような笑顔を見せた。その笑顔に、暮林も安堵していた。希実が表情豊かになっていくことは、暮林にとって歓迎すべき事柄だからだ。

かくして翌日から、夕刻のブランジェリークレバヤシは女子高生の城となった。何しろ厨房に十名近い女子生徒が押しかけ、弘基を取り囲み黄色い声をもれなく発するのである。

　パンって、どうしてふくらむんですかぁ？　イースト菌と天然酵母《こうぼ》って、どう違うんですかぁ？　モルト水ってなんですかぁ？　柳さんていくつですかぁ？　カノジョとかいるんですかぁ？　好きなタイプは？　女子高生はオッケーですか？　質問も途中からは、まるで関係のないものに様変わりする。しかし弘基は、あんがい我慢強く答えていた。酵母のおかげ。食いもんが違う。イーストのメシ。二十六歳。いねーよ。パンの匂いのする人。オッケーって？　何がどう？

「今は客にならねー女子高生でも、来年には常連になるかもしんねーし。一応愛想よくしとかねーとよ。女の口コミ力はでけーしな。あわよくばここで、太い客を摑んでやるんだぜ！」

　貪欲なのだ。弘基らしいと暮林は思っている。真っ直ぐなのだ。美和子を想う気持ちがそうであったように、彼はこうと信じたことに向かい、迷わずひたすら進んでいく。そのたたずまいは眩しいほどだ。迷い続ける自分とは、対照的にすら感じられる。

「──まあ、それによ。俺は学校の文化祭とか、ほぼ出たことがねーからさ。希実には、ちゃんとそういう思い出があったほうがいいと思うんだよな」

　その言葉には、暮林も頷いてしまった。そうやな。確かに、いい思い出は、たくさんあったほうがいい。

　希実の記憶を確かめるべく、せっせとフルーツサンドを作っていた弘基だったが、先日それを、パタリと止めてしまった。止める理由について、弘基はこう語っていた。過去は、まあいいよ。これから、いいもんを積み上げてきゃいい話だしよ。

　弘基にそう言わしめたのは安倍だ。彼はショータイムを開催した夜、ひとりふらりとブランジェリークレバヤシを訪れた。ヘイ、マスター！　エーンド、イケメン！　ビールとタマゴサンドよろしく！　そうしていつものようにイートイン席に着き、揚々と話しはじめたのだった。

「今日のショーでは、ふたりに何かといいアシストをいただいたからな！　そのお礼にうかがった次第だよ。どーんと特別出血大サービスだ！　今日はなんでも、タ、ダ、で、占ってやるぞ！」

　そんな安倍を前に、弘基は呆れかえっていた。安倍先生もさ、もうちょっと普通にしてりゃあ、意外といい医者だってことで落ち着くのにな？　しかし当然ながら安倍は態度を崩さなかった。えー、何それー。普通とか、チョー意味わかんないんですけどー、などと言いながら、すまし顔でタマゴサンドとビールを交互にやりはじめてしまう。いやー、この食い合わせは天国だな！

　そうしてしばらくひとり天国に興じたのち、安倍は突然切り出したのだった。

「なあ、イケメン。お前が以前言っていた、記憶をなくす話だが――」

　すると弘基も、待ってましたとばかりに、イートイン席へと身を乗り出した。ああ、なんだよ？　おそらく弘基のほうも、切り出すタイミングをはかっていたのだろう。何しろ安倍が来店して以降、弘基は厨房での作業を止め、ずっとレジに立っていたのである。その異変には、鈍い暮林でもさすがに気付いていた。

　安倍はビールを飲み干し、端然と続けた。

「あれ、希実ちゃんのことだろ？」

　その言葉に、弘基は眉をピクリとさせ、なんでそう思うんだよ？　と言い返した。それとも勝手に、なんか嗅ぎまわってくれたのか？　険のある弘基の言葉に、安倍は肩をすくめてみせた。そうカリカリすんなよ。俺は魔法使いだから、なんでも知ってるだけだって。そんなふうにおどけたかと思うと、ふいに声を落として告げたのだった。

「あんまり無闇に、記憶をつつかんことだ。素人が手を出すとロクなことにならん」

　その口ぶりにカチンときたのだろう。弘基は顔を歪め言い返した。うっせーよ、んなのこっちの勝手だろう？　もちろん安倍も、ムッとした様子で眉根を寄せる。お前、人が親切で言ってやってんのに……。だが弘基も鼻息を荒くしたままだった。知ったことかよ。余計なお世話だ。それで安倍は呆れた様子で言い放ったのだ。

「バカかお前？　忘れていた記憶が戻って、あの子が苦しむことになったら、いったいどう責任とるつもりだよ？」

しかし弘基も、当然とばかりに吐き捨てた。

「そっちこそバカなんじゃねーの？　そんなの、意地でも助けるに決まってんじゃねーか！　アイツが苦しまなくなるまで、なんだってしてやるっつーんだよ！」

弘基は腹立ち紛れに、安倍を睨みつけ言い足した。だいたい、他人がいちいち口出してくんじゃねーっつの！　このトンチキ医者！　そうしてそのまま肩をいからせ、厨房へと戻っていってしまったのである。その行動には、さすがの安倍も一瞬ポカンと口を開けていたほどだ。しかし安倍はすぐに自分を取り戻し、フンと鼻を鳴らした。あの、直情型め！　まったく、自分は他人じゃないつもりなのか？

すいませんなぁ。気ぃが短いとこがあるヤツで。暮林がそんなふうに言うと、安倍はまったくだと頷いた。あんなんじゃ、そのうち血管切れますよ？　そうして安倍はブツブツ言いながら、手にしていた白い封筒を暮林に向かって掲げてきたのだった。

「そうだ、マスターにこれ。今日のお礼に差し上げようと思って持参しました」

俺に？　不思議そうに暮林が言うと、安倍は悠然と微笑んだ。

「魔法使いの種明かしです。美作が、こだまの周りの人間たちを、調査会社に調べさせてましてね。これはその中にあった、希実ちゃんのぶんです」

ほう、希実ちゃんの。暮林がそう返すと、安倍は肩をすくめてみせた。

「それを読んだら、知らない頃には戻れなくなる。だから、読むかどうかはあなたにお任せします。どちらを選ぶのも、あなたの自由だ。ただ――」

そうして指を鳴らしたのだった。パチン。

「俺は、みんなが幸せになれればいいと、思ってるだけですから」


封筒の中に入っていたのは、五枚ほどの薄い書類だった。そしてそこには、まだそれほど長くもない希実の人生が、細かく記されていた。

あの直情型には、読ませないほうが賢明ですよ？　安倍に言われるまでもなく、暮林はそれを自分の胸の中だけにしまった。

記憶を失った子供というのを、暮林は何度も目にしたことがある。その多くが紛争地域の子供たちだった。彼らを目の当たりにすると、胸がくっと痛むようだった。その痛みは、美和子のものなのだろうと暮林はいつも考えていた。そしてそれは、おそらく正しかった。

書類に目を通して、暮林は改めて思ったのだ。美和子がくれた心の半分。それがあんなふうに痛んでいたのは、希実のことがあったからなのだろうと。

美和子はずっと、希実を救いたかったのだ。

だからこの家を、オオヨシキリあたりの巣にしておいた。

そうしてカッコウがやってきやすいよう、その巣をカラッポにしたまま、彼女たちの訪れを待っていたのではないか。ひとりでパンを焼いたりしながら——。


若者の変化には目を見張るものがある。

弘基のパン指導を受ける高校生たちを前に、暮林はつくづく感じ入ってしまう。最初の頃こそ女子生徒ばかりがやってきていたが、次第に男子生徒も加わりはじめ、最終的には男女混合の十名ほどが、パン作り担当に決まったようだった。彼らはごく真面目にパン作りに励んでいる。男子生徒のうちの二名は、すでに暮林の腕を凌駕《りょうが》してしまっているほどだ。弘基に恋人がいるかどうかばかりを気にしていた女子生徒も、気付けば無心でパン生地を捏ねるようになっている。弘基より、パンの魅力にやられたらしい。

いっぽう希実も、最初の頃こそ嫌々文化祭に臨んでいたが、しばらくすると率先してパン屋喫茶作りに励みはじめた。といっても、彼女の任務はパン作りではなく、店の運営のほうだ。孝太郎と一緒に計算機を叩いては、いかほどの値段設定にすれば利益が出るかと話し合ったり、クラス内で行《おこな》った好きなパンのアンケート結果をもとに、売れ筋になりそうなパンの傾向を導き出したり、商品構成やディスプレイを学ぶため、あちこちのパン屋を視察に行ったりと、かなり熱心な様子を見せている。

「――ぜったい、黒字を出すから！」

勢いそんな目標まで掲げているほどだ。将来の夢は会計士か税理士などと言っているのは、あるいは本当に性に合っているからのことなのかも知れない。

そして当然というべきか、パンの試作品づくりにも余念がない。それには弘基ともども、暮林も付き合わされている。

「クラスの子たちも、だいぶパン作りに慣れてはきてるけど。弘基のレベルには遠いからさ。ある程度種類を絞って、無難に作れるけど売れるパンを作らなきゃなんだよね」

それで希実と孝太郎は、サンドウィッチを充実させると決めたらしい。パン・ド・ミをマスターしておけば、中身の具材により、ある程度のバリエーションを持たせられるだろうと踏んだようだ。

希実がフルーツサンドについて自ら切り出してきたのは、そんな試作品づくりの最中のことだった。

「そういえば、夏場の押し出し商品にするっていう、フルーツサンドはどうなってんの？　もうレシピは決まったの？」

しかし弘基は言葉を濁した。ああ、まあ、今はちょっと、休憩中みてーな感じだ。そのうち、また取り掛かろうかなとは思ってっけど。でも、アイスパンとか、そういう手もあるしよ。この夏が、フルーツサンドかどうかはわかんねーなぁ。

すると希実は、少し残念そうに口を尖らせた。なんだ、そうなんだ。この夏はたくさんフルーツサンド食べられるかもって思ってたのに。残念。

そんな希実に対し、孝太郎が、篠崎さん、フルーツサンド好きなの？　と訊くと、希実は特に感慨もない様子で、うん、まあまあ好き、などとさらりと返した。そしてふと思い出したように言い足したのだった。

「けど、子供の時はもっと好きだったのかも。この間涼香に、そんな感じのこと言われたんだよね。小学生の頃、お弁当がいる日に、よく私がフルーツサンド持ってきてたとかって……。私は、よく覚えてないんだけど……」

その言葉に孝太郎が、あ、一緒に海に行った時？　などと口にすると、希実は少し顔をしかめて返していた。そうそう、美作くんがハカリゴトをしてくれたあの日だよ。そしてその日以来、希実にはかすかな疑念が生じていたそうだ。

「でも、ヘンなんだよね。うちの母は、そういうの作ってくれるような人じゃなかったし……。どこかで買ってきてくれてたのかなぁ？」

どこか遠い目をして希実が言うと、弘基が、バン！　とその背中を叩いた。おう！　そうなんじゃねぇの？　叩かれた希実は、何すんのよ？　などと語気を強める。しかしおかげで、いつもの元気が戻ってきている。だから暮林も、何気なく言い継いだ。

「もしかするとお母さんが、好物を選んで買ってきてくれとったんかも知れんな」

すると希実は、そうかな？　と少しホッとしたような表情を見せた。うん、もしかするとそうかも。あの人も一応、母親だしね。その横顔は、どこか嬉しそうだった。

過去は、もういい。弘基はその言葉を実践させているのだろう。暮林も同じように思っていた。彼女に必要なのは、未来のほうだ。


文化祭が近づくと、希実は常連の面々に、文化祭のチケットを配りはじめた。こだまに織絵、斑目にソフィア、綾乃にも多賀田にも渡していた。

「うちの店は、二階の階段脇だから！　パン屋喫茶ⅢAだから、お間違えないように！　パンは弘基監修だから、味に間違いないし！　ピチピチの女子高生と男子生徒が店員やってるから、目の保養にもなるよ！　たぶん」

その勢いに、斑目などはため息をついて感心していた。希実ちゃんて、意外と商売っ気があるんだね。なんかちょっと弘基くんみたい。

その言葉に希実は軽くショックを受けていたようだが、それよりも黒字達成の意欲のほうが勝ったらしく、嫌なことを言った罰だとして、斑目にはよりたくさんのチケットを渡していた。仕事関係の人に、バラまいてきて！

そんな調子だったから、文化祭当日は騒がしいことこの上なかった。店の閉店直後に希実は起き出し、慌ただしく出かける支度をはじめた。

「ヤバイ！　遅刻する！　あれ？　携帯どこ？　私の携帯！」

食べ物は調理実習室でしか作れないらしく、パンを焼き上げるためには朝イチで仕込みに入る必要があったのだ。もちろんそれには、弘基も駆り出されることになっていて、おかげで弘基も、猛スピードで店の仕込みを進めていた。

「あー、クソ！　俺がふたり欲しい！」

そうして支度を整えたふたりは、時間がない！　などと騒ぎながら、店をあとにしようとした。見送る暮林に対しては、希実が確認を入れてきた。

「暮林さんは、お昼には来てくれるんだよね？」

問われた暮林は、ああ、と笑顔で頷いた。なるべく急ぐで、ごめんな。暮林は午前中、新しいミキサーの購入計画について、業者と話し合うことになっていたのだ。なるべく早く切り上げて、俺も手伝いに行くで。暮林の言葉に、希実は笑顔で返した。

「うん、待ってる！　早く来てね！　絶対だよ？」

屈託のないその様子に、暮林の半分の胸がぼんやりと温かくなる。この子がこうして笑ってくれることを、たぶん心が喜んでいるのだろう。半分の心をくれた、美和子がおそらく——。

カッコウのヒナというのは、目いっぱいその口を大きく開ける。そして仮親は、当然のようにその口に餌を与える。似ても似つかないその二羽は、傍から見たらどこか滑稽に映るかも知れない。

それでもその仮親は、あんがい満ち足りているのではないかと暮林は思う。カラの巣にカッコウがやってきてくれたことは、それはそれで幸せなのではないか。

希実たちが出かけた店の中、暮林はひとりパンを焼いた。シンプルなバゲットだ。自分ひとりで焼いてみたのは初めてで、あまり見栄えはよくなかった。しかし焼き立てのバゲットならば、それなりの味であるはずだ。

発酵バターとハチミツ、あとはバジルバターと、リエットも用意しよう。弘基が作ったものが、確か残っているはずだ。チーズとジャムも一緒につけておこう。彼女の好みはわからないから、なるべく多くの選択肢をと考えたのだ。

飲み物はコーヒーか紅茶か。まあ、どちらも支度しておけばいい。ミルクはとりあえず温めておく。砂糖もひとまず出しておこう。

美和子だったら、もっとたくさんのパンを焼いて、彼女の好みに相応しい飲み物でも用意したのだろうが、自分にはこれがせいぜいだ。しかし伝わればいいなとは思う。あなたがやってくることを、美和子は待っていたのだと。そして自分も――。

彼女が姿を現したのは、パンが焼き上がってしばらく経ってからだった。約束の時間より、十五分ほど遅れて彼女はやってきた。

「……ごめんください」

かすれたような声と共に、彼女は店のドアを開ける。ひどく痩せた女性だ。顔色もよくない。あるいは目深にかぶった帽子が、顔に影を落としているだけなのか。

しかしその顔には、わずかながらに見覚えがある。そう感じてしまうのは、おそらくその面差しが、希実に似ているからなのだろう。強い光を宿した目は、しかしひどく不安げだ。

「遅れて、すみません」

その言葉に、暮林は笑顔で返す。いいえ、ちょうどパンの食べごろですわ。さあ、どうぞ。暮林が中へと促すと、彼女は弱々しい足取りで、店の中へと入ってくる。そうして店を見渡して、眩しそうに目を細める。その目がわずかに、うるんで見える。

暮林は、ずっと考えていた。カッコウの親と、仮親の気持ちというものを。そしてそのたび、どうしても同じ答えに辿り着いてしまうのだった。

ふたりの気持ちは、同じなのではないか。カッコウの親も仮親も、ただヒナを幸せにしたいと、お互いに願っているだけではないのか。

心臓が音を立てる。ドクン。

誰かの幸せを願えることは、幸せなことだと暮林は思う。

「さあ、どうぞ」

暮林は小さく微笑み、女をテーブルへと招く。女はゆっくりと、テーブルのほうに顔を向ける。そんな彼女に、暮林はやはり笑顔で続ける。

「お待ちしとりました。篠崎律子《りつこ》さん」

Closed

「今日バレンタインなんだけど!!風邪大丈夫?チョコもらう日だけど!」

まよパンの大好きなところ。

山中ヒコ
チョコ参りのシーンかわいくて大好きです。

「…ここに来てから初めてのことばっかりなんだ」

攻撃系呪文マジデキモーイ
「ぎ、ぎ、義理チョコですか!?ありがとうございます!!」

斑目さん好きです…

「子供はバカやで、希実ちゃんバカみたいに親が好きで、好きで好きで仕方ない。」

「別にいいよ、
心がなくても。
私のを、半分あげるから。」
暮林は胸のハートマークを
まじまじと見詰めた。
美和子の言う通り、
心がそこに現れたような
気がした。
「勝手に遠くに
行ってんじゃねぇよ！」
「美和子さんの
パンがないと、
俺もう、
生きていかれやぇんだからさー！」
こんなあたしを
お母さんに
してくれた。
本当に
優しくて
いい子なんです。

真夜中のパン屋さん
午前2時の転校生

大沼紀子

2012年12月5日　第1刷発行

発行者　坂井宏先
発行所　株式会社ポプラ社
〒一六〇-八五六五　東京都新宿区大京町二二-一
電　話　〇三-三三五七-二二一二（営業）
　　　　〇三-三三五七-二三〇五（編集）
　　　　〇一二〇-六六六-五五三（お客様相談室）
ファックス　〇三-三三五九-二三五九（ご注文）
振　替　〇〇一四〇-三-一四九二七一
ホームページ　http://www.poplar.co.jp/ippan/bunko/
フォーマットデザイン　緒方修一
印刷・製本　凸版印刷株式会社

N.D.C.913/383p/15cm
ISBN978-4-591-13182-4
落丁・乱丁本は送料小社負担でお取り替えいたします。
ご面倒でも小社お客様相談室宛にご連絡ください。
受付時間は、月～金曜日、9時～17時です（ただし祝祭日は除く）。